君が残した贈りもの

藤本ひとみ

講談社

目次

カバー写真　OrangeMoon/PIXTA
装丁　坂川事務所

君が残した贈りもの

第一章　絶対エースの謎

1

向こうから誰かが歩いてくる。

顔がはっきりせず、近づいてきて初めて、片山《かたやま》とわかった。片手に野球のボールを握っている。きれいなその指先が動き、こぼれるようにボールが落ちてこちらの足元に転がってきた。拾い上げ、片山の方に顔を上げる。もう姿はなく、どこからか球音が聞こえてきた。そこで目が覚める。

闇《やみ》の中、枕元《まくらもと》の時計は午前二時を指していた。魔物の時間だった。冷えている肩まで羽根布団を引き上げ、顔を埋めながら変な夢だと思った。二、三ヵ月ほど前の真夜中、公園で片山を見かけたせいか。

その夜は、いつにもまして母がうるさかった。部屋まで押しかけてきて、攻撃的なほどまくし立てる。反論すればケンカになるのはわかっていた。

それを避けるために黙っていたのだが、そのうちにどうにもいたたまれなくなる。タブレットを持ち、タッチペンをポケットに突っこむと、コートを引っかけて部屋を出た。

「和典《かずのり》、ちょっと和典」

家の近くにあるコンビニまで行くつもりで、ひと区画だけ回り道をし、花屋の前を通る。何気ないふりで、素早く店内に視線を走らせた。

店の前を通過するほんの十数歩の間に、あの子の姿をチラッとでも見られれば、ラッキィ。本人が店の前に出てきていれば、超ラッキィ。視界の端《はし》にすら引っかからなければ、不発。毎日をほんのりと照らしてくれる小さな明かりだった。

その夜は、落胆しながらコンビニに入った。イートイン・エリアで数学の続きにとりかかる。目標は、百万ドルの賞金がかかったリーマン予想の証明だった。

世紀の難問といわれるリーマン予想には、世界中の数学者やマニアが群がり、なんとか論理的に結論を導こうと血道を上げている。方法は各人各様で、それを選択、確立する事自体がすでに証明の一部のようなものだった。

和典は、ヴェイユ予想に着目している。ヴェイユ予想は、代数多様体を定義する定義式と、それをガロア体上の代数多様体としたものとの関係を定義した予想で、すでに証明されていた。そこに用いられている現代数学の理論装置の一つ一つを自由に使いこなせるようになりたい。それらを身に付けてリーマン予想に挑もうとの計画だった。

世界中の研究者に先駆けてその証明を発表し、トップに立つのは絶対、日本の自分だ、自分以外にない。全国模試の数学で首位を独走するだけの頭脳を授けられているのは、そのためなのだ。全力を尽くして数学界の進歩に貢献してみせる。使命感と自信を胸に、タブレットの電源を入れた。

　書きかけの数式の続きに取りかかり、次第にその世界に沈み込む。数式は、どんなものも常に美しく、凛《りん》として自分を保っている。数字は、その世界からの使者だった。数式を神とすれば、数字は天使、数学界は天国と言ってもいい。

　背中が痛くなっている事に気づいたのは十二時を過ぎる頃だった。母ももう、さすがにあきらめているだろう。家に戻るつもりで店を出る。

　秋の気配の漂い始めた公園を突っ切りながら、何気なく目をやれば、水銀灯に照らされたベンチに誰かが座っていた。新玉東《しんたまひがし》高校の制服を着ている。よく見るまでもなく片山悠飛《ゆうひ》だとわかった。いかにも投手らしく、爪《つめ》をきれいに手入れして保護のネイルを塗っている。それが水銀灯の光を反射し、白蝶貝《しろちょうがい》のように鈍《にぶ》くきらめいていた。昔はリトルシニアで活躍し、中学時代は全国屈指のエースとしてU-15侍ジャパンにも選ばれて、今は新玉東の野球部で背番号1を背負っている。打率五割を超えるスラッガーでもあり、高校通算本塁打の過去最多記録百十一本を、今年中にも塗りかえると言われていた。和典が自校の野球部の応援に駆り出された時、目の前で打たれた派手な満塁ホームランの快音は、今も忘れられない。

　時に百五十キロを超えるその速球は、片山が黒いグラブを持っている事から、菓子と同名のブラックサンダーと呼ばれ、百名以上を抱《かか》える野球部の顔として頻繁にローカルテレビや新聞に写真が載っていた。強豪校と言われながら県大会を制した事のない新玉東高が、他県の甲子園出場校に練習試合を受けてもらえるのも、片山の存在があるからだと言われている。加えて全国模試の総合では、常に十位以内の成績を保っていた。

何でもできるヤツという印象だったが、今は広げた両脚に両肘《りょうひじ》をつき、背を丸めて目の前の地面を見すえている。ひどく疲れた様子だった。強豪校の野球部でエースナンバーを背負うとなれば、疲労困憊《ひろうこんぱい》の日もあるのだろう。

一瞬そう考えたが、それなら自宅で回復を図っている時間だった。不審に思いながら足を止める。その気配で気づいたらしい片山がこちらに顔を向けた。闇の中で二つの目が紫色に光る。地球外生物に出会ったような気分で見つめていると、片山が唇《くちびる》の端を曲げ、わずかに笑った。皮肉な感じのする笑みが、おまえもかと言っている。どうやら家にいられない者同士らしいとわかり、和典も同じような笑みを返した。そのまま通り過ぎ、それ以降、一度も会っていない。

十二月も半ばを過ぎると、野球好きの連中の間では、よく片山の名がささやかれるようになった。来年一月後半には春の選抜への出場が決定するに違いないというのが大方の見方だった。

「逆転現象がなければ、の話だけどな」

「出られれば初甲子園だよな。今まで県の壁を越えられんかったもん」

「けど春の大会って、モロ投手力の勝負じゃん。片山のプレッシャー、ハンパなさそ」

「そんでもやるだろ。あいつは天才だし」

「まぁな。この秋は珍しく崩れてたけど、結局一人で全試合完投した」
「夏の疲れが出たんじゃね。投げて打って、の二刀流だもんな」

片山の名前が噂《うわさ》に上るたびに、あの夜の公園を思い出す。期待のエースも、野球に専念という訳にはいかない家庭状況らしかった。他にも抱えている事があるのかも知れない。

声をかけてみればよかった。中学時代には言葉を交わした事もあったのだし、少し話でもすれば、お互いにストレス軽減になっただろう。

本当につらい事は、親しい人間には言いにくい。気を遣わせるし、こちらの苦渋の中に巻き込んでしまう。深い付き合いのない誰かの方が適任だった。強い感情移入をする事もなく流してくれ、その後はすぐに忘れるだろうから話しやすい。

暗然とした様子の片山を見かけていながら、その前を黙って通り過ぎた事を後悔していた。それであんな夢を見たのか。

時計の隣りに置いてあったスマートフォンがメールの着信音を鳴らす。放置したまま寝返りを打ち、眠りに入ろうとしたものの気になり、手を伸ばした。クラスメートの黒木《くろき》からだった。

「聞いたか、新玉東高の片山、死んだってさ」

脳裏いっぱいに、あの夜が広がる。紫色の瞳《ひとみ》があざやかにきらめき、飛び散る光の先端が胸のあちらこちらに突き刺さった。急いで返信する。

「自殺か」

もっとも起こってほしくない事を真っ先に文字にしたのは、それを誰かの言葉で、はっきりと否定されたかったからだった。突然の訃報《ふほう》と、あの夜の様子から、それしか思い浮かばなかったからでもある。

「いや病気だ」

2

ひどく疲れているように見えたのは、そのせいだったのか。なんの病気だ。メールのキーを打つのがもどかしくなり、電話をかける。

「病名は、何」

耳に、かすかな笑い声が届いた。

「じれてるね。絶対零度の上杉《うえすぎ》先生にしては珍しい」

黒木の声はつややかで、しっとりと耳を濡《ぬ》らす。たぶん独特の波長か周波数を持っていて、耳内の繊毛を微妙にゆするのだろう。

「他人に関心を示すのも、めったにない事だし」

黒木がモテるのは、あの声のせいだ、あれでささやかれたら、俺が女だったらたまらん、と言ったヤツがいるが、いく分かは当たっているかも知れない。

「上杉の血管には、血球の代わりに数字が流れてるって噂だぜ」

いつまでも続きそうな話をさえぎろうと試みる。

「俺の事は、どうでもいい」

自分でも驚くほど、無愛想《ぶあいそう》な声だった。

「聞きたいのは、片山の病名だ」

ノリの悪いヤツだと言わんばかりの溜《た》め息《いき》が耳に流れ込む。

「骨髄異形成症候群だ」

ＭＤＳと呼ばれる病気だった。骨髄の造血幹細胞に異常が起き、赤血球や白血球、血小板などが正常に作られなくなる。原因がはっきりしない事も多いと聞いていた。

「去年の春、発症して、今年の秋前後には急性骨髄性白血病に移行したらしい。監督やコーチにも隠してて、秋の大会にも出たし、ごく最近まで部活にも出てた。本人としても足を抜けなかったんだろ。野球を続けたい気持ちもあっただろうし、エースが倒れたら全体の士気に関わるとも思っていただろうからさ」

胸に紫の光が溜まっていく。弾《はじ》けるように輝き立ち、心をえぐった。

「部員たちは、相当ショックを受けているって話だ。追っかけの女子は泣き崩れてるとか。ま、あの学校では野球部の代名詞みたいな存在だったから、生徒たちが動揺するのは無理ないよ。けど、なんでおまえが気にしてんの。片山と接触でもしたのか」

あの時、接触していれば、後悔する事もなかっただろう。夢も見なかったに違いない。どうして声をかけなかったのか。

たぶん照れたのだ。相手が誰であれ、その胸の内に踏みこもうとしていると思われるのも、自分の境遇と重ねて同調していると悟られるのも、気恥ずかしかった。早く家に帰り、数学の続きに取りかかりたかった事もある。何より楽しく、何よりも大切なもの、それが数学だった。

だがあの公園で接触しそびれたために、片山と話す機会は永遠に失われたのだ。その命が戻ってくる事はもうない。向こうの事情を聞く事も、こちらの理由を説明する事も、二度とできないのだった。

「ボールをもらったんだ、夢で」

尻上《しりあ》がりの口笛が響く。

「夢で出会って、ウィニングボールのプレゼントね。女子中生かよ」

からかうように言い、直後に一転、真剣な口調になった。

「気を付けろよ、片山に持ってかれないように」

意味不明の言葉で、返事に窮する。

「死ぬ人間や動物って、何かを連れてくらしいぜ。俺の親戚《しんせき》は、犬を連れてった。逆に、犬に連れてかれちまったヤツもいる」

胸に溜まるばかりの紫の光が膨《ふく》れ上がっていく。あれは後悔が見せた夢ではなく、片山からのメッセージだったのだろうか。

「片山が引っかかってるんなら、情報収集しとこうか。超簡単だ。あいつは文武両道だから、活動範囲が広い」

和典もつい最近まで、中高一貫の男子校で成績をキープしながらサッカーをやっていた。怪我《けが》が多くなり断念したが、それを両立させている片山は、いく分、癪《しゃく》にさわる存在だった。近づこうとしなかったのは、無意識の中にひそんでいた反発心のせいかも知れない。

「しかも清濁併せ呑《の》むタイプだ。インフォーマントには事欠かないよ。まぁ精査は必要だろうけどね。どうする」

何と答えようか。片山との中学時代の接触は、知り合いとすらいえないような淡さだったし、先日の遭遇となると、ただの通りすがりにすぎない。それを考えれば、片山がメッセージを送ってくるなどありえないように思えた。

しかも向こうは、もうこの世にいないのだ。存在しない人間を今になって知っても、どうなるものでもない。そんな作業は、無意味に決まっていた。

時間の流れに任せておけば、そのうちに心の蟠《わだかま》りも消え、いつの間にか忘れてしまうだろう。

そう思いながら同時に、そんな事が本当にできるのだろうかと疑った。あの夜、片山の前を通り過ぎた。それだけで胸に傷のような引っかかりを作っている。そんな軟弱なメンタルで、今度はその死の前を通り過ぎようというのか。棘《とげ》でも抜くように心から片山を引き抜き、出会わなかったも同然にすっかり忘れてしまうような芸当は、神経が太くて記憶力に問題のあるヤツにしかできない。このまま放置しておけば、いつまでもその痛みを消せないだろう。

「頼む」

3

「いい加減、決めたらどうなの。もう皆とっくに絞ってる時期でしょうが。後れを取ってどうするのよ」

母ががなり立てる原因は、先日来、同じだった。

「いくら数学が好きでも、その類の学部じゃ就職に苦労するだけじゃないの」

そうでもない。アップルのパスワード処理高速化には、楕円《だえん》曲線暗号が重要だし、ビッグデータの解析には、パーシステント・ホモロジーが欠かせなかった。

数学を生かせる仕事としては、以前から統計や確率を活用して仕事上のリスクを回避するアクチュアリーという専門職があったが、それ以外にも経営戦力や販売促進にＡＩが使われるようになった事から、ビジネスシーンで数学的知識を持つ人材が求められるようになってきていると聞いている。

だが、ここで母を相手に数学の価値について議論してみても、無駄だろう。高二の十二月になってもまだ受験学部を決めていない息子に進学の話を持ちかけるのは、心配や気遣いからではない。自分の思い通りの道を進ませたいからだった。

「なんてったって医学部よ、医学部。この間の保護者説明会でも、成績優秀者は最近、情報系学部に流出してるから医学部が狙《ねら》い目だって言ってたし、卒業後だって選択肢が多いじゃない。院に残ってもいいし、誰かの研究室に入っても、どこかの病院に行ってもいい、私やパパのクリニックを継ぐとか、それが嫌なら新しく始めてもいいんだから。資金くらい出してあげるって言ってるでしょ」

母のそばを、マグカップを持った父が通りすぎる。おまえも大変だよな、というような目をチラッとこちらに向けつつ、飛び火を恐れて早々に姿を消した。

「成績的には、どこを受けても問題ないんだから、どうせなら理Ⅲに行きなさいよ。親戚には、赤門出が多いんだし」

四分の一ほど残っていたベーグルを口に突っこみ、紅茶で押し流すと、音を立てて椅子から立ち上がる。まだ口を付けていなかったレザン入りのクグロフはあきらめ、パン籠《かご》に戻した。

「決めるのは、俺だから」

捨《す》て台詞《ぜりふ》は、ドアの近くでしか言えない。反撃が来る前に素早く廊下に出た。階段を駆け上がり、自分の部屋に入って息をつく。

母が医学部と決めつければ決めつけるほど、そこだけは避けたい気持ちになった。そういう母親バイアスがかかった状態で受験学部を選択するのは間違いの元だとわかっていたが、どうにも自分をなだめられない。医学部だけは絶対に嫌だ、との思いが強かった。

一番好きで、同時に得意でもある数学で生きていきたい。自分から数学を取ってしまえば、ただ普通の人間でしかなかった。それはチーズを抜いたチーズケーキのようなものだ。

不安がない訳ではない。医師に比べれば確かに、卒業後の門戸は狭かった。いや医学の方が広すぎるのだろう。研究医から臨床医、最近では臨床研究医制度も創設され、多岐にわたっている。母にしてみれば、数学の道を選ぶなどという行為は、あえて危なっかしい人生に足を突っこむようなものなのだ。

ベッドに体を投げ出し、片山はどんな将来を思い描いていたのだろうと考える。高校球児なら、甲子園を目指さないヤツはいないだろう。来春の大会で優勝し、夏でも甲子園投手になってドラフトか、それとも大学に進んで幅を広げつつ技術に磨《みが》きをかけるつもりだったのか。

その未来図が一気に粉砕され、この世の生を断ち切られてしまった事は、惨劇といってもよかった。本人の無念さは、どれほど大きいだろう。自分の身に置き換えてみれば、リーマン予想の証明の最終段階まで上り詰めながら息絶えたようなものだった。

十七歳で終わってしまう人生は、どんなものなのか。あの夜の紫の瞳は、迫ってくる死と鬩《せめ》ぎ合っていたのだろうか。

健康を当たり前とし、のうのうと生きている自分が申し訳なくなる。免罪符でも探すように自分にできる事を考えてみたものの、この世の人間が死者にしてやれる事など一つもなかった。

これから葬儀や送別の会が行われるのだろうが、それらは生きている人間の心を慰め、落ち着かせるだけのもので、片山本人には見えもしないし、届きもしない。その生はすでに消滅し、宇宙のどこにも存在しないのだった。

溜め息をついて起き上がる。どうにも気持ちが滅入《めい》っていた。ワードローブからコートを出し、気分を変えようと外に出る。

足は、あの公園に向いた。白いフェンスと生垣の向こうからのぞく遊具を見ながら脇道《わきみち》を歩いていくと、新玉東高校の制服を着た男子数人とすれ違った。女子のグループも笑いながら通っていく。

あの夜、片山は部活帰りだったのだろうか。それとも病院からの帰りか、家に戻ったものの、いられなくて出てきたのか。どういう事情だったのだろう。

片山が座っていたベンチが見えてくる。そこに人影があった。新玉東校の大柄《おおがら》な男子が腰かけ、頭を抱え込んでいる。信じられないほど、あからさまだった。

十代後半にもなれば、苦悩や落ち込みは普通、平静さを装って隠す。こんなオープンスペースで堂々と苦しんでいるのは、どこか胡散臭《うさんくさ》かった。もし本気なら、神経を疑わざるを得ない。

唖然《あぜん》として見ていると、事態は二の句が継げないような方向に発展した。新玉東校生はうめき声を上げ、泣き始めたのだった。公園で男子高校生が泣く。目の当たりにしながら、あり得ないとしか思えなかった。

どうしていいのかわからない。ただ突っ立って見入りながら、そんな自分はあの高校生よりマヌケに見えているに違いないと思った。

「文《ふみ》ちゃん、見っけ」

明るい声が響き、足音が駆け寄ってきて新玉東校生の前に立つ。

「やだ、泣いてるの」

あの花屋の子だった。新玉東高校の制服を着ている。大きな業務用エプロンを着けている時には、年齢がよくわからなかったが、こうして見ると、自分と同い年くらいに見えた。

「俺は、もうダメだ。もう終わった」

絶望のこもった涙声に、しっかりと首を横に振る。

「そんな事ないって。ね、文武《ふみたけ》、元気出して」

隣りに腰を下ろし、そっと顔をのぞきこんだ。

「文ちゃんが泣いてると、私も悲しくなっちゃうよ」

手を伸ばし、高校生の頭を胸の中に抱え込む。

「元気出そうよ、ね。文ちゃんには、私がいるじゃん」

どうやら、いい仲らしい。

「ほら涙、拭《ふ》こ。さ、こっちむいて。高二にもなって泣くんじゃないって」

二人に背を向けて歩き出す。初めて出会った時の事が脳裏をよぎった。

心がささくれ、イラついていた時、花屋のウィンドウ越しにその笑顔を見たのだった。穏《おだ》やかで優しい細雨にも、誰も知らない場所で秘《ひそ》かに湧《わ》き出している泉水にも似ていた。いつの間にか胸に染《し》み通ってきて、ひび割れを埋めていく。自分が潤《うるお》い、ふっくらと柔らかくなっていくのが不思議だった。

その笑みを思い浮かべるたびに、帰る港を持っている船のような気分になる。それがあると思うだけで落ち着いていられた。

しかし、そこがすでに他の船の母港なら黙って退散するよりない。発展を期待していた訳ではないが、その笑みに新玉東校生の影が落ちているとなると、癒《いや》しになるはずもなかった。

ポケットでスマートフォンが鳴り出す。出してみると黒木からメールが届いていた。

「片山の母親は、医師。駅前のビルにクリニックを持ってる。住まいは駅に直結の高級マンション。離婚しているが付き合ってる男がいて、『新玉神社』に出入りしていたところを目撃され、患者の間で噂になったらしい」

新玉神社は、高速のインターチェンジ近くにあるラブホテルだった。

「それ以降、男を自分の家に連れてくるようになった。片山は小学生の頃から、男が帰るまで家を出ているように言われてきたって話だ」

同情しながら、どちらが楽かを考えてみる。子供に頓着《とんちゃく》せず、享楽的な道を突き進む母親を持った片山と、子供を支配し、呑《の》み込もうとする母親を持った自分と。色恋がからんでいる分、片山の方が辛いかも知れなかった。

「それで夜の街を徘徊《はいかい》してて、一時期は不良とツルんだ事もあったらしい。その後、野球に打ち込むようになって結果を出し、力を評価されてのめり込んでいった」

片山が不意に近づいてくる。恐ろしいほどの速さで心に雪崩《なだ》れこみ、一気に入り混じった。片山の気持ちを自分のもののように感じる。

野球は、片山にとって母親からのシェルターだったのだろう。自分の場合、それが数学だった。そこに逃げ込み、扉を閉ざして外界を遮断し、自己を守る。当初は保身の手段でしかなかった。だが次第に引きこまれ、夢中になり、それが目的に変わっていったのだった。片山も、きっと同じだろう。

「ところが最近、部内でトラブってたみたいだ。原因は、片山の独断専行らしい。ま、ありそうな事だ。エースでスラッガーなら、部内じゃ絶対王者だろうからな」

葉先から雫《しずく》がこぼれるように、自分と混然一体となっていた片山がしたたり落ちていく。見る間に足元に溜まり、行き場を求めてゆらゆらと揺蕩《たゆた》った。

「新玉東は強豪と言われながら、これまでどうしても甲子園までたどり着けなかった。だが片山の入学のおかげで、その宿願に手が届きそうになっていたんだ。そういう状況じゃ、誰も面と向かって片山に説教できない。怒らせて、他校に行きますとでも言い出されたら、アウトだからな」

揺らぐ片山が、プリズムのように光をはね返す。角度によって様々な色に染まって見えた。

「具体的に何が起こっていたのかについては、まだ調べがついてない。部員の口がかなり堅いんだ」

片山が清濁併せ呑むと聞いた時には、器の大きさを感じた。あの夜の皮肉な笑みにも、達観した雰囲気が漂っていたように思える。そんな人間が、部活で傍若無人《ぼうじゃくぶじん》に振舞うとは考えづらかった。もしそう見えたとしたら、何か事情があったのではないか。

「部員の保護者を当たってみようと思ってる。部活の遠征時の手配をしたり、用具を運ぶ車を出したりしてるのは、保護者だ。中には、噂好きで口の軽い親もいるだろう。今のところは、以上だ。追加で調べてほしい事があれば、送っといて。じゃ」

メールを閉じながら考える。そもそも片山は、なぜ新玉東に行ったのだろう。片山の名前は、野球関係者に知れ渡っていた。おそらく全国の有名私立から野球留学の話が持ちこまれていただろう。それが、強豪校ではあるものの甲子園出場経験ゼロの新玉東を選んだ理由はなんだ。

野球から進学に切り替えたのか。それなら模試の成績からして、もっと偏差値の高い私立に行けただろう。母親は医者なのだから、学費に困る事もなかったはずだ。新玉東は進学校の扱いを受けてはいるが、有名大学の合格者数はさほどでもない。どうしてそこに進んだのか。

病気のために、野球も進学もあきらめざるを得なかったのだろうか。体調が悪く、近間の高校しか通えなかったとすれば、確かに新玉東しかない。

だが受験校を決めるのは、最終的には中三の初めだろう。片山が発症したのは高一の春だから、その一年前に病気について考えていたとは思えない。謎《なぞ》というしかなかった。黒木に返信する。

「片山が新玉東に進んだ事情を調べてくれ。よろしく」

4

新玉東の野球部は、今どうなっているのだろう。グラウンドまで行き、様子を見てみようか。

そう思いついたのは朝方だった。強豪校と言われているのだから、ピッチャーも片山一人ではないだろう。通常通りに練習している可能性もあり、監督の性格と部員の士気次第では、葬儀が終わるまで休部になっている事も考えられた。行ってみれば、それもわかるだろう。

場所を検索し、年末の街に自転車を走らせる。赤と緑のクリスマスカラーがあふれる繁華街を抜け、人通りの少なくなった道を通って河川敷《かせんしき》に出た。

スマートフォンの地図のピンが立っているあたりに緑のバックネットがある。そばの表示板に、新玉東高校グラウンドと書かれていた。犬を散歩させる親子連れや、ウォーキング、ランニングをする人々が通りかかるばかりで、部員の姿はない。

路肩に自転車を停《と》め、河原に降りてみる。ネット裏に置かれた安定の悪いベンチに腰を下ろし、フィールドを見回した。中央からわずかに離れた所が円形に高くなり、埋めこまれた白い板が朝の光をはね返している。

あそこに立ち続けてきた片山が、最後に見た光景は何だったのだろう。病室の天井や壁に囲まれながら脳裏に思い浮かべたのは、やはりこのマウンドか。

あるいは甲子園だったのだろうか。高校球児なら、誰もが夢見る場所だろう。多くの人々に名前を知られ、将来を期待されていたのに、その道半ばで倒れるのはいかにくやしかった事か。まだ実もつけていない若樹《わかき》のうちに、いきなり根こそぎにされたようなものだった。

白球を握り、テイクバックにかかる片山を、幻のように思い描く。中背だったがスタイルがよく、バランスが取れていたような記憶があった。テイクバックは小さい。打者から見れば、体から直接球が出てくる感じで、何を投げてくるかわかりにくいはずだった。エースとして活躍できたのは、それも一因かも知れない。

道路の方で、車のスライドドアの音が響く。マウンドに立つ片山の姿が薄れ、消えていった。振り仰げば、停車したバスからユニフォーム姿の部員たちが出てくる。中年の男性がサイドにあるトランクを開け、野球用具を下ろしていた。

次々とグラウンドに駆け下りてくる部員たちの表情は、どことなく硬い。各自で準備運動を始め、アップのランニングにかかるものの、心ここにあらずという様子が見て取れた。

片山を失い、皆が痛手を抱えているのだろう。存在感の大きかった人間がいなくなれば、喪失感も半端《はんぱ》ではない。練習のたびに片山の面影《おもかげ》があざやかに甦《よみがえ》るに違いなく、それに耐えるのはかなり辛い事かと思われた。

同情しながら、部員の中に忘れがたい顔を発見する。花屋の女子の相手、文武だった。あの時、抱えこんでいた頭が丸刈りだったと思い出す。今時の高校生で丸刈りとなれば、野球部員以外になかった。では泣いていた原因は、片山の死か。

グラブをはめたり、調整したりしている部員たちの脇で、文武はレガースやプロテクターを着け始める。捕手らしかった。片山とバッテリーを組んでいたとすれば、他の部員より深く関わっていただろう。どうにも気持ちを抑えられず、人目をはばかる余裕もなかったという事か。

いく分バカにしていた自分の頭を小突く。バッテリーは、昔は夫婦に例えられた。今ならパートナーとか相棒のような関係だろう。つながりが深ければ深いほど、忘れがたい。果たして立ち直れるのだろうか。

痛々しく思っていると、文武が手を止め、部員たちを見回しながら声を張り上げた。

「皆、元気出そうぜ」

視線が、いっせいに文武の方を向く。

「甲子園で勝てば、片山だって喜んでくれるよ。頑張ろうぜ」

あの夜から考えれば、あざやかとも言える復活ぶりだった。どうやら引きずらないタイプらしい。心配するまでもなかったと気が軽くなった瞬間、爆発するような声が上がった。

「うぜーぇ」

数人の部員が文武に歩み寄っていき、取り囲む。

「調子こいてんじゃねーよ」

「そーだ、俺たちは我慢してきたんだ」

「今まで片山の贔屓《ひいき》だけでやってきたくせに、ほざくな」

「だいたい誰の球、受けるつもりでプロテクター着けてんだよ」

「もうお前に投げるヤツなんか、いねーんだよ」

部員たちより頭一つ上に出ている文武は、殴られ続けるボクサーのような目をしていた。棒立ちになり、左右の手で肩にかけたプロテクターの縁をくり返しなぞっている。

「おい」

複数の部員が走り寄り、攻撃のサークルに割りこんだ。

「やめろよ。練習かかろうぜ」

「ほら、行けよ、行って」

部員たちはばらけ、三々五々散っていく。ホッとしていると、それを見送っていた文武が肩からプロテクターを引きずり下ろし、地面に放り出した。

「わかったよ」

身をかがめ、音を立ててレガースを引きはがすなり、プロテクターの上に投げつける。

「こんな部活、辞めてやる」

シートの上に置いてあったジャンパーを取り上げ、身をひるがえして河川敷の階段に向かった。

「誰か、止めろよ」

「放《ほ》っとけ。せいせいすらぁ」

「そ。あいつがいなくても別に困らん」

荷下ろしをしていた中年男性がこちらにやってくる。どことなく気の弱そうなうりざね顔で、肩でも凝《こ》っているのか、しきりと腕を回していた。

「おーい、いったん集合。もうすぐ監督が来るぞ」

部員たちは、文武を気にしながらも男性の方に足を向ける。文武は階段の向こうに姿を消した。思ってもみない成り行きで、放っておけず追いかける。

階段を上ると、交通量の多い道路の歩道を歩いている姿が目に入った。ドラッグストアとコンビニ、コインランドリーが連なっている所まで行き、店の方に近寄っていく。

買い物かと思いきや、ドラッグストアの前に並んでいたトイレットペーパーの三段ワゴンをつかみ、いきなり引き倒した。ペーパーの山が崩れ、横倒しになるワゴンと前後して地面に散乱する。物音に驚いた店員が飛び出してきた。その脇をすり抜けて店内に入っていく。あわてて後ろに続いた。

商品棚で区切られた通路をのぞきながら、姿を捜す。やがて見つけた文武は、棒付きキャンディを鷲《わし》づかみにしてポケットに突っこんでいるところだった。走り寄り、腕をつかむ。

「やめとけ」

ユニフォーム越しに、太い筋肉が感じられた。そばに立ってみて初めて、自分より十センチ以上も背が高いと気づく。腕力勝負になったら、とても勝てそうになかった。

「うっせー」

熱《いき》り立った目が、こちらをにらむ。

「なんなんだよ、おまえ、すっこんでろ」

大人しくさせるには、どうしたらいいだろう。店員を呼べば事は簡単だったが、万引きで通報され、悪くすれば補導だった。そうなったら彼女が悲しむ。

「手ぇ放せよ。放せってんだ、おらぁ」

通りすがりの人間ではないと知らしめれば、少しは頭が冷えるかも知れなかった。

「俺は、あの花屋の子の友人です、文ちゃん」

文武の顔から、見る間に怒りや勢いが消える。しぼんでいく風船のようだった。それを見ながらジャンパーの膨らんだポケットに手を突っこみ、キャンディをつかみ出す。すっかり棚に戻した後、視線を上げ、このあたりを監視しているカメラがない事を確認した。

表から入ってきた店員が、愚痴《ぐち》りながらレジに戻っていく。警備会社や警察に連絡する様子はなかった。知らず知らずに抑えていたらしい呼吸が、大きな溜め息になる。乱雑に積み上げたキャンディの山を見ながら、もっとましなものを狙えなかったのかと思う余裕さえ生まれた。

「これ、食いたかった訳か」

文武は横を向く。

「別に」

耳の縁に沿ってピアスの穴が連なっていた。

「ムシャクシャしたから、何かやってやろうと思っただけだ」

おまえは園児かと突っこみたくなるような、拙《つたな》い言い訳だったが、学校や個人名の入ったユニフォームのままで犯行に及んだ事との整合性は、妙に取れている。即座にキレて、後先を考えられなくなる質《たち》なのだろう。

「とにかく、ここ、出よう」

文武がうなずくのを見て、顎《あご》でドアの方にうながした。歩き出す本人に続く。一歩ごとに動く背中が、背筋の強さを感じさせた。先ほどの部員たちの言葉が思い出される。

片山は、なぜこいつを贔屓していたのだろう。それほど力があるのか。だがそうなら練習や試合を通して部員たちにもわかったはずだ。野球を好きな連中なのだから、他人の力量を見抜く力や、それを重んじる気持ちもあるに違いない。片山の贔屓は許容され、渋々《しぶしぶ》ながらも認められただろう。

彼らは、我慢してきたと言っていた。それは贔屓が不当に思えたからだ。黒木の話にあった、片山の独断専行で部内がトラブっているというのは、おそらくこの事なのだ。片山にいきなり死なれてしまった部員たちは、これまでの自分の態度を思い返し、多かれ少なかれ後悔して口を閉ざしているのだろう。

「そのジャンパー、新玉東の野球部だよな」

さりげなく事情を聞き出しにかかる。自分が花屋でアルバイトをしている女子の友人という縛りにも気を付けつつ、話を進めた。

「あそこ強豪だから、入部するの大変だっただろ」

文武は、得意げな笑みを浮かべる。

「まぁな」

筋の通った鼻の先が、わずかに蠢《うごめ》いた。

「けど俺、肩がいいから一発だった。足も速いし、目もいいんだ」

照れる気配も見せず、自分の長所を並べ立てる。それでも嫌味な感じがしないのは、あっけらかんとしているからだろう。体付きからして、確かに身体能力は高そうだった。だが部員を敬服させるほどではないのだから、まぁそこそこなのだろう。

「だから絶対エースの片山が、俺の才能にホレたんだ。うちに来て野球やらないかって誘ってきた」

次第に饒舌《じょうぜつ》になる。

「あの片山が、だぜ。すげぇだろ。きっと俺の力が必要だったんだ」

簡単にキレ、簡単に調子に乗る様子は、今にも浮遊でも始めそうなほど軽かった。うらやましいほど十代男子の重みを感じさせない。

「けど、俺んちじゃ私立の学費なんか出せっこねぇって言ったら、スポーツ特待受ければ学費は免除だって。ユニフォームやスパイク、グラブなんかの面倒もみてくれるらしい。で、家族に聞いてみたんだ。ちょうどテレビで甲子園中継してる時期だったから、超盛り上がって、おおそりゃいい、さっさと転校しろって言うからさ、スポーツ特待受けたんだ。片山が色々、教えてくれてさ、合格。んで、今年入ってすぐ転校した」

かなり気合の入った贔屓だった。片山は、いったいどこを見込んだのだろう。

「それまで体育以外で野球なんかやった事なかったから、入部しても練習じゃ7～8番あたりを打って、守備はライトかレフト、試合はベンチ。部員多いからな。でも毎日、片山が声かけてくれたんだ。一緒に自主練してくれた。最近なんか、来春の大会でバッテリーを組もうって言い出してたんだぜ。来年になれば高野連の規則シバリがはずれるから、おまえと俺で一緒に試合に出ようって。マジすげぇだろ。で、コーチのオッケイを取って練習を始めてた。部員たちは皆やっかんで、いろいろ言ってたよ。けど、しょーがねーじゃん、俺に才能があるんだからさ」

経験値のない転校生をレギュラーまで引き上げるとなれば、摩擦は避けられない。片山の特訓や、それに応じた文武の努力もあったのだろうが、部員たちの目には異様な肩入れと映ったのだろう。それではチームの結束は乱れるに決まっていた。

百歩譲って文武が野球の天才だったとしても、一人の才能だけで試合には勝てない。片山には、それがわかっていたはずだ。それでも押し切ろうとしていたのだ。なぜだ。

「俺、ガチでやる気になってた。それなのに、片山のヤツ」

声が震え、言葉が途切れた。見ればジンワリと涙を浮かべている。

「死んじまうなんて。ああ俺、どうしよう」

感情のアップダウンが激しいのは、自己を抑制する力に欠けているからだろう。高二でこれでは情けないような気もするが、まぁ素直と言えなくもない。大柄な体全体に心許《こころもと》なさを漂わせ、頼りなげに目を伏せている様子は、面倒を見てやらねばという気持ちを起こさせた。片山が放っておけなかったのもわからないではない。

「片山とは、どこで知り合ったんだ」

文武は、カリカリと丸刈りの頭を掻《か》く。

「あんまり言いたくねーけど、もう昔の事だから、いっか。俺、ヤンキーだったんだ」

表情に力が戻り、言葉がいく分誇らしげな響きを帯びる。

「駅の北口あたりをショバにして、カツアゲするグループに入ってた」

片山が一時期、夜の街を徘徊していたという話を思い出す。

「で、真夜中で暗かったから、片山とわからずに取り囲んだんだ。片山は、金をユスられるとわかったんだろう。とっさに持ってた財布を遠くに放り投げた」

自分でもそうするだろう。相手が集団なら、それがベストのやり方だった。

「そん時、俺は後ろの方にいた。いつもそうなんだ。下《した》っ端《ぱ》だったからな。で、頭上をかすめて飛んでいく財布が見えたんで、飛びついてキャッチした。そしたら片山がツカツカと近づいてきて言ったんだ、野球やらないかって。きっと俺の、秘められた才能に気づいたんだ」

いくら片山でも、その一挙だけで能力を見抜けたとは思えない。そんな事が可能なのは、野球マンガかアニメの世界だけだろう。片山の言動には、もっと現実的できちんとした理由があるに決まっていた。

「けど俺、啞然とした。だってカツアゲされてる最中だぜ。こいつ、野球オタクだなって思ったよ。他の連中も呆気《あっけ》に取られてた。その内に誰かが、こいつ片山じゃね、って言い出してさ、そうだって事になって、皆、あわてて引き上げたんだ。撤収だよ撤収。片山の名前は通ってたし、仲間にゃ野球好きの連中も多かったしさ」

肩をすぼめ、下唇を突き出す。目的を果たさず引き上げたのは、カッコいい事ではないと思っているのだろう。不良の下っ端にも、矜持《きょうじ》があるらしかった。

「で、さっきの流れになったんだけど、スポーツ特待受ける前に片山から、ヤンキー連中とは手を切れ、監督には本当の事を全部話しておけって言われた。ま、俺も根性入れてヤンキーやってた訳じゃない。ただ暇だったし面白そうだったからツルんでただけでさ、部活始めたらそんな時間もなくなるだろうと思って、すぐ足抜けしたんだ。けど、そーゆー前があるって事を監督に話したら、ヤベェじゃんって思って、内緒にしとこうぜって言ったんだ。そしたら片山にマジ切れされた。いつもいつも目先の事だけ考えてんじゃないって」

　耳から入ったその言葉が、重みをもって胸に落ちてくる。確かに文武を見ていると、目の前の事だけに反応している感があった。

「片山って、めったに怒んねーんだけど、あん時はガチだった。俺、一瞬、ブルッたもん。それほどの事かよ、って思いもしたけどさ」

　おそらく片山にとって、それは絶対に譲れない部分だったのだ。そここそが行動の根幹だったのだろう。初めて見えてきたそれを足がかりとし、全体に目を配ってみる。

　片山にも不良だった時期があった。和典同様に、家に居場所がなかったのだ。それを野球の中に見つけ、夢中になる事で人生を変えていった。立ち直れたと自分でも思っていただろう。不良の群れの後方で財布をキャッチした文武に、昔の自分を見る思いがした事は想像に難《かた》くない。

　片山は、文武にも自分と同じコースを歩ませたいと思ったのではないか。そのためのチャンスを提供しようとした。最初は入部を誘い、転入させて育て、春の大会でバッテリーを組むという目標を掲げ、鼓舞していった。

　きれいな命題ができ上がり、一人で満足する。時間軸を点検し、完璧《かんぺき》にしようという気になった。数式のように美しく整えたい。

　片山が骨髄形成症候群を発症したのは去年の春。それからは不調と不安を抱えながらの部活動だったはずだ。このまま乗り切れると思う時も、もうダメかも知れないと思う時もあったに違いない。その夏に文武と出会い、見過ごせずに野球に誘った。

年を越した今年初め、文武が転入。一緒に自主練を始めるが、夏は甲子園への切符を逃している。その後、急性白血病に移行。そこから死を迎えるまで二、三ヵ月だった。翌年にかける気持ちと、悪化する病状の間で心を揺らし、薄氷を踏む思いで毎日を送っていただろう。その中でバッテリーを組む約束をした。

時間軸に矛盾はない。ただ最後の部分だけが不自然で、全体の調和を乱していた。素数列の中に非素数が交りこんでいるような違和感がある。

白血病が進行していたのだから、体調も日増しに悪くなってきていたはずだ。普通なら、退部して治療に専念するところだろう。文武との自主練も、事情を話して休止にするのが適切だったに違いない。

ところが片山は、バッテリーを組むという新しい試みをスタートさせたのだ。それまでやってきた自主練から一段階ギアを上げている。死に向かってアクセルを踏み込んだも同然だった。なぜだろう。

自分の退部に関しては、エースの座を降りたくない一心、甲子園のマウンドに立ちたい一念で辞められなかった可能性もある。甲子園出場を仲間に託したり、チームの活躍をベンチやスタンド、あるいは病室のテレビで応援するような毎日には、満足も納得もできなかったのだろう。

そうだとすれば、病気で落ちていくフィジカルを練習でカバーしなければならなかったはずだ。相当な努力が必要になる。そんな状況で、野球経験の浅い文武を捕手に育て上げる余裕があるだろうか。

サッカーになじんだ和典から見れば、捕手というのはボランチのようなものだった。どちらもチームの司令塔で、仕事は多岐にわたる。ゲームの特性上、捕手の方が多彩な動きを必要とされるかも知れない。

打者の特徴や試合の状況から配球を決めたり、走者の動きに目を光らせ、守備をしている野手に指示を出したり、スクイズを防いだり、送球時のカバーに走ったり、またキャッチャーフライが上がればきちんと捕球し、もちろんホームは死守する、それが捕手だった。

それらの技術を文武に教え込むには、かなりの時間と労力がいるだろう。病気を抱えながらそんな苦労を背負い込むより、これまで組んできた捕手とのバッテリーを続行し、練習に専念した方が楽で効率もいいはずだった。文武には、普通の部員同様の練習をさせておけばいい。そうしなかった理由は、なんだ。

バッテリーを組むという派手な餌《えさ》で誘わなければ、文武が付いてこなくなっていたのか。思わず文武の顔を見る。目の前を通りかかった小ぎれいな女性集団に見惚《みと》れ、相好を崩しつつ、脇を通り過ぎていくマウンテンバイクにも目を奪われていた。いかにも上っ調子で、飽きっぽい性格が透けて見える。

片山が餌で釣ろうとしたのも、満更《まんざら》ありえない事ではなさそうだった。だが片山には、負担の大きすぎる餌だろう。野球への道は付けたのだから、ここで付いてこなくなるならそれまでだと、なぜ思い切らなかったのか。片山にとって文武の更生は、それほど大事なものだったのだろうか。自分の昔を思わせるというだけで、そこまで入れ込めるものか。

「ところでさ」

文武が、こちらに目を向ける。不思議でならないというように、頻《しき》りに首を傾《かし》げた。

「おまえ、さっき美香《みか》と友人って言ってたけど、どーゆー関係なんだ」

あの女子の名前は、美香らしい。

「おまえみたいなダチがいるなんて、俺、全然、聞いてないぞ」

答えに窮した。通りすがりに見かけて気に入っているだけの、関係ともいえない関係だったが、友人と言ってしまった手前、どうしようもない。

「中学時代のクラスメートだ」

文武は眉根《まゆね》を寄せた。

「美香の中学は、熊本《くまもと》だぞ」

頭の中味が一瞬、吹き飛んだような気分になる。この後をどうつなげばいいのかわからず、狼狽《うろた》えた。

「おまえも、熊本から転校してきたのか」

助け舟のようなその言葉に、乗るしかない。これで縛りは二つになった。それが増えていく事に、累卵《るいらん》の危うきにあるのを感じる。この場は、早々に切り上げた方がよさそうだった。

「じゃ俺、自転車取りに行くから。おまえは、部活戻るんだろ」

文武は、決まりが悪そうな顔になる。

「今さら部活にゃ顔出せねーよ。俺、退部するって言ってきたんだ。スゴスゴ戻れるもんか。カツコつかねーじゃん」

ここは引き止めないと、片山が泣くだろう。

「辞めたら、片山が恨んで化けて出るぞ」

文武は一瞬、身を震わせた。

「そんなの、信じるとでも思ってんのか」

言葉と裏腹に、瞳が縮み上がっている。気は小さいらしかった。

「片山は、おまえを転校させてまで野球をやらせようとしてた訳だろ。自分は倒れても、おまえには甲子園に行ってもらいたいと思ってたはずだ」

文武は何かに気を取られているかのような顔をしている。表情がとぼしく、ちゃんと聞いているのか、それとも眠くなってきているのか、どちらともつかなかった。苛立《いらだ》ち始めていると、やがて頷《うなず》くようにうつむく。

「そうか。片山、きっと俺を見てるよな。だったら頑張らないと、ダメだよな」

曲がりなりにも聞いていたらしかった。だが簡単になびくヤツは、簡単に背く。ここは釘《くぎ》を刺しておかねばならないだろう。どんな言葉が適当か。元ヤンキーなら、男を鼓舞する事か。

「片山の気持ちを背負って踏ん張らないとダメだ。それが男の価値ってもんだろ」

心に響いたらしく、意外にしっかりと頷いた。

「また話そう。アドレス教えといて」

それを交換し、片手を上げて別れようとする。文武が引き止めた。

「片山は文武両道って言われてたけど、俺もそうなんだぜ。俺の名前は文武だ。文と武《ぶ》が両方入ってるじゃん」

そりゃ名前負けだろうと思ったが、言わなかった。

5

疑問は、二つ。

一つは、白血病に移行した片山が、なぜ文武とバッテリーを組む決意をしたのか。二つ目は、当初から引きずっている謎、片山はどうして新玉東高に入学したのか。

黒木に、部員間のトラブルについては見当がついたから保護者の調査は不要、とのメールを送りながら、片山の姿を思い出す。公園のベンチで背中を丸め、地面を見すえていた。こちらに向けられた目は、人間ではない生き物のようで、今にも身投げでもしそうな、切羽《せっぱ》詰《つ》まった雰囲気があった。

あれは秋の気配の漂い始めた頃だったから、病状的には白血病に移行した頃だろう。文武との関係でいえば、バッテリーを組む前という事になる。

踏み切るかどうかを悩んでいたのだろうか。あの文武に捕手としての技術を叩《たた》き込もうとするなら、全力を傾ける覚悟でなければ成功しないに決まっている。そんな事をしていれば、投手としての自分の訓練はもちろん、闘病すら二の次になりかねないだろう。それはつまるところ、自分か文武か、という二者択一に行き着くに違いなかった。

片山のあの目は、その選択を見つめていたのだろうか。いや、すでにそれを終えた後だったのかも知れない。腹を決めた事によって目の前に広がる世界、自分より文武を優先しながら確実に死に向かっていく道の恐ろしさを見すえていたのか。

その壮絶さに身震いする。キリスト教では、神は耐えられない試練は与えないと言われているが、片山が優れた資質を持っていたからこそ、与えられた危難だったのだろうか。

もし自分が似たような事態に直面したら、どうするだろう。リーマン予想を証明しかけていながら病魔に襲われ、そこに文武のような人間がからんで、自分かそいつかの選択を迫られたら。途中までの計算式を渡し、後を頼むのか。それとも絶望に身を沈め、何もかもを放り出して自分と共に計算式も消滅させようとするのか。

答えを迫る力と戸惑う思いに挟まれ、息が苦しくなる。逃げようとして自分に言い聞かせた。ま、俺は、片山ほど人間がデキてない。清濁併せ呑むデカい器の持ち主でもないし。きっと神も、ターゲットから外してくれるだろう。

大きく息を吐《は》き出しながら、片山の心情について何の情報もない事に思いをはせる。本人に聞く訳にはいかないのだから、周辺から探るしかない。

病気を知っていたという監督やコーチは、片山の言動をどうとらえていたのだろう。バッテリーの変更をオーケイしたという話だったが、快諾だったのか、それとも片山が強引に押し切ったのか。

またそれ以前に片山と組んでいた捕手は、どんな気持ちでいたのだろう。部内の文武への悪感情は、バッテリーから外された捕手に同情しているせいもあるのに違いない。そのあたりは文武自身が空気を読み、周りを刺激しないように振舞うしかなかったのだろうが、あの性格にそれを期待するのは無理というものだった。

片山も、とんだヤツに引っかかったものだ。そう思いながら、そんな片山に引っかかっている自分に苦笑する。

スマートフォンが電話の呼び出し音を鳴らす。画面には、登録のない番号が表示されていた。無視してもよかったのだが、何となく出てみる。

「上杉和典君ですね。私は、医学部系専門予備校の大野と言います」

勧誘らしかった。この番号を、どこから入手したのだろう。学校はもちろん塾も模擬試験業者も、今はセキュリティに敏感で情報を流さないはずだった。

「医学部受験において、すべての大学で面接が行われているのはご存じですよね。当予備校では、各大学のアドミッションポリシーを把握して模擬面接を行い、医師に期待される倫理観などを身に付けられるようにしています。また」

延々と続きそうな説明に、疑念の声を押しかぶせる。

「この番号、どこのリストで知ったんですか」

大野と名乗った男は、軽い笑いを漏らした。

「いや、そちらの保護者様からお電話をいただいたんです、ぜひ勧めてほしいと」

終わりまで聞かずに電話を切る。医学部に行くつもりはチラッともなく、逆にそこだけは嫌だと思っていたのだが、母のこの工作でいっそう気持ちが固まった。たとえ東大の理Ⅲから三顧の礼で迎えられたとしても、断乎《だんこ》、断わる気になる。

タブレットを開き、途中になっていた証明の続きに取りかかった。ところが苛立ちを収められず、いつものように入り込めない。集中できないのは、母への怒りが澱《おり》のように胸の中を浮き沈みしているからだった。

母に抗議し、同じ事を繰り返さないよう念を押しておくつもりで立ち上がる。部屋のドアを開け、廊下に出ようとして机上のスマートフォンが鳴り出しているのに気がついた。

あの業者が再度かけてきたのか。三度目がないようにしたいと思い、引き返してスマートフォンを取り上げる。待ち受け画面に黒木を示すアイコンが表示されていた。電話をしてくるのは珍しい。先ほど打ったメールに、コメントでもしたくなったのだろうか。

「はい俺、何」

耳を澄ましていると、深い水の底から立ち上ってくるような、揺れる陰《かげ》りを帯びた声が聞こえた。

「片山って交際範囲広かったけど、皆、あいつの表面的なとこしか見てなかったみたいだな。各自がそれぞれ断片的な情報しか持っていない。つまり片山は、誰からも理解されてなかったんだ」

唐突すぎる話に、戸惑いながら耳を澄ます。

「もっとも俺だって、同じようなものかも知んないけどさ。上杉先生、おまえもだ。他人事《ひとごと》じゃないぜ」

水でも振りまくように憂鬱《ゆううつ》を飛び散らせる。おそらく気持ちが滅入っているのだろう。片山の情報を集めていて、気が重くなるような事態にでも突き当たったのだろうか。

「それにしても、人気者のエースが実は孤独で、春の大会を目前に白血病で倒れた、なんてストーリーは今時、野球マンガにもならない。あざとすぎてリアリティがゼロだ。読者が笑う」

少し前に和典も、野球マンガを連想した事があった。この一件にそういう雰囲気が漂っているのは、多くのドラマを生んできた甲子園が背後にあるからだろう。

「高校受験時、片山は、色んな学校の野球部から誘われてたそうだ。中には、甲子園の常連校もあった。もちろん新玉東からも、スポーツ特待で声がかかっていた。だが全部断わって、普通に新玉東を受験し、入学してから野球部に入ったんだ。いったい何を考えてたのか、おまえ、わかるか」

すぐ思い付くのは、異常に時期の遅れた反抗期に突入していた、という事ぐらいだった。しかし片山が、人より遅れるなどという事があり得るだろうか。

「返事がないな。じゃヒントをやろう。甲子園出場校からの勧誘を蹴《け》って新玉東を選んだ理由は、野球部の監督と話をして気に入ったから、らしい」

今まで認識していた片山の姿に、新しい光が当ったような気がした。それを浴びながら微妙に、しかし確実に変化していく自分の内の片山に気を呑まれる。

「その監督は、高校時代に甲子園出場経験があり、今は新玉東校の国語教師だ。名前は水谷《みずたに》宏《ひろし》。信条は、高校野球の目的は人間形成にある、だそうだ。新玉東が甲子園までたどり着けない理由は、正にそれだと言われている。甲子園を狙う監督には、手段を選ばず勝利をつかむ、くらいの勢いがなければダメらしい。人間形成とか言ってる時点で、勝負の詰めが甘くなるんだろう。だが片山は、そんな監督を気に入って新玉東に入学した。スポーツ特待も受けなかった。これらから考えれば、片山の目標は甲子園じゃなかった、って結論しか出てこない」

　恐ろしく理不尽で、非常識な事を言われている気がした。甲子園を目指さない高校球児がどこにいるんだ、いねーんだよ。口まで出かけたその言葉を、黒木が静かに打ち砕く。

「野球部に入ったんだから、野球をしたかった事ははっきりしている。だが選んだのは新玉東だ。この時点で、甲子園は眼中になかったと考えるべきだ。もう一つは、スポーツ特待に応じなかった事。特待生に求められるのは勝つ事、そして甲子園出場だ。片山は、それが嫌だったんじゃないかな」

　驚きが強い風のように胸を吹き抜け、構築されていた固定観念に亀裂《きれつ》を入れた。

「甲子園を目指すとなると、勝つためのテクニックを重視しなけりゃならない。片山はおそらく、そんな野球は馬鹿《ばか》げていると思っていたんだ。もっとシンプルに、何の妥協も打算もなく試合に全力を注ぎ込み、その醍醐味《だいごみ》を味わいたかったんじゃないかな」

　それまで抱いていた高校球児のイメージがゆっくりと壊れていき、その瓦礫《がれき》の中から、変化を終えた片山があざやかに立ち上がってくる。

「自分はどこまで強くなれるのか、どれほど上手《うま》くなれるのか、それを追求しながら野球を楽しみたかった。勝敗は副産物でしかない、って考えていたんだろ」

その無鉄砲《むてっぽう》な情熱に半ばあきれ、半ば敬服する。高二だというのに常識を逸《いっ》した純粋さで、自分が見つけた玩具《がんぐ》に夢中になっている幼児のようだった。

「いつも俺たちって、目標とか到達点ばかり見てるよな。そのために今の時間を注ぎ込んでる。見方を変えれば、未来のために現在を犠牲にしてるんだ。けど片山は、今を充実させなかったら、いくら目標や到達点にたどり着いたとしても、きちんと生きた事にならないって考えてたんだと思う。監督の信条を聞いて、自分が充分に野球に浸り込めそうだと感じたから、新玉東を選んだんだ」

その時点から片山の命が終わるまでに、二年もない。現在を充実させようとしていたのは、それを予感したからだろうか。

「水谷監督は、片山を自由にさせていた。それが片山の心身を育てる事だと思ってたんだろう。ところが今年になって、そうはいかなくなった。水谷監督は更迭されたんだ」

黒木の声が低くなる。憂鬱の原因は、どうもそこらしい。

「以前から理事会とうまくいっていなかったって噂だ。理事会は、経営上の必要性から新玉東を甲子園出場校にしたかった。強豪と言われながら県大会止まりなのは、水谷監督の方針のせいだという声が圧倒的だったらしい。で、去年、片山が入学してきて、理事会は俄然《がぜん》、色めき立った。これで甲子園に行けると思ったんだ。だがその年も県大会を勝ち抜けなかった。それでついに水谷監督を下ろし、新監督の公募に踏み切った。応募してきた中の一人が、現監督の段原好《だんばらよし》之《ゆき》、五十四歳。外野手として甲子園出場経験があり、初戦敗退だった。その雪辱を晴らしたいらしい。ヤンキーが集まる事で有名だった茨城の市立浦野《いちりつうらの》高校に赴任した際、野球部を新設し、三年で県大会まで持ち上げた実績を買われての監督就任だ」

　その話はどこかで聞いた事があった。確か当初は部員が八人しか集まらず、自分が九人目になって選手と一緒に練習したのだった。自費でアパートを借りて寮とし、管理を徹底すると同時に鍛《きた》え上げて結果を出した人物ではなかったか。

「その後、浦野高校は近隣校に吸収される形で廃校となり、甲子園優勝という段原の願いはかなわなかった。それで新玉東が監督を公募するに当たって志願、事務職員として採用されたんだ。今年六月からその指揮下で甲子園優勝を目標にしたトレーニングが始まってる」

　黒木と同様、やりきれない気分になりながら片山の心境を想像する。信頼していた監督に去られ、体調は思わしくなく、日々、不本意な野球を強《し》いられるとなれば、きつさも半端ではなかっただろう。あの公園で考えこんでいたのは、その事だったのかも知れない。

「そんな環境でのストレスが、片山の骨髄異形成症候群を白血病に移行させたって見方も、できなくはないな。組んでいた捕手が監督の指示に忠実なヤツだったら、勝つための配球をしただろう。片山にとっては面白くない野球だ。一球ごとにサインに首を振ってた可能性がある。当然、投球リズムも狂ってくる」

　それで新しい捕手がほしくなり、文武の更生も兼ねて白羽の矢を立てたのだろうか。

「白血病への移行は、あいつを当てにしてた理事会や監督にとっても、かなりのダメージだったはずだ。せっかく甲子園シフトを組んだのに、肝心の片山が失速したんじゃね。チーム内には当然、控《ひか》えの投手も数いるだろうけど、片山と同等の力は期待できないし、それまで片山に頼り切ってた分、投手層は厚くない。だから今年の夏も秋も片山が投げたんだ。結果、甲子園へは行けなかった」

病魔の襲来は、片山本人にとっても、周りにとっても誤算だったのだろう。

「段原新監督は、メンツにかけても、このままじゃおけないと思ってるだろうが、スター選手がいないし、勝てるチーム作りはかなり難しいだろうな。あ、葬式は、次の仏滅に決まったって話だ。ちょうど土曜だから、おまえ、行ってみろよ。関係者と接触できるし、葬儀場の控室は情報の宝庫だ。死者が若い場合は特に、誰も彼もメンタルが普通じゃないから普段は口にしないような事まで平気で話す。ベンチ入り部員の画像、あとで送っとくよ」

6

通っている中高一貫校の制服は、詰襟だった。腕を通しながら、慶弔どちらにも適応する便利さと、その双方にジャストミートする色を使ってある事に改めて感心する。学校の創設は明治だから当時の担当者が、物資の豊富でなかった市井の状況に配慮したのかも知れない。

準備を終え、スマートフォンをズボンの後ろポケットに突っこもうとして、掌《てのひら》に振動を感じる。画面には、小塚《こづか》の電話用アイコンが灯《とも》っていた。砂漠の天使といわれるスナネコの顔のアップだった。

「今日、片山の葬儀だって知ってるだろ」

小塚の体形は、スナネコというよりパンダに近い。だが優しくひ弱な感じの顔は、よく似ていた。

「僕、行きたいけど行けない。泣きそうなんだ」

泣くほどの関係を、いつ、どこで築いたのだろう。学校も同じではないし、家も近くない。趣味も、小塚は生物および天体オタクで、野球命の片山とはかなりの距離感があった。

「小学校の時、ルーテルのバザーで、一緒のグループだったんだ」

日曜学校のつながりらしい。和典も通っていた時期があったが、カソリックだった。

「僕がモタモタして皆に迷惑かけて、自分でもすごく気にして落ち込んでた時、かばってくれた。小塚は小塚のままでいいんだって言ってくれたんだ。人間はそれぞれ違ってるんだから、それを認めない皆の方が悪いって。片山って、勘も手際もよくて、すごいなぁって思ってたんだけど、その時からは尊敬するようになった。シニアで完全試合をしたとか、模試の総合で二回連続の全国五番以内とか、いろんな噂が伝わってきて、そのたびに自分の事みたいに誇らしかったよ。あんなに何もかもできて、その上、心の広いヤツって滅多《めった》にいない。皆が憧《あこが》れて、将来はどれほどすごい事をやるんだろう、夢みたいな人生を送るんじゃないかって期待してたのに、突然こんな事になるなんて。僕、この運命には納得できない。不当だよ、許せない」

憤慨《ふんがい》と悲しみの入り混じる声を聞きながら、自分もまた片山の死を納得したがっていると気づく。それが理にかなった必然性を持っていて、片山も運命を甘受し、思い残す事なく死んでいったという事実にたどりつけたなら、どんなに心が落ち着くだろう。

「今、情報収集してるとこだ。はっきりしたら連絡する。思い詰めずに待ってろ。今日、焼香する時には、おまえの気持ちも伝えとくからさ」

電話を切り、黒木が送ってきた画像にもう一度目を通す。前監督の水谷や新監督の段原、チームのメンバーの顔をだいたい頭に入れてから自転車で家を出た。

検索した葬儀場まで、約十二、三分。新しく小ぎれいな建物で、道路に面して広い駐車スペースがあり、玄関前には今日行われる葬儀の立て札がずらりと並んでいた。佇《たたず》まいは結婚式場に似ている。違うのは、招待されなくても勝手に押しかけて構わない事だろうか。

自動ドアを入りかけ、中から出てきた中年男性とすれ違う。への字に引き結んだ特徴的な唇で、どこかで見かけた気がした。記憶の中を探り、水谷宏の名前を見つけ出す。あわてて後を追った。

追い付いたのは、坂の下に作られた駐車場の中ほどだった。古いタイプのワンボックスの脇に立ち止まり、両手であちこちのポケットを叩いている。車体には傷や凹《へこ》みが目立ち、後部の窓からは積まれているバットのグリップがいくつか見えていた。

「水谷監督ですよね」

ようやく探し当てたキーでドアを開けながらこちらを振り返る。眼光は鋭かった。

「もう引き上げですか」

いく分、身構える様子を見せつつ、下がった口角をさらに下げる。

「私が腰をすえていたら、段原監督も部員たちも気を遣うだろう。焼香だけすれば充分だ。君は初めて見る顔だが、悠飛の友人か」

どう話を持っていけば、片山について聞き出せるだろう。まずは警戒心を捨ててもらう事か。今の言葉から察して他人の気持ちに配慮する質らしい。へたに誤魔化さず、事実をそのまま伝えるのがいいかも知れなかった。

「中学の時に、ちょっとだけ接触したんですが、連絡を取り合うような関係じゃなくて、二、三ヵ月前、偶然に公園で出会ったんです。でもその時も、ただすれ違っただけで」

これは、ほとんど無関係というものではないかと自分で気付く。水谷に突っこまれる前に、フォローしておく事にした。

「深い関わりは全然なかったんですが、訃報を聞いて、何となく引っかかってしまって」

水谷は、かすかな笑みを広げる。若干、表情が優しくなり、このままいけそうだった。

「それで改めて片山の事を知りたくなったんです。僕は上杉和典、開生《かいせい》高の二年生です」

水谷の目が、ふっと和らぐ。

「ああ、名前は悠飛から聞いている」

いきなり風にあおられた気がした。

「数学の天才だって羨《うらや》ましがってたよ」

片山の意識の中に、自分の名前があるとは思わなかった。多少なりと狼狽《うろた》え、どこで認識されたのかを考える。数学と結ばれている所を見ると、全国模試の結果発表か。

「悠飛は、数学に手を焼いていたからな。点数を取ろうと思うと、半端なく時間がかかるらしい。嫌いだったんだろう」

初めて知る片山の一面が、染み込むように胸に広がっていく。あの公園で出会った時、話しかけてみればよかった。そう思うのは、もう何度目か。

「理系に進むつもりでいたから、致命的だと思ってたんじゃないかな」

それも初耳で、自分の前に次々と開いていく片山という名前のドアを見ている気分だった。本人がいない今になって、いったいどれだけの片山を知る事になるのだろう。

「理系って、具体的に何ですか」

水谷は軽く眉を上げた。どうしてやりようもないといった雰囲気が、顔からあふれ出す。

「母親に、医者になれと言われていたんだ」

またも自分との共通項を見つけ、驚いた。

「一年の頃は、絶対に嫌だと言っていた。母親への反発だよ」

項が共通しているだけでなく、方程式も同じだった。スカラーだった数字が突如ベクトルに変わり、方向性を持ってこちらに迫ってきているような気分になる。その緊密さに息が詰まった。

耐えきれなくなり、はぐらかす。

「片山が目指してたのはメジャーか、日本のプロ野球じゃなかったんですか」

水谷は、言わずもがなと言いたげだった。

「そんなところに行ったんじゃ、勝つための野球しかできないだろ。自分の力を限界まで試す事も、無謀と思えるようなチャレンジに踏み出す事も、とことん楽しむ事も無理だ。あいつにとって勝つ事は、楽しみの一部でしかなかったんだ。ごく小さな目標に過ぎなかった。野球は大学までと決めてたよ」

ひと息つき、駐車場の周囲に植えられているまだ若い樹々を見回す。

「日本の高校球児は、桜花みたいなものだ」

葉が落ち、暗灰色の幹に長い皮目が目立つそれらは、桜の樹なのだろう。その向こうは河川敷で、グラウンドだった。球音が聞こえる。

「桜は、パッと咲いて注目を集め、ほぼ二週間弱、そしてパッと散る。残りの十一ヵ月強、つまり一年のほとんどは、なんて事もないただの樹なんだ。多くの球児も同じ。自分の時間を全部注ぎ込み、地味できつい努力を重ね、地区大会、県大会、そして甲子園、それぞれの場で試合の時間中だけ、自分を全開にする」

目の前の枯れた木が、いきなり芽吹き、葉を伸ばし、蕾《つぼみ》を付け、一気に花を開かせてあたりを桜色に染める。すぐさま吹雪のように散り、後には枯れ木が残った。

「だが楽しむ余裕はない。高校野球ヒエラルキーのトップに立つ甲子園を目指す野球は、勝利を目指す野球だ。楽しめるものじゃない。スラッガーと向き合ったエースは、全力勝負をしてこそ楽しい。自分の力を全開にしてどうやって攻略するかを考え、それを実行する事に自己実現の喜びを感じるんだ。ところが監督は勝ちたいから勝負させない。他の局面でも、とにかく勝つ事が優先になる。球児は勝つために楽しみを犠牲にし、それを当然だと思い込まされて勝利至上主義になっていく」

高い球音が響いた。声援の声も聞こえる。

「勝利を目指すのはプロ野球だけで充分、高校野球は人間形成に力点を置くべき、というのが私の考えだ。発足して百年以上が経《た》ちながら、相変わらず勝利至上主義の甲子園のシステムは、抜本的な変更が必要だと思っている。ほとんどの球児はプロになれず、勝利も思い出にしかならないというのに、甲子園があるために苦しい、時には無謀な練習を強いられ、野球を楽しめない。野球が好きで部に入りながら、一度も試合に出られないまま卒業する部員も少なくない。勝利を目指して今しか見えなくなっている指導者は、成長の早い選手だけにチャンスを与える。それ以外の選手は、伸びしろがあるのに育ててもらえない。それどころか個人のキャパに合わない練習をさせられ、一生にわたる障害を抱え込んだりする。特に投手は監督の意向に逆らえない。無理をさせられる事が多く、それが自分のためでありチームへの貢献だと思い込まされる。勝ちを目指す野球では、学ぶ事より傷つけられる事の方が圧倒的に多いんだ。他方、プロを考えている球児にとっては、甲子園は今や通過点に過ぎない。昔ながらに甲子園を絶対視しているのは、ひたむきに努力する球児の健気《けなげ》さに感動したい大人と、それで利益を得ている業者だけだ。高校生には、野球を通じて素晴らしい思い出を作らせるより、素晴らしい自分自身を作らせるべきじゃないのか。勝利にこだわらず野球の楽しみを追求させてやれば、残るのは思い出だけじゃない。自信、そして人生を楽しむ事を覚える」

　片山は、水谷のそういう主張が気に入ったのだろう。その下でなら自分を生かせると考えたのに違いない。

「高校野球の監督の多くは、優勝を餌に生徒を駆り立てる事を当たり前だと思っている。保護者もそれに拍車をかけているし、マスコミも勝利者を称《たた》え、そのための自己犠牲を美徳と言い換えている。古い図式だ。勝つ事だけがいい事なのか。勝利だけに価値があるのか。それだけが素晴らしく、その他は付加価値に過ぎないのか。それほど単純な価値観で、これからの多様性の時代を生きていけるのか。野球は、そんな底の浅いものじゃない。大事なのは、高校生が自分で考え、全力を投入し、勝敗という形でその結果を受け止め、自分の心身に反映させて、さらに考え、ぶつけ、その繰り返しで心を成長させ、自分を信じる気持ちを構築する事だ。それができるのは、勝ちを目指さない野球だけなんだ。高校でそれをしておけば、卒業後、どんな環境、どんな境遇に落ちても生き抜いていける。それは野球の思い出を抱いて生きる事より、数段カッコいいだろ」

　不敵な微笑を浮かべ、こちらの返事を待っている水谷に頷いた。片山はおそらく水谷に心酔していたのだろうと思えてくる。

「どうすれば片山をもっと伸ばせるか、常に考えていた。ずば抜けた力だったからな。皮肉にもその力のために、片山は誰からも勝利を期待され、野球を楽しむ環境を与えられなかったんだ。何でもできるヤツだったのに、何も残さず、たった十七年で逝っちまった」

言葉を途切れさせ、河川敷を見下ろす。無念なのだろう。慰めたくなり、片山が思っていたに違いない事を口にした。

「片山は、監督に感謝していたと思います。入学から一年間、監督の下で好きなように野球ができた訳ですから」

水谷は、苦い笑みを浮かべる。

「続けさせたかった。本音を言えば、大学を出る頃には野球の道を歩く気になってくれるんじゃないかと期待していた。どれほど成長し、どれほど活躍するか、見てみたかった。だがこうなってしまうと、野球に戻ってこなくてもいいから、とにかく生きていてほしかったと思うな。勝手なものだ」

先ほどはぐらかした話が、急に気になり始める。片山の発したベクトルが、胸で熱を帯びていた。

「医者は嫌だと言っていた片山が、それを受け入れた理由をご存じですか」

自分も同じ項を持ち、同じ方程式の上にいるだけに、片山の変節が気になる。その理由を知りたかった。

「私は聞いていない。だが想像はつくよ。中村航介《なかむらこうすけ》のせいだろう。航介は」

そう言いかけて止め、顎で葬儀場の方を指す。

「本人が来ている。聞いてみるといい」

黒木から送られてきた情報の中に、その名前はなかった。顔はもちろん年齢も、特徴もわからない。

「いつもは義足だが、今日は車椅子で来ている。壁際にいるのがそうだ」

それ以上、話す気はないらしかった。他人が口を挟めない微妙さを含んだ部分があるのだろう。

「わかりました。お引き止めして、すみませんでした」

礼を言って葬儀場に引き返す。出入り口のドアを入り、案内図に沿って片山家葬儀場の立て札のある会場にたどり着いた。

ドアの前に二人の男子が立っている。共に新玉東の制服を着ていて、一人はドア正面に位置し、もう一人はそれに寄り添っていた。脇から声をかけられるような雰囲気ではなく、やむなく少し離れた所に立ち止まり、様子を見る。

「片山は、俺に腹を立ててたんだ」

「だから、マジでそんな事ねーって。おまえは、監督の言う通りにしてただけだ。片山だって、それはわかってたと思うよ」

黒木の言っていた通り、葬儀場は情報の宝庫らしい。話さずにいられないのは、傷ついたメンタルが癒しを求めているからだろうか。

「皆だって、陰でブーブー言ってんじゃん。全員丸刈りにされたし、きつさパねぇ練習させっし、罰ゲームみたいな特訓するし、張り手出すしさ。誰もが監督の顔色をうかがいながら野球をやってる。自分の前に飛んだ球を弾くとかのミスしたら、まず監督の方を見るようになったもんな。コーチは言いなりだし」

気の弱そうだったコーチの顔を思い出す。影が薄く、細長い顔と大人しい感じは、草食動物の獏《ばく》に似ていた。

「俺たちは確かに、ずっと県大会止まりだった。だけど好きな野球を楽しくやってきたんだ。それが水谷さんの方針だったし、俺たちもそれでいいって思ってた。でも水谷さんはもう戻って来てくれないんだ。俺たちは、段原監督の言う通りにするしかない。だからマジ、おまえのせいじゃねーって」

球児は桜花だと言っていた水谷の言葉を思い出す。部活の中で、そう育てられていくのだろう。

「片山は、俺のサインに何度も首を横に振ってた」

スマートフォンの画像を改めて確認する。一人は正捕手の栗林《くりばやし》、もう一人は、左翼手の矢野《やの》だった。

「ここでそれはねー、絶対に嫌だって言っていたんだ。片山の投げたい球は、わかってた。投げさせてやればよかった。それなのに俺は、入部してからずっと組んできた片山より、来たばっかの監督を優先させたんだ。自分を許せない。だけど片山に謝る事も、投げたい球を投げさせてやる事も、もうできなくなっ」

涙で声が途絶え、ひとしきり嗚咽《おえつ》が響く。

「わかった。わかったから泣くな。涙拭け」

そう言いながらこちらの気配に気づき、栗林を隠すように背中を抱いた。

「とにかく中に入ろう」

「やっぱり俺、出れん。帰る」

「マズいって。おまえがいなかったら、監督だって変に思う。後で事情を聞かれたら何て言うんだよ。面倒な事になるだろ。黙って座ってるだけでいいんだから、さ、行こう」

なだめ、言い含めて二人で中に入っていく。監督の交代はチーム内に影を落としているらしかった。片山が文武を捕手にしたのは、板挟みになっている栗林の気持ちに気づき、自由にしてやりたいと思った部分もあったのかも知れない。片山なら、そのくらいの気は回すだろう。

少し時間を置き、会場に踏み込む。花を敷き詰めた祭壇の中央に、片山の大きな写真が掲げられていた。黒い額縁に入り、白黒のリボンがかかっていたが、満面の笑みだった。これまでの報道やテレビでは見かけた事のないその顔に、胸を突かれる。

こんなふうに笑った事もあったのか。誰に向けられた笑みだったのだろう。唇の端あたりにわずかに浮かんでいる照れを見つめながら、流れる読経を聞いていた。

「君、お焼香するんだったら、列に並んで」

黒い腕章を着けた女性が、祭壇に向かっている列を指さす。急いでその最後尾に付き、ゆっくりと動く行列の一部になった。

二百人を超えると思われる会葬者のほとんどは新玉東や別の私学、あるいは公立の制服を着ている。部活仲間やクラスメート、対戦した相手校の生徒たちだろう。見回しながら、自分の葬儀にはこれほどの人数は集まらないだろうなと思った。

片山が好かれていた事は、小塚の言葉からもうかがえる。そんなキャラクターだったにもかかわらず、皆の気持ちに逆らって文武を捕手にすえ、部内にトラブルを引き起こしたのだ。何を考えていたのだろう。

「ご焼香、終わられましたら、元のお席にお戻りください」

遺影のごく近くまで進み、焼香しながら祭壇の中ほどに置かれた金襴《きんらん》のかかった棺《ひつぎ》に気付く。その中に片山がいるのだった。急に鼓動が速くなる。

「皆さま、お席にお着きになりましたでしょうか」

司会者にやんわりと急《せ》かされ、会場の後ろの方にある空いた椅子を見つけて歩み寄った。

「導師様、ご退場になります」

鈴《れい》を手に持ち、そそくさと出ていく僧侶を見送る。先ほどの女性を含む三人が前の方から何かを配ってきて、こちらにも差し出した。白球だった。

「最後の献花の際、ご学友の方々には、ボールを入れていただきます。なおボールにつきましては、出棺前に撤去いたしますので、ご了承ください」

受け取り、握りしめる。革の匂《にお》いが鼻を突いた。片山はおそらく日常生活でも、ボールを握っていただろう。高速チェンジアップなど変化球の握り方を手に染み込ませるために、教室や病院はもちろん、どこにでも持ち歩いていたに違いない。そんな片山がもう二度と戻らない事を確かめるためのこの場所で、野球に縁のなかった自分が同じようにボールを握っているのは、奇妙だった。

「ここで喪主様より、ご会葬の皆様にご挨拶《あいさつ》がございます」

　スピーカーの調整音が響き、かすれた声が流れる。

「悠飛の母です。本日、お運びいただいた事に感謝いたします。発病してから悠飛は、以前にも増して活動的になり、苦しい治療にも投薬にも、泣き言一つ言いませんでした。必死に頑張っていたんだと思います。それでもたった十七年、親の半分も生きる事ができなかった短い命で」

　言葉を崩して泣き出し、そばにいた喪服姿の親族に支えられる。会場に、もらい泣きの噎《むせ》びが広がった。生前、片山が母親と不和だった事を思えば、複雑な気がしないでもない。それとも和解したのだろうか。死に至るまでの時間に、二人の間で何らかの話し合いが行われたのかも知れない。

　自分も、死ぬような事になったら、最後に母との関係を修復するのだろうか。そして自分が死んだら、母もまた泣くのか。

「では」

　様子を見ていた司会者が、親族と何やら話し合ってからマイクの前に戻ってくる。

「ボールを持っている方々は、前方にお進みください。お花を持っている方々は、その後ろに続いてお願いいたします」

　制服の集団がいっせいに立ち上がった。先ほど配られた白球ではなく、汚れたり解《ほぐ》れたりしたボールを手にしている者もいる。部活や試合で使っていた物を持ってきたのだろう。

先頭に立つ喪服の中年男性は、黒木が画像を送ってきていた新監督、段原だった。引っ込んだ額と小さな顎のせいで、横顔は爬《は》虫類《ちゅうるい》にしか見えない。中背だが猪《い》ノ首《くび》で肩が張っており、狭い眉間《みけん》や大きな口と相まって威圧的に見えた。

片山が急性白血病に移行したのは、こいつのせいもあるのかも知れないと思いながら見すえる。本人にその自覚がありそうもないのがくやしかった。

「それでは」

棺の覆《おお》いが取られ、蓋《ふた》が脇に立てかけられる。

「先頭の方からどうぞ」

一人一人が近寄ってボールを供えた。棺の中をのぞきこむようにして何やら話しかけたり、手を伸ばして触れたりしてからそばを離れていく。自分の番が近づいてくると、再び体中が鼓動と共鳴し始めた。

「終わられた方から、元の席にお戻りください」

片山と会うのは、あの夜以来だった。どんな言葉をかけようか。何を言っても、もう届かない事はわかっていた。自己満足にすぎないのだが、それでも会えるのはこれが最後なのだから何か言いたかった。心の準備が整わないままに順番が来る。

棺の中に視線を向けると、たくさんのボールに埋もれていたのは、これまで見た事もないほど色のない顔だった。目を閉じ、固まっているように動かない。そこに横たわっているのはもう片山ではなく、片山を呑み込んだ死なのだった。何も言えず、そばを離れる。

片山という人間は確実に消滅し、もうどこにもいないのだという思いが脳裏を駆けめぐり、そこかしこにぶつかってきしむような音を立てた。

「よろしいでしょうか。それではボールを撤去し、釘打ちさせていただきます。ご親族の方々、お進みください。形だけで結構です」

会場に響く槌音《つちおと》が頭上から降りかかってくる。まるで自分が閉じ込められていくかのようだった。凪に似たざわめきが満ちる虚《うつ》ろな穴の中に、青ざめて横たわっている自分が見える。

この世のあらゆる宗教が、死後の世界を設定している理由がわかった気がした。片山は、ここではないどこかに行っただけなのだと思いたい。それは言い替えれば、ここではないどこかに、まだ存在しているという事だった。存在させておきたい。強烈にそう願う気持ちが、祈りという名前で呼ばれるのだと知った。

「大丈夫か」

声をかけられ、顔を向ければ、隣りの席に大学生らしき青年が座っている。

「真っ青だぞ。気分が悪いのなら、会場の係を呼ぼうか」

そこには、先ほどまで誰もいなかった。それどころか席すらなかった。自分は、一番端の椅子に座ったのだ。目を見開いてその青年を見つめる。

陰鬱《いんうつ》さに支配されている会場に、およそそぐわない明るい顔をしていた。この世のものではない何かが、人間の形を借りて近づいてきたかに思えてくる。思わず身を引き、度を失っている自分に気付いた。落ち着けと言い聞かせ、大きな息を突く。

「出棺いたします。ご親族の方々は、お棺の後ろにお続きください。ご会葬の皆様は、ご起立の上、お見送りをお願いいたします」

次々と立ち上がる気配が空気を揺すった。

「お棺が会場を出られましたら、ご会葬の皆様におかれましては順次、ご退出いただきますようお願い申し上げます」

花束を載せた棺が目の前を通っていくのを見て、あわてて腰を上げる。隣りの青年は、座ったまま動かなかった。よく見れば、座しているのは会場の椅子ではなく車椅子だった。

水谷から言われていた名前が思い出される。壁際に目をやれば、そこには誰の姿もなかった。青年を振り返り、改めて見つめながら聞いてみる。

「もしかして中村航介さんですか」

青年は頷き、人懐《ひとなつ》っこい笑みを広げた。

「君が上杉君か。さっき水谷さんからメールをもらったよ。数学の天才が、悠飛の事を聞きたがってるって」

7

水谷の気配りと、素早い手配に敬服する。そういう監督に見込まれ、期待されて羽ばたく時間を持てた片山は、まんざら不幸一色の人生でもなかったのだろう。その時期が素晴らしいだけに、その後は余計にきつくなったのかも知れないが、数字的に考えれば、水谷と過ごした時間は一年強、新監督の段原と過ごしたのは一年弱で、よかった時期の方が長かったという事になる。

「君は、開生か」

中村は、和典の制服の襟章に視線を走らせた。

「いい学校だな。野球でも、二〇〇五年には東東京大会で十六強に進んでる。このところは低迷してて残念だけどね」

野球に言及するという事は、どこかの野球部のOBなのだろうか。

「取りあえず」

人のいなくなった会場の出入り口付近から、葬儀場の係員たちがこちらの様子をうかがっていた。手に持ったタブレットを操作しながら話している。次の葬儀の段取りでもあるのだろう。

「ここ、出ようか」

中村は車椅子の電動ボタンを押し、低い音を響かせて先に立つ。ついていくと、駐車場の出入り口から脇道に入り、河川敷を見下ろすフェンス際でモーターを止めた。先ほど水谷を追って駐車場に入った時には目に留まらなかった青い橋が、ほぼ正面に見える。

「悠飛について聞きたい事って、何かな」

川面《かわも》をなでて渡ってきた十二月の風が、河川敷の枯れ草を揺すり、髪の間を吹き抜けていった。

「親しくはしてたけど、全部を知ってる訳じゃない。期待にそえなかったら、悪いな」

悠飛が医者を志した理由を尋《たず》ねる。中村は、青い橋が吹き流しのように揺れている水面に目を転じた。

「悠飛には感謝している。あいつがいてくれたから、俺の体験にも意味があったと思えるようになった」

聞きたい事から遠く感じられる話し出しだったが、黙って耳を傾ける。口調にこもる哀惜の響きが、メビウスの帯をたどるようにくり返し空気を震わせていた。

数学上で「向き付け不可能」とされるメビウスの帯は、うねった曲面を描きつつ、必ず元に戻っていく。中村の話も、やがて問いかけの答えに向かうのだろうと思いながら、自分の内にある片山の紫の目を見つめていた。

「僕は新玉東の野球部にいた。悠飛は後輩だ。僕が三年の時に入学してきて、いきなりエース番号を背負った。それでも、やっかむヤツもいないほど特出した力だった。ところが強引な面があって、しかもヤンチャで、マナーがイマイチ。ひと言多いから反感を買って、いくつかトラブルも起こしたな」

思い出し笑いが顔に楽しげな色を広げていく。

「女の子にモテたから、テングになってた面もあったし」

あの片山に、そんなハジけた時期があったとは思わなかった。中学時代のわずかな接触の記憶が急に精彩を帯び、力を増して立ち上がってくる。もう人生を終わってしまったはずの片山が、今になってこちらに歩み寄ってくるような気がした。

「会場で使ってた遺影は、集合写真の一部だよ。同じのが、片山のスマホにも入ってて、見せてくれた。中学の部活の合宿で、中に好きな子がいたって言うから、どの子か聞いたら、ここには写ってない、これを撮影してたんだって」

あの笑みは、その子に向けられたものなのだ。光を放つような笑顔の中に、わずかに恥じらいの色がにじんでいた。相手は誰だったのか。今日の葬儀に来ていただろうか。

顔も名前もわからないその女子が、黒い影のように胸に立ち上がる。高校になっても、そんなかすかな縁でつながった写真を大切にしていた片山のように、その子も同じ気持ちでいたのだろうか。

「悠飛のトラブルが続いて、三年生の間で、早い内に説教しといた方がいいって事になって、その役が僕に回ってきた。で、試合が終わった後、駐車場に停まってた監督の車に用具を積み込んでから、フェンスのそばで話してたんだ。近くで保護者たちが車を出し入れしてたのは、目の端に映ってた。その中の一台が突然、こっちに突っこんできたんだ。ブレーキとアクセルを踏み間違えたらしい。そのバンパーとフェンスの間に挟まれてさ、救急車が来るまで地獄の痛みだったな」

うっすらとした微笑の下に、当時の激痛を思わせるヒリヒリとした緊張が感じられた。

「医者から片脚の切断を勧められて、ああ僕の夢はもう叶《かな》わないんだって思ったよ。プロに行って、野球で活躍したかった。それなのに義足の人生を選ばされて、ずっと挫折《ざせつ》感が拭《ぬぐ》えなかったし、気分もメッチャ暗くってさ。病室の外から球音とか声援とか聞こえてくると、耳をふさいでたな。でもその内、僕は何やってんだろうって気持ちになった。片脚をなくし、もう一方はマヒ、あげくに心まで萎《な》えてたら、二重に負けてるじゃないかって。自分を変えたくてリハビリ病院に転院したんだ。特訓し、筋肉と精神を鍛《きた》えた。ヘコんでいた気持ちを立て直し、自転車をこげるようになるまで五ヵ月かかったよ。その間、悠飛は頻繁に通ってきて、訓練に付き合ってくれた。何も言わなかったけれど、あいつを説教してる時の事故だったから、自分のせいのように感じたんだろうな。僕がいない時に、理学療法士に言ってたらしい。ここに来るようになって、色んな人を見て、将来は医者になろうと決めました、先輩を治してやる事はできないけれど、同じような人たちを治すために、医者になりたいと思いますって」

　メビウスの帯は結ばれたのだった。片山は、母親への反発というバイアスを修正し、そこから卒業して医者の道を選択した。胸で紫の目が瞬《まばた》く。おまえはどうだと言われている気がした。いつまで親に囚《とら》われ続けるんだ。

「ところが、あいつ自身が発病して」

　中村は一瞬、顔を上げ、大きな息をつく。

「入退院を繰り返し、抗癌剤《こうがんざい》の治療を始めた。頭痛や吐き気、骨髄液の採取なんかでつらいはずなのに、何も言わずに耐えていた。たった一度、ポロッと漏らしただけだ。できない事が毎日増えていくって。聞き捨てにできなくて突っ込んだら、直球がわずかにカットするようになって、テイクバックを修正したらスピードが出なくなり、コントロールも定まらなくなってきた、それで練習時間を多くしたら今度は肘を痛めたって。どう慰めていいのかわからなかった」

聞いているだけで胸が痛い。片山は自分が持っていた力を、一つ一つ失っていかねばならなかったのだ。多くに恵まれていただけに、手放すものも多く、ジリジリと全身に広がっていく喪失感は半端ではなかっただろう。

「僕が黙っていると、悠飛は、でも頑張れるって言ったんだ。これからも努力できる、先輩が訓練する様子をずっと見てきたから、それが励《はげ》みになるって。何とも言えない気持ちだった。僕は脚を失ってしまったけれど、だからこそ悠飛を元気づけられているんだって痛感したよ。自分が思い描いた夢は叶わなくても、誰かの励みになるような自分であり続けていれば、それでいい、生涯そんな存在でいようって決心したのはその時だ」

中村がまとっている明るさの源泉が透けて見えた。それは、不幸にして潰《つぶ》れた自分の夢を、他人の夢の中で開かせようとする力から湧《わ》き上がってくるのだった。

「ところで君は、何だって悠飛の事を聞きたがるんだ」

こちらに向けられた眼差《まなざし》が、涼やかな光のように脳裏に差し込む。隅々《すみずみ》まで照らし出され、何も隠せないどころか妙に素直な気持ちになった。

「初めは、ただなんとなく引っかかっただけです」

夢に見たとは、さすがに言えない。顔から火が出るだろう。

「亡くなったって聞いて余計に気になって、その後、自分と同じような家庭環境だとわかって、そんなこんなで段々と入れ込みました」

中村は軽く頷き、あたりに目を配る。

「いろんな出会い方があるよな」

そう言いながら突然、うれしそうに顔をほころばせた。

「引っかかってる人間がもう一人、あそこに来た」

指差した方向を見れば、駐車場にワンボックスが入ってくる。空いたスペースに停まり、中から水谷が姿を見せた。

「僕を紹介したものの、気になって様子を見に戻ってきたんだろう。なぜ水谷さんが自分で、悠飛の事情を君に話さなかったか、わかるか」

水谷の動きを追いかけながら、からかうような笑みを浮かべる。

「あの人は、心の振り幅が大きい。あらゆる感情が過剰なんだ。僕が脚を切った時も、ひどく嘆いてポロポロ涙をこぼして、こっちが慰めなきゃならなかったくらいだ。悠飛の事を話し出すと、きっと泣いちまいそうだったんだろ」

駐車場を出てくる水谷を見下ろしながら、出会った時の顔を思い浮かべる。口角の下がった強面《こわもて》にもかかわらず涙もろいと考えると、妙におかしかった。引き結んだあの口元は、噴出する感情を抑えようとして長年力をこめてきたせいで作り上げられたのかも知れない。

「あの人はきっと生涯に何リットルもの涙を流すよ。そんで、それと同じくらいの笑い声も響かせる。色濃い人生だな」

そんな水谷に、片山と文武のバッテリーについて尋ねてみたくなった。二人が組み始めた時、監督はもう段原だったはずだが、話は片山から聞いているだろう。甲子園を目指さない監督は、二人をどう評価していたのか。

「出迎えに行こうか」

中村に誘われ、車椅子の後ろに回る。

「押します」

電動なのだから人力は必要ないとわかっていたが、手を貸したかった。

「ナビしてください」

ブレーキを外す音を聞きながら、背もたれから出ているハンドグリップを握る。手を広げて介助ブレーキに指をかけた瞬間、ふと気が付いた、葬儀場で文武を見かけなかったと。

見落としたのか。いや抜きん出て背が高いのだから、あの場にいたなら嫌でも目に入ったはずだ。来ていなかったのだ。

胸が冷たくなっていく。そこからにじみ出した怒りが体を走り回った。そこかしこに荒々しい息吹きを振りまきながら肥大していく。

片山は、自分に残された時間が少ないと知っていたはずだ。それでも、まるでアクセルでも踏み込むように文武との関係を濃くしていった。その貴重な時間を文武のために割いたのだ。そうまでしてもらった文武本人が、なぜ葬儀に来ない。片山に礼を言いたいとか、顔を見たいとか、最後の別れをしたいとか思わないのか。なんてヤツだ。どういう神経なんだ。

文武との別れ際に、交わした会話を思い出す。皆の所に戻るのはカッコがつかないと言っていた。片山の気持ちを背負って踏ん張るように説得したつもりだったが、あの後グラウンドに戻らなかったのか。ひょっとして部活自体に参加していないのかも知れない。そう考えれば、今日、顔を出さない理由にも説明がつく。

　辞めてやる発言と、捨て鉢な万引き行動が脳裏をよぎり、怒りが次第に色あせて失意に変わった。胸で深い穴のような虚ろさが口を開ける。皆の顰蹙《ひんしゅく》を買ってまで文武を更生させようとした片山も、これでは浮かばれなかった。注ぎ込んだその時間も努力も、すべて無駄になったのだ。

　どうしようもなくダメな人間というのは、時々いる。これまでにも何人か見てきた。今の事しか考えず常に楽な方向に流れ、自分の利害にはこだわるが他人の気持ちには無頓着、目標のために頑張ったり我慢したりする事ができず、結果としていつまでも進歩しない。

　そんなヤツに関わっても、何の面白みも刺激もないばかりか消耗するだけだった。無視し、切り捨て、忘れてしまうのがベストだ。

　だが、そのために片山が最後の時間を使い、命を消耗させたのだと考えると、あまりにもやるせなかった。片山がした事には意味があった、価値があったのだと思いたい。それを拡散させ、皆に認識させて片山の早すぎた死を飾ってやりたい。ダメなヤツをきちんと更生させた、よくやったと拍手を送りたかった。

「すみません、ちょっと用事を思い出しました。ここで失礼していいですか」

第二章　困っていればいい

1

文武から聞いていたアドレスにメールを送る。それとなく部活の様子を尋ね、必ず返事をくれと結んだ。返信を待ち、何度もスマートフォンの画面を開く。

不測の事態でもなければ、メールの返信は二十四時間以内というのが不文律だが、その日はもちろん、数日経っても何の音《おと》沙汰《さた》もなかった。ズボラな対応に腹を立てつつ、いかにも文武らしいとも思う。やはり部活には出ていないのだろう。

もう一度メールを送っても同じ事の繰り返しに決まっているし、電話番号は知らない。会って話すしかなかったが、住いは聞いていなかった。新玉東はマンモス校で、校門で待ち伏せても本人に出会える可能性は恐ろしく低い。

あれこれと模索していて美香に行き着いた。接触して聞けば、文武に連絡を付けてくれるか、もしくは家を教えてくれるだろう。

暮れも近くなったその日、塾に行きがけに立ち寄るつもりで身支度をする。成功を祈り、しまい込んであったマフラーを出して首に巻いた。

以前に付き合っていた彼女からのプレゼントで、今も大切にしている。フラれてからは余計にかけ替えのない物になり、大事すぎて使えなかった。好きだったという相手が写した写真をスマートフォンに入れていた片山の気持ちは、よくわかる。

玄関の壁にかかった姿見の前で襟元を整え、文武とうまく連絡が取れるよう願いながら家を後にした。

駅に向かう道から脇に入り、花屋の前に出る。その前に立ち止まり、改めて店をながめると、これまで視界に入ってこなかった駒井《こまい》花店という看板が見えた。あの子の姿はない。

店頭の飾り付けを見ながら、クリスマスイヴから除夜の鐘までは、ちょうど一週間だと気が付いた。つまり日本では、キリスト教と仏教の距離はそんなものなのだ。

インドでは、死体や遺骨を河に流すと聞いた。日本人からすると驚くべきやり方だが、宗教の戒律はかなり厳しく、食べる物にも制限がある。日本は、いくつかの宗教がゆるく共存していて、世界中の先進国を見てもそんな国は他になかった。いい場所だと思う。特に文武のようなヤツには、住みやすいだろう。

「いらっしゃいませ。何をお探しでございますか」

声をかけてきたのは、いつも店内で顔を見かける初老の女性だった。美香に指示を出していた事もあったから、店主の駒井なのだろう。

白髪の交じったくせ髪をスカーフで束ね、細い金縁の眼鏡《めがね》をかけている。平面的な顔立ちだったが、真面目《まじめ》で実直そうな表情にはどことなく品があり、名家の令嬢が落魄《らくはく》して歳を重ねたかのような雰囲気を漂わせていた。

「今は、時期的にポインセチアが幅をきかせておりますけれど」

狭い店内に並ぶ鉢植えや、ガラス戸の向こうの切り花に愛おしそうな眼差を配る。

「他にも、きれいな花がたくさんございますよ」

目の届く所に美香の姿はなかった。花を買いに来た客でない事を申し訳なく思いながら口を開く。

「あの、美香さんは」

話した事もない相手を、名前で呼ぶのは奇妙な気分だった。親しげな感じが前面に出すぎて気恥ずかしい。できれば苗字で呼びたいところだが、知らないのだからどうしようもなかった。

「今日は、出勤ですか」

女性の顔にたちまち険が広がる。疑心半分、怖気《おじけ》半分という感じだった。まだ十代の女性従業員の出勤について、男性客からいきなり尋ねられたら警戒するのも当たり前かも知れない。急いで付け加えた。

「僕は、美香さんの知り合いの、文武君の友人で」

話している自分でさえも空《むな》しくなるほど遠い関係で、いく分気持ちが萎える。しかも関わりを持った発端は、夢だったのだ。笑われかねない始まり方で、内心、意気消沈しながら、ともかく不信感を払拭《ふっしょく》しようとして話を結んだ。

「上杉と言います」

ここまで情報を出したのだから安心してもらえるだろう。そう思いつつ反応をうかがうものの、女性はなお表情を硬くしたまま動かない。後ろの棚に置かれたプリザーブドフラワーさながらだった。これ以上どうしていいのかわからず、強引に話を進める。

「今日は、お休みなんですか」

ようやく女性の頰《ほお》が動いた。

「連絡を取ってみます」

慌《あわ》ただしく棚の向こうに入っていく。警戒するにしても度が過ぎていた。首を傾げていると、ひそめた声が聞こえてくる。

「来たわ、美香ちゃんの言ってた不良よ。今ここにいるのよ。恐《こわ》いわ。どうしたらいいかしら」

おかしくもあり腹立たしくもあった。いったいどこで誤解されたのだろう。それが文武の友人という部分だとすれば、片山からきつく言われたにもかかわらず、文武はまだヤンキー連中と付き合っているという事になる。美香はそれを快く思わず、店主にこぼしていたのかも知れなかった。

舌打ちしながら、糠《ぬか》に釘という言葉を思い出す。文武は、正にズブズブの糠の体《てい》だった。抑えもきかず、摑《つか》まえ所もない。片山も、さぞ手を焼いた事だろう。

「今、こっちに来るって言っていますから」

女性が棚の向こうから、顔をのぞかせる。

「待っていてくださいませ」

身を守る盾でも構えるように棚の端に指をかけ、出てくる様子はなかった。

「すぐ来ると思います、この近くですから」

よほど恐いらしく棚にしがみ付いている。和典とは世代も性別も違い、ギャップ自体が大きい上に不良と思い込んでいるのだからパニック状態なのだろう。

「あの」

あまりにも怯《おび》えているのが気の毒で、同時に滑稽《こっけい》でもあり、何とか落ち着いてもらおうという気になった。

「僕は」

瞬間、鋭い声に背中を突かれる。

「ちょっと、文武に何の用なの」

振り返れば、美香が走り込んできていた。顔付きは険しい。肩で荒い呼吸を繰り返し、全身から、言ってやるぞオーラをほとばしらせてまくし立てる。

「私を呼び出して、脅して、文武につなぎつけようと思ってんでしょ。汚いったらありゃしない。でも、それ無駄だから。私は文武を絶対、あんたたちになんか渡さないからね。あきらめなさいよ」

仁王立《におうだ》ちになって言い張るその様子には、いつも見かける穏やかさや優しさの片鱗《へんりん》もない。

豹変《ひょうへん》を見せつけられる思いで、しばし唖然としていた。胸でこっそりつぶやく。女、恐ぇ。

「わかったの。何とか言いなさいよ」

問い詰められ、どう答えようかと考えながら、この状況が二連立方程式に近い事に気が付く。美香から情報を得ていた店主が和典の言葉を早合点《はやがてん》し、それを聞いた美香がさらに誤解したのだ。

全体を文章題と考え、店主をx、美香をyとして二人の関係を数式に置き換えてみる。現状が整理でき、スッキリと脳裏に広がった。整然としたその佇まい、惚《ほ》れ惚《ぼ》れするような秩序正しさに満足する。

悦に入りながら、つい解を求めたくなった。そこに山があるから登ると言ったアルピニストと同様、数学好きな人間の本能のようなもので、方程式があれば解きたくなる。抑えようがなかった。

連立方程式には、加減法か代入法を使う。後者の方が好きなのは、移項する符号の変化が美しいからだった。x＝とするか、y＝とするか迷いながら文章題をながめていて、新しい項を発見する。文武だった。

背筋がゾクッとした。文章題において、表面に現れてきていない項や数字を見つければ、それはもう解けたも同然だった。文武をzとし、三連立方程式に書き直す。

胸を躍らせながら作業を進めていて、欲が出た。この中に片山も入れられるかも知れない。zと深く関わっているし、そこから考えて当然yとも面識があるだろう。関係する全ての項を投入してこそ、方程式は完璧になるのだった。だがxとの関係がわからない。これがはっきりしないと四連立方程式には持ち込めなかった。

　片山まで手を広げるのは無理か。いや何とか突っこめないものか。夢中になって考えながら、ふと、片山こそ店主と美香の誤解を解く唯一の存在であると気が付いた。瞬間、現実に引き戻される。

「あんたねぇ、いつまで黙って突っ立ってるつもりよ」

　半ばあきれ、半ば嫌気が差した様子の美香を見て、あわてて方程式を放棄、思い付いたばかりの名案を披露してみる。

「僕は上杉と言います。開生高の二年生です。文武君と知り合ったのは、野球部の片山を通してです」

　美香は、不意を突かれたようだった。戸惑いを見せつつ、なお疑うような目で、斜めにこちらを見る。このまま押し進めればなんとかなりそうだと踏み、言葉を重ねた。

「今日は片山の葬式があり、参列してきました。でも文武君がいなかったので、どうしたのかと思ってメールを打ったんですが返事がないし、家は知らないので、聞こうと思ってこちらに寄ったんです」

　細部はともかく全体としては、ほぼ本当だった。

「そしたら、いきなり臨戦態勢で迎えられて、大変面食らっています」

　美香は勢いよく吹き出した。

「そっかぁ、ごめん。いや、不良が来たって聞いたもんだからさ、文ちゃんを引きずり込みに来たのかと思って」

棚の陰からおずおずと顔をのぞかせていた店主の方を振り返る。

「この子、不良仲間じゃないみたいです」

店主は、驚きもあらわに両手で口をおおった。

「あら、私ったら間違えちゃったのかしら。ごめんなさいね」

あどけない表情と子供のようなしぐさが可愛《かわい》らしく、責める気になれない。

「大丈夫です。気にしないでください」

美香の溜め息が、花と花の間に立ち込める柔らかな空気を震わせた。

「片山さんにはお世話になったというか、色々と面倒見てもらって、でも、そーとー迷惑かけちゃってたみたいで、すっごく悪いと思ってたんだ、ずっと」

重い口調は、片山の死を文武より真剣にとらえているからだろう。まるで保護者の雰囲気だった。

「まだ信じられないけど、いい人って早く死ぬものなんだよね。私の叔父さんもそうだった。文ちゃんには、あれほど葬式に行けって言っといたのに、やっぱ行ってなかったんだ。あいつはもう、しょーもな」

自分の言葉に奮起するかのように、両手を拳《こぶし》に握りしめる。

「活入れたる。家にはいなかったから、たぶんゲーセンかマンキ、あ、ネカフェかも。スマホ鳴らしてもどうせ出やしないし、場所は全部知ってるから、よし急襲だ」

肩に力を入れ、出入り口の方に向き直ると、踏みしめるような力のこもったストライドで出ていこうとした。その後を追いかける。

「僕も行きます」

後方で店主の声がした。

「これ、持っていって。お詫《わ》び代わりです」

差し出されていたのは、小さな鉢だった。幅の広い緑色の葉を持つ草が何本か植わっている。

「ミントよ。可愛い子でしょ。いい香りがするから、お部屋に置いてちょうだい」

自分の部屋に植物を置く趣味はない。植物は二酸化炭素を吸って酸素を出すから部屋に置くといいと言ったバカなヤツがいたが、植物が酸素を出すのは光合成をする時だけで、そのためにはまとまった量の光が必要だった。光がなければ普通に呼吸をする。つまり酸素を吸い二酸化炭素を排出するのだった。

「可愛がってあげてね」

断われず、やむなく受け取る。両手で持ったその鉢を、マジマジと見下ろした。甲斐甲斐《かいがい》しく世話をする自分をイメージできない。美香に追いつきながら、そのうち食ってやろうと思った。ミントなら、たぶん食えるだろう。

「世話が面倒になったら食っちまおう、とか思ってるよね、今」

美香の指摘に、一瞬、動揺する。すかさず突っ込むその鋭さも、先ほどの迫力同様、新たな発見だった。目を見張っていると、美香はクスッと笑う。

「前に文ちゃんが、サボテンもらった事があったんだ。そんで」

初めて出会った時に見た繊細な雨のような微笑が、ふわっと顔に広がる。

「さっきのあんたみたいに固まってて、その後で、そう言ってたもん」

こんな笑顔をいつでも見られる文武をうらやんだ。そばにいてくれるだけで、毎日がどれほど潤うだろう。だがその逆は、あるのだろうか。

文武は、彼女に何を与えているのだろう。美香は、文武のどこが気に入って付き合い始めたのか。あれこれと考えながら、自分が文武に言った事の口裏を合わせておこうと思い付いた。

「実は文武君には、あなたと中学が同じだと言ってあるんです」

それが嘘《うそ》とわかれば、文武がどう思うか、どんな反応を示すか予想がつかない。何としても部活に戻したいと考えている今、疑念を持たれたくなかった。

「そういう事にしておいてください」

美香は、不可解そうに眉根を寄せる。

「なんで」

うやむやにするより話しておいた方がいいだろうと判断し、文武との二度にわたる出会いを打ち明けた。事実を並べるだけの無味乾燥な話になったが、感情を交えれば、胸にある文武への批判がにじむだろう。本人のいない所で悪く言うのは避けたかった。

「そうだったんだ」

美香は、様子をうかがうような視線をこちらに流す。

「文ちゃんの事、嫌いになってるでしょ」

正直に言えば、その向きがない訳ではなかった。

「そりゃそうだよね。わかるよ。私だって、もう嫌だって思う時がよくあるもん。何言ってもすぐ忘れるし、約束守らないし、気に入らないと物を投げるし、それが部活中だとグラウンドを蹴り上げたり、道具を叩き付けたりするみたいだし」

部員たちから攻撃された文武が、プロテクターやレガースを投げ出していた事を思い出す。

「試合中にベンチで、こっそりゲームしてた事もあるんだ。私、応援席からそれを見て、張り倒したくなったもん。他の部員たちは見て見ぬふりだったけど、あれ、きっと文ちゃんの事バカにしてるからだ。こいつに言ってもどうせダメだって思ってるんだよ。片山さんが気づいて、スマホ取り上げてくれたけど」

片山も、苦労が絶えなかっただろう。

「文ちゃんは、体格はまぁ立派で、運動神経もすごくいいけど、野球が大好きって訳じゃないし、飛び抜けたセンスを持ってる訳でもない。きっと今に放り出される、絶対見捨てられるに違いないって思って、私、ずっとハラハラしてたんだ」

美香が醸《かも》し出す保護者の雰囲気は、ますます色濃くなっていく。まるで息子を心配する母親のようだった。高校女子として、いささかエキセントリックな感じがしないでもない。母性的なのだろうか。それともそれが今の流行《はや》りなのか。

一年前、付き合いのあった唯一人の女子と別れてからは、その種の情報が入らない。今では母性女子が普通なのかも知れなかった。

「けど片山さんは、ずっと変わらずに面倒を見てくれた。おかげで文ちゃんは不良連中と付き合わなくなったし、目標を持てたみたいで生き生きしてた感じだった。飽きっぽいから、今までどんな事も長続きしなかったんだよ。何かに打ち込むなんて、文ちゃんには生まれて初めてだったんだ」

心が晴れやかになっていく。片山の立てた方針は間違っていなかったのだ。

「だから片山さんには、すごく感謝してる。その分、死なれたショックが大きくってさ。これからの事を考えると、頭痛いよ。文ちゃんも、せめてお葬式に行って、新監督に、これからも一生懸命やります、くらい言ってアピールしてくれればよかったのに、全くもう」

憤慨を吐き出し、しばらく黙り込んでいたが、やがてしみじみとした口調で続ける。

「きっと生まれる時、私、いいものを全部、持ってきちゃったんだ。だから後になった文ちゃんには、何も残ってなかったんだよ。文ちゃんがダメなのは、私が欲張ったせいかも知んない。なんか残してくれればよかった、記憶力とか、我慢強さとかさ」

一瞬、脳裏が真空になったような気がした。初めてフーリエ変換や、高速フーリエ変換に出会った時に受けた感触に似て、外界から遮断されたかのような空白が頭の中に広がる。直後、あらゆるものが一気に殺到してきて脳内が混乱を極め、言葉が見つからなかった。

「何、その顔。どうかしたの」

奇妙だと思われているらしい。あわてて混沌《こんとん》の中を捜し回り、美香の話をまとめる語句を拾い上げた。

「美香さんと文武君は、姉弟《きょうだい》だったんですか」

美香は首を横に振る。癖《くせ》のない髪がサラッと乱れ、糸のように空中に散らばりながら光をはね返した。

「双子だよ、二卵性なんだ」

とっさに双子素数を連想する。双子素数は、差が2になる二つの素数の事で、11と13、17と19などがあり、それらが無数に存在するかどうかという問いは、双子素数予想と呼ばれていた。現在のところ未解決問題となっている。美香マイナス文武＝2か、あるいは文武マイナス美香＝2か。

「私の方が先に生まれたから姉。後から出てきた文ちゃんは弟」

美香マイナス文武らしい。だがイコールの後ろは、ゼロにしかならなかった。何とかして2という差を出せないものだろうか。そうすれば双子素数の完璧な体現になる。

「ちょっと上杉君、目が死んでるけど」

腕を揺すぶられ、ミントの鉢を落としそうになって現実に戻った。

「私の話、ちゃんと聞いてるの」

平静を装って頷く。姉弟と考えれば、これまでの美香の態度も納得できる気がした。血がつながり一緒に暮らしている家族としては、際限もなく心配なのだろう。

「まぁ、あんたにとっちゃ他人事なんだろうけどね」

チラッとこちらをにらみ、あきらめたような溜め息を突く。

「私、マジですっごく不安なんだよ。片山さんは死んじゃうし、監督も替わっちゃってるし、文ちゃんは部活に出てないみたいだしさ。これからどうなるんだろう」

顔を暗くする美香に同情しながら、母港を奪還した安心感に包まれている自分を後ろめたく思った。新しい証明方法を見つけた時のように、何となく浮き浮きしている。

「文ちゃんって、流されるタイプなんだよ。またヤンキーに戻っちゃうんじゃないかって、超心配なんだ。だからさっき駒井店長から、不良が来てるって電話もらった時には、ああこりゃマズい、接触させたら終わりだって思って、もう必死だった」

こちらに顔を向け、はにかむように微笑《ほほえ》む。

「間違えて、ごめんね」

可愛らしい笑顔が胸に染み込み、つい口が軽くなった。

「片山は、文武君に野球を続けてほしいって思ってたはずだよ。俺も同じ気持ちでいる」

美香が足を止めた。こちらに向き直った顔は真剣で、期待と不安が見え隠れしている。

「それ、ガチなの」

いきなり両手を出し、ミントの鉢を持っている和典の手を包むと、訴えかけるように振り動かした。

「だったら力を貸してよ。文ちゃんを部活に戻す方法を考えてほしいんだ」

ここは協力を約束し、励ましの言葉をかけて同志として結束を誓うべきだろう、とは思ったが、そんなふうに熱を込めて話している自分を想像すると、どうにもダサく、気恥ずかしかった。そんなマネは、死んでもできない気がする。

「別に」

ほんの軽く、さして重要とは思っていないかのようにつぶやいた。

「いいけど」

美香は、パッと喜色を広げる。それが水面の波紋のように広がり、美香の顔をどことなく幼《おさな》く彩《いろど》った。

「ありがと」

素直さをまぶしく感じると同時に、素の感情を露《あら》わにできる事を不可解に思いもした。なぜ恥ずかしくないのだろう。

それともこっちが変なのか。自分が従順さから程遠い事は知っている。他人に対してもそうだが、それ以上に自分自身の感情に対して反発心が強かった。反発係数を計算したら、どれくらいの数字が出るのだろう。

やってみようかと思った瞬間、美香の視線とぶつかる。まだ重なっていた美香の指が弾けるように離れ、手の甲に残った暖かさを風がさらっていった。

「そのマフラー、いい色だね」

取ってつけたような声を聞きながら自分の襟元を見下ろす。

「でも男子が自発的に選ぶ色じゃない気がする。誰かのプレゼントかな。もしかして彼女とか」

この鋭さの片鱗でも文武が持っていたら、自分を取り巻く部内の様々な感情をうまく処理できただろう。今よりもっと楽に生きられる環境を構築できたのではないか。

もっとも和典自身も、良好な人間関係を築くのは不得意だった。そのためにあれこれと気持ちを煩わせるのが嫌だったし、そんな事に時間を使うのはくだらないとも思っている。そのくらいなら孤立している方がよかった。

「あ、黙り込んでる。って事は、マジで当たりだったの。どうなのよ」

追及され、やむなく口を開く。

「もらったんだ。大事すぎてあまり使えないけど」

美香はあきれたように口角を下げた。

「惚気《のろけ》かぁ。いいなぁ、羨ましい。私なんか忙しくって、付き合ってる暇もないもん」

現在進行中と思われたらしい。フラれたというメンツに関わる重大事を知られたくなくて、そのままにしておく事にした。

「あ、電話きた」

コートのポケットに手を突っ込んだ美香がスマートフォンを取り出し、深刻な影を浮かべた顔をこちらに向ける。

「文ちゃんだよ、どーしよ」

迷うような事ではないだろうと思えたが、本当に判断しかねているらしく出ようとしない。

「出たら、どう」

うながすと、動揺した様子でかすかに首を横に振った。

「文ちゃんは普通、電話かけてこない。きっと何か、ものすごい事が起きたんだ。ああ、どうしよう」

呼び出し音は鳴り続ける。けたたましさが空気を揺すり、美香の不安をいっそう煽《あお》り立てているのがわかった。

「何が起きてるにしても、とにかくかかってきてるんだから、出るよりなくないか」

美香もようやくそれに気づいたらしく、息を呑むように頷く。

「スピーカーモードにしてくれれば、一緒に聞いててアドバイスするけど」

素早く設定の変更にかかるところを見れば、頼りにされているのだろう。力になれるかどうか一抹の危惧《きぐ》を抱きつつ、恐る恐る美香を見守る。

「もしもし」

大声が流れ出てきた。

「おまえ、どこにいんだよ」

美香は一転、嚙《か》み付きそうな形相になる。

「それは、こっちのセリフじゃん。文ちゃんこそ、葬式にも出ずにどこ行ってんだよ」

電話の声は一瞬、黙り込んだ。やがて言い訳でもするように力なくつぶやく。

「今、家に帰ったとこだよ。それより大変なんだ」

素早く質問をはぐらかし、かつ話を転じる手口に、いささか感心した。時折、過激に走る傾向のある美香と一緒に暮らすうちに身に付けた生活の知恵だろうか。それができるのなら、同じようにして部員との融和を図れないものか。不器用なのか、あるいは時間をかけないと腹を決められない質なのか。

「バーさんが、クソ垂れ流しやがってさ」

目の前に、その現場が広がるような気がした。息を詰めながら、これは確かに美香の言葉通り、ものすごい事態に違いないと思う。的確なアドバイスが浮かばないどころか、狼狽えている自分を感じた。

「あんたが片付けりゃいいでしょーが」

美香は平然と言い放つ。

「たまには、やりなよ」

文武は再び言葉を失なった。永久に続きそうな沈黙が広がり、やがて美香の方が苛《いら》立《だ》つ。

「わーったよ。帰りゃいいんでしょ、今帰るよ、もうっ」

電話を切るなり両手をポケットに突っこみ、肩に力を入れて歩き出した。急いで後を追う。頼みたい事が、もう一つあった。

「さっきも言った通り、俺、君の熊本の同級生って事になってるんだけど、そのあたりの事情、軽くでいいから教えといてくれないか。いつ、なんでこっちに来たの」

美香は、憤りを浮かべた目で前方をにらんだまま口を開く。

「来たのは、去年だよ」

薄い唇に力がこもり、小鳥の嘴《くちばし》のように尖《とが》って見える。

「けど元々は、こっちだったんだ。熊本には母の実家があるの。両親が離婚して母がそっちに帰る事になって、私もついてったわけ。一人で行かせられなかったんだ。心配だったし、励ましたかったし、父には文ちゃんがいればいいしさ」

ごく当然のように話しながら小路《こうじ》に足を踏み入れる。曲がっている細い道の両側に、古く小さな家々が隙間《すきま》もなくピッタリと建ち並んでいた。普通の家もあり、一階が店舗になっている兼用住宅もある。日当たりや風通しは悪く、あたりの空気は淀《よど》んでいて湿っぽかった。空中には、揚げ物の油や漬物の臭《にお》いが漂っている。

「それから一年も経たないうちに、父から電話がかかってきたんだ。お祖母《ばあ》ちゃんが骨折して、その後、寝たきりになっちゃったから、戻ってきて面倒を見てほしいって。母は絶対嫌だって言ってて帰りそうもなかったし、誰かが世話しないとお祖母ちゃんが可哀想《かわいそう》だから、私が来たんだよ。お祖母ちゃんには、小さな頃から可愛がってもらってたしさ」

応じる言葉を見つけられない。それは、和典がこれまで見た事も聞いた事もない家族関係だった。

離婚した母親に寄り添うために娘が転校し、さらに祖母の世話をするために再び転校する。戸籍上は他人になった元妻に母の世話を頼む夫といい、娘に肩代わりさせる母親といい、当たり前のように順応している娘といい、ちょっと待てと言いたくなるような奇妙な世界だった。

親は、自分の子供に適正な成育環境を与えなければならないのではないか。そのためなら自分自身を犠牲にする事も厭《いと》わないくらいの覚悟を持っていて当然ではないのか。

「あのさぁ」

ようやく探し当てた言葉を、口から放り出す。

「君は、それでいいの」

美香は、何を言われているのかわからない様子だった。呆気《あっけ》に取られ、半ば笑いかけている。独特の価値観に占領されているらしいその脳内に侵入しようとして、武器を選ぶように言葉を選んだ。

「家族の事は、ちょっと置いといてさ、自分自身の人生に向き合わないとマズくないか。もう高二だろ。将来の事、どう考えてるの」

美香は、猛然と動かしていた足を止める。こちらの質問に答えるのだろうと思っていると、黙ったまま、すぐそばの古色蒼然《こしょくそうぜん》とした二階家を指した。

「ここ」

道に面した一間ほどの間口に引き違いのガラス戸が入っており、曇りガラス以外の部分から内部が見えている。壁に沿って商品棚が作られ、衣類のかかったハンガーラックが二つ置かれていた。戸の上部には、大木《おおき》布団店というレタリングが貼《は》り付けられ、その下に手書きで、小間物アリマス、と添えられていた。

「私んち」

2

「ただいま」

声をかけながらガラス戸を開ける美香が、自分自身の問題から逃げようとしているかに見えた。後を追って店内に入り、腕をつかんで引き留める。

「俺の質問に、答えてないだろ」

こちらを振り返った美香の顔には、うんざりしたような影があった。

「あんたがそんな風に言えるのは、他人事だからだよ。考えてる時間なんて、私には全然ないって。毎日、忙しいんだもの」

家の中から声が響く。

「ああ美香ちゃん」

絞め殺されかけている鶏《にわとり》のような、しゃがれた声だった。

「やれ助かった。何とかしとくれよ。文ちゃんときたら私を怒るんだよ。わざとしたんじゃないんだから、しょうがないじゃないか。昔は散々、おむつ替えてもらったくせに。寝小便の始末だって始終だったんだからね」

美香は吹き出しそうになりながら戸を閉め、狭い店内を突っ切ると、暖簾《のれん》の下がっている上がり框《がまち》の前で靴を脱いだ。

「文ちゃん、お祖母ちゃんを虐待したら、警察に通報するからね」

奥から足音が近づいてきて暖簾の端が持ち上がり、文武がのっそりと顔を出す。

「虐待されてるのは、俺だ」

濃紺のジャージを着ており、胸元あたりに新玉東の校名とシンボルマークが縫い取られていた。

「今やってるゲームを教えてほしいって言うから、途中だったアプリ見せて説明してたら、いきなりタップしやがったんだぞ。超アブねぇ」

美香は鼻で笑い、文武の脇を通って奥に入っていく。

「初期化されちゃえばよかったのに」

「おまえ、恐ろしいヤツだな。俺がゲームに使ってる金、ハンパないんだぞ。途中でリセットされたら、もったいないじゃないか」

美香の後を追っていこうとするところを呼び止める。文武は肩越しに振り返り、直後、ほとんど反射的に向き直った。何でここに、と言いたげな顔付きになりながら間の抜けた挨拶を口にする。

「ああ、どうも」

素早い体の動きと鈍重な物言いが、きれいに反比例していた。ぼんやりとこちらを見たまま、身じろぎもせず立っている。何か働きかけなければ、いつまでもこの状態が続きそうだった。

「話したいんだけど、出てこられるか」

文武は、奥に向かって声をかける。

「ちょっと行ってくる。すぐ戻るから」

美香が返事をするかと思いきや、返ってきたのは男性の声だった。

「おう」

上がり框の右手に閉まった襖《ふすま》があり、声はその向こうから聞こえてくる。

「気を付けてな」

直後、それが開き、二人の男子が先を争うように走り出してきた。背の高い方が若干、大人びており、低い方はまだ頬が丸い。痛いほど真《ま》っ直《す》ぐこちらを見つめる四つの目は、好奇心で底光りしていた。

「イケメンじゃん。文ちゃんより頭よさそうだし」

「きっと美香の彼氏だ」

奥から美香の怒声が飛んでくる。

「こら、何度言ったらわかるんだ。お姉様を呼び捨てにすんな。おまけに彼氏じゃないし。その人は上杉君、片山さんの友だちだよ。上杉君、その二人は私の弟。天舟《てんしゅう》は中一、龍舟《りゅうしゅう》は小四」

電話の呼び出し音が響き始め、先ほどの男性の対応が聞こえたかと思うと、間もなく声が上がった。

「おーい美香、駒井さんとこに赤一・五のリボン届けてほしいんだけどさ。頭痛がひどいけど店から離れられないって言ってるから、途中で痛み止め買って、一緒に持っていってやってよ。行けるか」

遠慮がちな頼みを、美香は即座に蹴り飛ばす。

「メッチャ忙しい。天舟か龍舟に行ってもらって」

早送りのように移り変わる状況に気を取られていると、玄関扉を開ける音がした。

「俺、待ってるんだけど」

あわてて体の向きを変え、文武の後ろに続こうとして、手に持っていた鉢に気付く。上がり框に置き、興味津々の二人の許可を取った。

「ここに置かしてくれ。後で取りにくるから」

二人は顔を見合わせる。

「なんだ、美香へのプレゼントじゃないのか」

「マジ、美香の彼氏じゃないんだ」

響き渡る美香の一喝を聞きながら、急いで店を出る。路地の奥の方に向かう大きな背中を見つけ、足を速めて隣りに並んだ。

「片山の葬式、なんで来なかったんだ」

文武は、ズボンのポケットに突っこんでいた両手をモゾモゾと動かす。柔らかなジャージ生地が横に膨らんだり前に突き出たりするのを見下ろしながら、だるそうにつぶやいた。

「行ったって、あんま意味ねーと思ってさ。片山に会える訳じゃなし」

動かすのが次第に面白くなったようで、大きく前後左右に広げ始める。まるで羽を動かして可動域を試しているペンギンのようだった。

「部活には、出てんのか」

文武はペンギン化を強めつつ、黙ったまま足を進める。小路は左手に大きく曲がり、細い川に突き当たってそこで行き止まりだった。音も立てずに流れる川に沿って痩《や》せた柳が数本植えられ、木の柵《さく》が設けられている。向こう側には新しい感じのする大きな家々が建ち並び、こちらに背中を向けていた。

「出てんのかよ、部活」

重ねて聞くと、興がさめたらしくペンギンの形態模写を放棄し、木の柵に近寄って両腕をかける。うつむいて川面をのぞき込み、依然として無言だった。

歩み寄り、肩を並べて返事を待つものの、言葉を忘れたかのような気配を漂わせている。このままでは埒《らち》が明きそうもなかった。刺激して反発を誘い、しゃべらせようと考えて強く決めつける。

「あの日、俺と別れた後、グラウンドに戻らなかったんだろ。そうだよな。それ以降、部活に出てない。だから葬式にも行けなかった」

おまえに関係ねーだろ、とのセリフが飛んでくるだろうと思った。そこから核心に突っ込んでいくには、どんな言葉を使えばいいのか。考えながら様子を見ていると、文武はしかたなさそうな息をついた。

「行こうとしたよ。けど、やっぱカッコ悪くて行けなかったんだ。いったん辞めるって言っておいて、ノコノコ顔出したらバカにされる。それが嫌だった」

　意外にも素直で、いささか拍子抜けする。

「男が一度言った事だし、簡単には曲げられねーよ。けどさ」

　片手を上げ、刈り上げた後頭部をカリカリと掻いた。

「ぶっちゃけ困ってんだ。スポーツ特待だから学費免除だけど、部活を辞めると、たぶん免除は取り消される。俺んち、私学の学費なんか払えねぇし、そしたら辞めなきゃならなくなるだろ。けど元のガッコに戻るなんてカッコ悪すぎるじゃん。ああ、こんなことなら転校しなけりゃよかった。片山のせいだ。あいつが死ぬから悪いんだ。おかげで俺の人生はメチャクチャだ」

　頭の中をのぞいてみたくなるほど短絡的だった。どこかがショートしているのかも知れない。先ほど見せた素直さからして、本気でそう思っている可能性が高く、絶望的な気持ちになった。

「話ってそれだけかよ。だったら、もういいよな。俺、帰るから」

　何とか部活に引き戻したい。だが、こちらがいくら熱を持っていても、本人に意志がなければどうしようもなかった。まず根源的な所をはっきりさせようか。

「おまえ、野球やりたくないの」

　どんな答が返ってくるにしろ、とにかくしゃべらせれば何を考えているのかはっきりする。その中に弱みや傷があれば、そこから切り崩していけるだろう。

「好きじゃないのか、野球」

　文武は、何かを捜すような目付きになる。自分の心を探っているらしかった。いい兆候だと思いながら、追いつめる。

「片山にしつこく誘われたから、やってただけかよ。それだけか」

踏み込むように見すえ、圧をかけた。

「本当に、それだけなのか」

文武は半ば口を開け、わずかに動かす。まとまった言葉にならないらしく、やがて柵にかけた両腕の間に顔を伏せ、うめくような声を出した。

「俺、ずっとバカにされてきた。皆、俺の事を、サボってるとか、やる気がないとか、不真面目だとか言うんだ。そうじゃない。一生懸命にやってる。でも、できないんだ。色んな事をサッとやろうと思ってもモタモタするし、二つの事を一緒にできねーし、一度に覚えらんないから遅くなる。二つ以上の事になったら、もう放り出すしかない」

もどかしそうな口調から、自分への苛立《いらだ》ちが伝わってくる。これまでずっとそんな思いを抱えてきたのかと思うと、いく分可哀想になった。

「だけど真剣にやってるのにできないなんて、カッコ悪くて言えねーじゃん。そのくらいならサボってるって思われた方がましだ。そんで、いつもそういうふりをしてた。けど運動だけは、そうじゃない。グラウンドや体育館でなら、皆が俺を認める。前のガッコじゃ、ガタイがいいからって勧誘されてラグビー部や陸上部に入ってた。けど二つとも結局、努力が足りないとか、怠けてるとか言われ始めるんだ。そうじゃないのに、誰もわかってくれない。それで嫌になって、前に話した通り、ヤンキーやってて、片山に出会った。自分がバカにされないのは運動だけだ、人並みになるためには運動で活躍しなけりゃダメなんだって、わかってる。なのに、いつも必ずどっかで引っかかって続けられないんだ。新玉東の野球部でも最初そうだった。何度か辞めそうになったんだけど、片山が引き戻してくれた。おまえにはできる、いつもそう言ってくれてた、できるから大丈夫だ、やり続けろって」

声は次第に弱々しくなっていく。本人自身がやせ細り、消えていってしまいそうだった。

「だから俺だって続けたい。だけど今、あの野球部には俺がいちゃいけないような空気があるんだ。あそこにゃ戻れねーよ。いくら片山があの世で応援しててくれたとしても、絶対、無理だ」

本音をつかんだと感じ、こっそりガッツポーズをする。その拳で文武の肩を小突いた。

「その空気、俺が変えてやるよ」

文武が顔を上げる。面食らっている様子で、吹き出したくなるほど間延びして見えた。

「できるのか」

仮面がはがれるようにゆっくりとマヌケさが滑《すべ》り落ちていき、二つの目に真摯《しんし》な光が浮かび上がる。

「どうやるんだ」

あまりにも力のこもった眼差で、それはこれから考える、とは言い出せなかった。

「俺に任せとけ。それよりおまえは、自分の面倒を見ろよ。取りあえず、体作っとけ」

サッカーをやっていた時期の連日のメニュウを思い浮かべる。

「スクワットや柔軟やって、もし学校のトレーニングルームを使えれば、ベンチプレスとかデッドリフト、バーベルスクワットなんかも。新聞や本も読むんだ。集中力がつく」

ともかくもここまで話が進んだ事に安堵《あんど》しながら、この機に本人の認識を変えておこうと試みた。

「さっき、カッコ悪くて葬式に行けなかったって言ってたけど、それ、違ってるぜ。片山は、おまえとバッテリーを組むって言ってくれたんだろ。それでおまえ、うれしかったんだろ。色々と面倒も見てもらってるよな。だったら、その片山の最後を見送らないなんて最低じゃないか。それ以上にカッコ悪い事、ねーだろうよ」

文武は、視線を落とした。

「そういうふうに考えてみなかったし」

気の毒になるほどショボリしている。それを見ていると笑いが込み上げてきた。片山は、こいつに手を焼きながら、きっと可愛く思っていたに違いない。元ヤンキーを捕手に変身させる事は、闘病していた片山の励みになっていたのかも知れなかった。

ふとエマープを思う。多くの数字の中で最も孤独な数、素数。それを逆から読むと、やはり素数になる場合、それがエマープだった。13、17、31、37、71、73、79、その数は無限にあるとも、ないとも言われている。

皆の注目を浴び、憧れの的でありながら実は孤独だった元ヤンキーの片山は、誰からもわかってもらえないと思っている文武に、裏返しの自分を見つけていたのではないか。

「もう一回、葬式があったら、今度は絶対、出る」

二度はねーだろ、何回死なせるんだと突っ込みたいところだったが、その気持ちが新鮮なうちにしっかりと未来に結び付けておきたかった。

「片山の精神は、野球の中に残ってる。葬式代わりだと思って部活に出ろよ。今度は辞めるな」

文武は全身で頷いた。

「わかった」

こちらに向き直り、両手を体の脇で握りしめると、つんのめるように身を乗り出して言い募《つの》る。

「ガチでやる。マジ辞めん」

固い決意に見えた。本人もそう信じているのだろう。だが今のところはそうだという事で、いつ変わるかはわからなかった。それを防ぐために、ストッパーを作っておこうと考える。

「あ、文ちゃん、見っけっ」

路地の向こうから、文武の弟の一人が駆けてきた。年少の方で、天舟か龍舟のどちらかだったが、先ほど真剣に聞いていなかったせいで記憶があいまいになっている。

「浅田《あさだ》のオイちゃんとこで、水道止められそうなんだってさ」

そばまで来ないうちから用件をまくし立てた。

「父ちゃんが、文ちゃんに伝えて、様子見てくるように言えって」

文武が身をひるがえす。それを見送って、今日のところは引き上げる事にした。塾に行かなければならない。

「じゃな、天舟か龍舟のどっちか」

小学生は不満だったらしく、ブスッとした顔でこちらをにらみ上げた。

「家に置いてある鉢植えは、どうするつもりなんだよ」

それまで忘れていた厄介なプレゼントが頭をよぎる。できれば置き去りにしたかった。

「俺は龍舟だ。キチンと呼べ」

小学校半ばくらいの男子は、生意気盛りで遠慮がない。その頃の自分が唯我独尊状態だった事を思えば、まぁ許すしかなかった。

「それに父ちゃんが、せっかく訪ねてきた友達なんだから、茶でも飲んでってもらえって」

ふと、家族はストッパーになりうるかも知れないと思い付く。美香は、文武の部活継続を願っているのだし、いざとなれば弟たちも、監視要員として動員できるだろう。ここは関係を深めておいた方がよさそうだった。

「じゃ、ご馳走《ちそう》になろうかな」

龍舟は、あどけない笑みを浮かべる。

「お客用の座布団を使わせてやるよ。片山さんには専用のがあったんだけどさ。しょっちゅう来てたから」

胸を突かれた。片山が頻繁に大木家を訪れ、上がり込んでいたとは意外だった。

「父ちゃんが商売もんの布団生地を使って、片山さん用に作ったんだ」

先ほど垣間見《かいまみ》た慌《あわ》ただしい雰囲気の中に、片山が座っている様子を想像する。どうにも違和感があった。片山は、なぜ大木家に足を運んだのだろう。先ほど和典が考えたと同様に、関係を強くしておきたかったのか。

「でも片山さん、死んじゃったんだもんな」

目を伏せ、柔らかそうな頬に長い睫毛《まつげ》の影を落とす。

「あの座布団には、もう誰も座らないんだ」

それを見るたびに片山の死と向き合わねばならないのは、相当な重荷だろう。励まそうとして、小さな頭に片手を載せた。

「俺が座ってやるよ」

龍舟は信じられないというような顔で、こちらを仰ぐ。

「おまえ、偉っそうに何言ってんだよ。俺んちの座布団なんだぜ。おまえは、座らせてもらうって立場だろ。高校生なら弁《わきま》えろよ」

美香に負けず劣《おと》らず鋭いようだった。なぜ文武だけがそういう俊敏さを持っていないのか、謎というしかない。

「じゃ、浅田のオイちゃんとこに行こう。すぐそこだから」

当り前のように言われ、思わず抗議の声を上げる。

「なんで俺が」

腕時計に目をやれば、あと少しで授業が始まる時間だった。急げば、ギリギリで滑り込める。

「用事があるんだ」

龍舟は、見下すような眼差をこちらに向けた。

「なんだよ、それ。おまえ、文ちゃんのダチなんだろ。文ちゃんがうまくやってるかどうか、心配じゃないのか。友達より大事な用事なんてありっこない。そうだろ」

小学生に説教されるとは思わなかった。真実をついていて反論しようがないものの、文武も、小さな弟にこうまで危ぶまれては立つ瀬がないだろう。

「あのねぇ、おまえの文ちゃんは高校生なんだぜ。一人で大丈夫に決まってるだろ」

龍舟は短い人指し指を立て、チッチと横に振る。

「文ちゃんは、普通じゃない」

キッパリと言う所を見ると、文武は家族の間でも問題視されているようだった。

「鶴《つる》の恩返しって話、知ってるだろ」

よく知られている民話の一つで、「鶴女房」とも言われ、確か「夕鶴《ゆうづる》」というタイトルで戯曲にもなっている。

「文ちゃんは、あれに出てくるヨヒョウなんだ。すごくいいヤツで、罠《わな》にかかってる鶴を見つけると、放置したり食ったりしないで、助けるだろ。だけど悪い仲間の甘い言葉にもすぐ乗って、大事な女房でも簡単に裏切る。文ちゃんもそんな感じなんだよ。いいヤツだけど、フラフラしてる」

気づかわしげに眉をひそめながら、あきらめたような溜め息を突いた。

「でも俺は好きだよ。いいとこあるもん。だからダメなとこが見えた時は、フォローしてる。逆にフォローされる事もあるけど、俺たち皆そうなんだ。それぞれ自分にできる事をして、できない事はやってもらう。皆で協力して、面倒を見合うんだ。父ちゃんも文ちゃんも美香も天舟も俺も同列、横一線、つまり平等。それって、超いいだろ」

美香から家庭の事情を聞いた時に感じた強い憤慨を思い出す。あの根は、おそらくここにあるのだろう。きれいな言葉を使えば、コミュニティのような家族だった。あけすけに言えば、子供を保護すべき親がそれを放棄している。

「お互いに補い合えてるうちは、いいだろうけどさ」

注意を喚起しておいた方が後々のためだろうと考え、小学生にもわかりやすい言葉を選んだ。

「横一線じゃどうにもならないような事にぶつかったら、どうすんの」

保護者は、自分の責任を果たすべきだ。年長者として知識と判断力を蓄えているのだから、家庭生活の舵《かじ》を取り、難局を乗り切る努力をして子供を守る義務がある。

「えっと、どうにもならなくなった時には」

龍舟は事もなげに答えた。

「皆で、困ってればいいんだ」

一瞬、時間の流れが止まった気がした。ゆるすぎるその回答が、これまで真っ当だと思い込んできた認識を揺さぶる。

困難にぶつかったら全力で立ち向かい、乗り切るものだと思っていた。だがこの家族は、乗り切らなくてもいいと考えているのだった。そのまま巻き込まれ、流されていれば、何とかなるだろうと思っている。

　事実、何とかなってきたのだろう。祖母が寝たきりになっても、母が離婚して実家に帰ってしまっても、長男がヤンキーの仲間になっても、長女が介護をしていても、家庭は壊れず、家族はまとまっており、三男は、それを自慢にすらしている。

　額を突き合わせてただひたすら困っている家族の様子を想像した。それは今まで見た事のなかった小さな宇宙だった。大木家の両親に抱いていた怒りが煙のように軽いものになり、薄らいでいく。

　自分は、これまで親や家庭というものをステロタイプでとらえていたのではないか。こうあるべきだという固定観念を通してしか見ず、それ以外の在り方を考えてみようとしなかった。それは多様性を否定する事だったのかも知れない。

「あ、天舟だ」

　目を向ければ、向こうから中学生らしい細い体が走ってきていた。

「駒井さんとこから戻ってきたんだな」

　こちらの姿を見つけると、手を上げて差し招き、再び走り出す。性格なのか、それとも兄の貫《かん》禄《ろく》なのか、龍舟のように声を張り上げる事はなかった。

「きっと父ちゃんが、文ちゃんの様子を見に来させたんだ。来いって言ってるから、行こう」

　時計を見れば、もう授業は始まっている。塾はあきらめるしかなさそうだった。

3

欠席のメールを打ちながら、龍舟の後について歩く。立ち止まったのは、小路の中央近くにある古い家の前だった。

普通の住居のように見えたが、軒を連ねる他の家々と違い、道路と玄関の間のコンクリートの切れ目から吹き出すように雑草が伸び、立ち枯れている。郵便受けの下に置かれた植木鉢の中には、ホルモン焼きと書かれた看板が盆栽さながらに植わっていた。

「入るよ」

玄関の引き戸を開けると、中はコンクリートで固めた土間で、空気が寒々としている。薄暗い片隅にテーブルや椅子が雑然と積み重ねられ、そばには空き瓶《びん》や黒いゴミ袋がいくつも転がっていた。

「ここ、ちょっと前までホルモン焼き屋だったんだ。浅田のオイちゃんと、元気のいいオバちゃんがやってた。うちは皆、好きだったけど店で食うと高いから、俺が買いに来て、テイクアウトしてもらってたんだ」

店内とおぼしい暗がりを、龍舟は真っ直ぐ進んでいく。

「ところがオバちゃんが急に病気で死んじゃってさ、一人になったオイちゃんは、すっかりやる気なくして店閉めちゃったんだ」

突き当りの上がり框の向こうにあるガラス障子《しょうじ》が開き、中から天舟が姿を見せる。沓脱石《くつぬぎいし》に置いてあったスニーカーを突っかけ、こちらに向かってきた。

「どーしようもねぇ」

不機嫌な声で言いながらすれ違っていく。

「父ちゃんに報告してくる。急いでてスマホ忘れたんだ。あ、中に、まだ文ちゃんがいるからな」

ガラス障子の向こうは和風の居間で、ほとんど真っ暗だった。闇をすかし、人の姿がない事を確認する。

「文ちゃん、どこにいんの」

天井から文武の声が降ってきた。

「上だ。今、降りてく」

明かりを点けようと思い、壁に沿って捜してスイッチを見つける。ところが、いくら押しても灯る気配がなかった。天井を仰げば、照明器具は付いている。

「マジ寒」

階段をきしませて下りてきた文武が、暗がりからぬっと姿を現した。背筋を震わせながら、まいったといったようにつぶやく。

「電気もガスも止められててさ、ストーブ使えねーんだ」

家の中にしては寒すぎる理由がようやくわかった。

「水道はまだ出てるみたいだけど、給水停止予告通知書が届いたって言ってるから時間の問題だ。このままじゃ年が明ける前に凍死か餓死だぜ。どーしよう」

こういう時にする事は、一つしかない。

「本人を連れて福祉事務所行って、生保の申請出させろよ。それで当面、死なずにすむ」

龍舟が、軽く首を横に振った。

「今日、土曜じゃん。もう午後だし、窓口開いてないよ。明日もダメだし、月曜だな」

文武が困惑した様子で、視線を天井に上げる。その向こうに浅田を見ているらしかった。

「生活保護は、前にうちの父ちゃんが勧めたんだ。まとまった金が入る当てがあるとか、頼りにできる親や親戚がいると申請できないからって、色々聞いたら、金はまるでないし、親は高齢だし、弟はもう死んでるって。じゃいけるんじゃないかって民生委員に相談を持ってこうとしたら、その時になって本人が、絶対いやだ、受けるもんかって拒否ったんだ。今も変わってない」

そういう話は、時々SNSに上がっている。セーフティネットであるこの制度に偏見を持つ人間がいるのは不思議だった。そもそも凍死か餓死かという所まできているのなら、否も応もないのではないか。

「説得したら、どう」

文武は頭をひねっていたが、やがてこちらに目を向ける。

「じゃおまえ、やってみてくれ」

いきなり矢面に立たされそうになり、内心あせった。

「頼む。ここを何とかせんと俺の立場がない。様子を見てこいって言われただけだけど、前にそういう事があった時、ただ見てたら皆にあきれられた。何かしなくちゃいけないんだ」

　二階で大声が上がる。

「俺は絶対、福祉事務所なんか行かんぞ。そのくらいなら、ここで死んでやる」

　こちらの声が筒抜けらしかった。

「文武、偉そうなご託並べてねーで、さっさと帰れ。おまえみたいなバカには、わかりっこねーよ。女房に先立たれた俺の気持ちなんか、逆立ちしたってわかるか」

　文武がいきなり身をひるがえす。目を射るほどの機敏さだった。たちまち階段を駆け上って姿を消す。やがて物の倒れる音とともに、浅田の怒声が聞こえた。

「てめぇ、何するんだ、やめろ」

　あわてて居間に上がり、奥にある階段に足をかける。二階は、廊下の窓から入る光で階下より明るかった。襖を開け放した部屋の中で、文武が男をタンスに押し付け、片手で襟元を締め上げている。もう一方の手は拳に握り、脅すように空中に掲げていた。

「謝れ」

　極端に額の狭いその男が浅田なのだろう。眉のすぐ上に、髪の生え際がある。黒々として量の多い髪をオールバックに撫《な》で付けており、年の頃は三十代半ばのようだった。

「俺だって、ダチに死なれてんだぞ。謝れ。でないと」

　振り下ろされそうになった文武の腕に後ろから飛び付く。

「落ち着けよ。殴ってすむ問題じゃないだろ」

文武は物も言わずに振り払い、再び拳を上げる。自分でも怒りを止められないらしく、顔も体も震えていた。公園のベンチで大っぴらに泣いていた姿が思い出される。怒りは、悲しみと同じ根から噴《ふ》き上がってくるのだろう。

「とにかく、いったん落ち着けって」

聞き入れようとしない文武とつかみ合いになる。力では勝てそうもなく、何とかしなければと思いながら応戦していると、文武のターゲットから外れていた浅田が、背後からいきなり殴りかかってきた。

訳がわからなかったが、漫然と殴られている訳にもいかず、取りあえず防戦に転じる。相手を失った文武が呆気に取られたような声を上げた。

「何やってんだ、オイちゃん」

浅田は、憤然と息巻く。

「うるせぇ。どいつもこいつも俺をバカにしやがって。皆、死ね、死ね、死んじまえ」

メチャクチャな理屈を吐き散らし、手を振り回すだけでなく足まで蹴り出して暴れ回る。抑えようとして何回か殴られ、蹴られて、いささかムキになった。

サッカー部に所属していた頃、チームメイトがアメリカで出版されたＫＧＢの格闘ハンドブックを持ってきた事がある。殺人マシーンと呼ばれた旧ソ連の特殊部隊スペツナズに所属する戦闘チーム「アルファ」の訓練マニュアルで、サッカー技を利用している部分が多かったため、皆に見せようと思ったらしかった。回し読みをするうちに盛り上がり、サッカーそっちのけで熱心に練習して工作員気分を味わった。まだしっかりと覚えている。

改めて浅田を見れば、自分より三、四センチ背が低く、体重もそれ相応で、既に息が上がっているところから持久力はなさそうだった。一人で何とかできるに違いなく、むしろその方が動きやすい。文武が邪魔な角度に入らないように、その胸の前に腕を伸ばして遠ざけた。

「取りあえず、俺がやってみるから」

ＫＧＢの教えによれば、対人格闘術は、相手の後ろから攻撃するのが効果的という事になっている。だが狭い室内では、そうもいかなかった。

「ほぅ一人でやる気か、生意気なクソガキが。のしてやるから、かかってこい」

浅田の正面に進み出て、間合いを詰める。こちらがどう出るかをうかがっているその顔の下部に、いきなりヘディングを食らわせた。のけ反《ぞ》るのを見ながら体を沈め、両膝《りょうひざ》に腕を回す。それを抱えて立ち上がった。浅田は重心を失う。その腰をインステップキックの要領で蹴り上げ、浮かせて体を直線状にした後、抱えこんでいる両脚をまたぎ、背中を向けて腰を下ろした。浅田はエビ反りになる。

「痛ぇ、折れるって、やめろ」

声は悲鳴に近い。予想以上にうまくいき、いく分悦に入りながら交渉に入った。

「福祉事務所に行きますか」

自分の下にある浅田の背中が、急に強張《こわば》る。

「行ってたまるか。さぁ殺せ」

この状況で居直られるとは思っていなかった。締め上げてやろうかと考えながら、ふと気が付く。ここで浅田が負傷すれば、これは傷害事件になり、加害者はこちらだった。逮捕までいくかどうかはわからないが、万が一そうなれば家裁に送られる。名前は非公開だが、ネットで出回るだろう。それは、かなりマズい。

この体勢では、浅田が無理に動いただけでケガにつながるとの考えも頭に浮かんだ。だが立ち上がれば、向こうがどう出るかわからない。

狭い穴にでもはまってしまったかのように、身動きが取れなかった。苦々しく思いながら文武に目を向ける。ここを切り抜けるいいアイデアを期待した。

「いやぁ、おまえ、マジすげぇじゃん」

すっかり感心していて、それ以外の事は頭からすっ飛んでいるらしい。

「どっかで鍛えてんのか。どこだ」

嚙みつきたい思いでにらんでいると、スマートフォンを耳に当てた龍舟が顔を出した。

「あの、オイちゃん」

部屋に入ってきて、うつ伏せになっている浅田の前にしゃがみ込む。大人の上に高校生が馬乗りになっているという状況に動揺する気配もなく、まるで昼寝をしている人間でも見ているかのようだった。

「今、父ちゃんから電話あってさ」

ごく普通に話し出すところを見れば、どうやら慣れているらしい。つまりここでは暴力沙汰《ざた》が珍しくないのだ。そう考えれば、拳を振り上げた文武や、理不尽な理由で殴りかかってきた浅田の態度にも説明がつく。部活でトラブった文武がグラウンドを蹴ったり用具を投げたりした、というのも同じだろう。言葉より腕力で表現する世界なのだ。

そんな所に入り込んでしまった事に動揺する。ここだけに成立しているルールがあるに違いなかったが、見当もつかなかった。未知の座標軸の中に放り出されたも同然で、この先どうしていいのかわからない。ますます動きようがなくなり、固唾《かたず》を呑んだ。

「うちに来て、酒でも飲みながら話そうって言ってるけど、どう」

浅田の背筋が一瞬動き、うれしそうな声が上がる。

「そいつぁ、えれぇ景気がいい話じゃねーか。どっかの旅館から布団の打ち直しの大量注文でも入ったのか。よし、おまえんちに行ってオヤジさんと飲もう」

事態は、思ってもみない方向に動き始めていた。

「こらクソガキ、俺の上からトットと退け」

難問に手こずっている最中に突然、奇妙な方程式を示され、しかもそれを使ってスルスルと正解を出されてしまったような気分だった。置き去りにされ、くやしさを噛みしめる。

「何やってんだよ。退きやぁがれってんだ」

急に勢いづいた浅田が鼻持ちならず、素直に腰を上げる気になれなかった。

「退かねぇのか。おい文武、何とかしろよ」

一回、体落としでもしてやろうかと考えていると、そばに立っていた文武が片手を差し出す。

「ほら、チャッチャと立ちな」

いつの間にか浅田の言うなりだった。

「おまえなぁ、いったい誰の味方なんだ」

文武は一瞬、考え込み、間もなく自信ありげに答える。

「俺は、正義の味方だ」

こいつに期待するのは、金輪際やめようと思った。

4

「浅田だ。オヤッさん、呼ばれてきたぜ」

上機嫌で玄関の引き戸を開け放った浅田の前に、暖簾をかき分けて文武の父親が顔を出す。

「おお、よく来てくれたな」

下顎《したあご》が左右に張った四角い輪郭《りんかく》で、糸のような目をしていた。小さな口と相まって優しく見える。年齢は四十代後半から五十代前半と思われたが、膝が伸び切らずわずかに曲がっており、そのために足元がおぼつかずヨチヨチした感じだった。

「さ、上がってくれ」

奥に入っていく父親に、浅田と龍舟が続く。その後ろを文武が追いながら、こちらを振り返った。

「来いよ」

狭い上がり端《ばた》には数足の靴が並んでおり、空きスペースはない。しかたなく少し離れた所に脱ぎ、置かれている靴を踏んで框《かまち》に上がった。

靴には、かなりの雑菌が付いている。それを思うと気持ちがよくなかった。しかも外から帰ってきたというのに誰一人として手を洗おうとせず、そのまま廊下を歩いていく。やむなく後ろに従ったものの、手足がムズムズした。

片山が、この家に入り浸っていた理由がわからない。医者の子供は、両親から日常的に病気の話や予防の注意を聞いて育つせいで神経過敏になりがちだった。和典も例外ではなく、片山も同様だろう。きちんと爪を手入れしていたのは、野球のためだけではないに違いない。それがなぜこの家を嫌わなかったのか。いったい何を考えていたのだろう。

狭い廊下は暗く、すぐ突き当たった。開いている板戸の向こうは居間のようで、そこも薄暗い。淀んだ空気が独特の臭いを放っていた。

昼間でもこの程度の光しか入らないのでは、常に電気をつけておかねばならないだろう。隅々まで光が差し込むように設計された自分の家を思う。朝陽の当たる窓があり、昼の陽射しを受けるサンルームやテラスがあり、夕陽の見えるバルコニーがあって屋上は庭園になっていた。この暗い空間で暮らさねばならない文武と家族に同情する。

「おーい、浅田さんが来たぞ」

先頭にいた父親が声を上げながら、壁のスイッチを押す。カーペットを敷いた居間が照らし出され、中央に置かれた低いテーブルが見えた。その周りに振りまいたように座布団が敷かれている。壁には、天舟と龍舟の夏休み作品と思われる水彩画が貼ってあった。

「浅田のオイちゃん、お久しぶり」

奥にあるガラス障子から美香が顔を出す。

「おう美香ちゃん、ゴチになりに来たぜ」

美香は含み笑いをし、チラッとこちらに視線を投げた。

「上杉君も、ご苦労様」

浅田が座りこみ、胡坐《あぐら》をかく。それを見ながら父親は、美香の脇を通ってガラス障子の向こうに入っていった。

「浅田君、ソバがいいか、イモにするか」

浅田は、喜々として唇をなめる。

「俺は、イモがいいや」

ソバやイモでこれほどうれしそうな顔をする男を見た事がなかった。奇異に思っていると、父親が再び姿を見せる。片手に一升瓶、もう一方の手には、湯飲み茶碗を二つ持っていた。

「俺も、イモで付き合うよ」

腰を下ろしながら一升瓶の栓を抜き、勢いよく二つの茶碗に注ぐ。アルコールの匂いが鼻を突き、あたりに漂った。

「文武、友だちに座ってもらえよ。客用の座布団が押し入れにあるだろ」

茶碗に口を付けていた浅田が、目だけを父親に向ける。

「おい、俺は客用の座布団じゃねーのか」

文武が笑って立ち上がった。

「オイちゃんは、家族同様って事で」

貼られていた天舟と龍舟の絵の下のフックを引っ張る。壁と見えていたのは半間くらいの襖で、手前に開いてきた。中は物入れらしく、下の方に常盤《ときわ》色の座布団が数枚積み重なっている。

「座んなよ」

置かれた座布団を見下ろせば、得体の知れない褐色の粉が付いてた。ゴマらしき白い粒も交っている。それに気づいた文武が再び座布団を取り上げ、その場でサッと払い落とした。

「カツオのフリカケだな。誰かがこぼしたんだ。あ、シミもできてる」

あたりに舞った粉は、床のカーペットに散乱する。ダニを始めとする家庭内害虫にとって、絶好の環境だった。だが誰も気にしない。ここはこういう世界なのだとあきらめ、覚悟を決めて腰を下ろした。自分が細菌まみれになっていく気がする。

「もう古いからな。確か龍舟が生まれた頃に作ったんだ。手が空いたら、洗い張りしとくよ」

「洗い張りかぁ。やっぱ布団屋だなぁ。俺も、女房が生きてた時にゃ、よく手伝ったもんだが」

大きな息を突き、視線を落として黙り込む浅田の茶碗に、父親が一升瓶の口を当てる。

「まぁ飲めよ、ほら」

浅田は鳴りをひそめ、大人しく茶碗をあおった。

「おまえ、何飲む」

隣りに座った文武が膝に両手を置き、貧乏揺すりをしながらこちらを見る。

「コーヒーか番茶、ああ今日はコーラもある。昨日、親戚が来た時に買ってきて出したのが残ってるんだ」

日頃、あまり口にしない物ばかりだった。家での食事の際は、母が緑茶か紅茶を出す。十時や三時に、父がコーヒーをいれる事もあるが、そうでない時は自分でするのが面倒で、市販のペットボトルの飲料を飲んでいた。

「残念、コーラは、もうない」

からかうような声と共に美香がガラス障子の向こうから現れる。コーヒーの入った丸いサイフォンと、カップをいくつか載せたトレーを持っていた。

「龍舟が今朝、全部飲み干した」

文武は、くやしそうに顔をしかめる。

「くっそ、昨日の風呂上がりに飲もうと思ったんだけど、今日が土曜だから大事に取っといたんだ。ちきしょう、飲んどけばよかった」

美香はコーヒーを注いだカップを配り、最後にトレーの中央に載っていた大皿をテーブルに置いた。斜めに切ったキュウリやニンジン、ナスなどが色も鮮やかに並んでいる。

「ヌカヅケだよ。皆、好きだし、買うと高いから私が漬けてるんだ」

爪楊枝《つまようじ》の入った棗《なつめ》の蓋を取り、一本を出してナスに突き刺した。

「いい味だから、食べてごらん」

気後れしながら受け取る。衛生状態が心配で口に運べずにいると、浅田も父親も次々と爪楊枝を手にし、飲みながら食べ始めた。

「ところで水道が出なくなるのは、いつなんだ」

「三日の命だ」

「そりゃ困ったな」

「全くだ」

茶碗酒をあおりながら、二人でひたすら困っている。

「俺がさっきオヤッさんにそれを知らせたのは、水道局を誤魔化す方法を教えてほしかったんだ。生保のためじゃねーよ」

「そりゃ難しいだろう。生保は、どうしても嫌なのか」

「その気は、ねーって」

廊下の方から、しゃがれた声が響いてきた。

「酒の匂いがしてるけど、お客様かい。私もお相伴したいもんだな。枯れ木も山の賑《にぎ》わいって言うだろうが」

父親が、文武に目を向ける。

「バーさんをこっちに連れてきてやれよ」

文武は、一本の爪楊枝で素早くいくつもの漬物を串刺しにすると、全部を口に突っこんで出ていった。

「上杉君、食べないの」

美香が恨めしそうにこちらを見る。

「手間暇かけて作ってるんだけどな。ま、嫌いだったら無理しなくていいけど」

持ったままだった爪楊枝の先に目を向ける。その位置で何とかバランスを保っている横長のナスは、玩具《おもちゃ》のヤジロベエのようだった。食べるべきかやめておくべきか、ヤジロベエのように心が揺れる。

「課題、出たんだ」

「俺も」

天舟と龍舟が、テキストやペンシルケースを持って飛び込んできた。

「誰でもいい、教えてくれ」

「俺のも頼む」

「俺が先だ」

「いいじゃん、どっちだって」

変声期前の高い声のやり取りが、雑然としたその場をいっそう掻き乱した。この慌ただしさの中で集中して考える事など不可能だろう。勉強がはかどらないどころか、やろうとする気さえ失せそうだった。

「なんで自分の部屋でやらないんだ」

隣りに座りこんだ龍舟が、さっさとノートを広げる。

「俺の部屋は、天舟や文ちゃんと一緒なんだもん。四畳半に三人もいるから狭いし、机が二つだから奪い取らないといけないし、片方の机は段ボールだからガタガタするんだ」

信じられないような話を聞きながら、もし自分がこの家に生まれていたらと考える。果たして数学を好きになっていただろうか。

「こっちのほうが、断然まし」

静まり返った深い淵《ふち》に沈んでいくような作業を通してしか、数学の楽しみには気付けない。絶えず激流にさらされているも同然のこの環境では、数字を追い、式を組み立て、より精緻《せいち》に、より美しくするために思考を煮詰めていく事などとてもできないだろう。

そう考えると、今の自分があるのは自身の力というより、数学をするに適した家庭や親の下に生まれたからだとの結論しか出てこなかった。どこに生まれるかは、自分では選べない。それは運命が振る賽《さい》のようなものだった。隣りでノートを広げている龍舟の人生を、自分が生きる可能性もあったのだ。

自己を取り囲んでいる外套膜《がいとうまく》のような境界線が揺らぎ、外側から新しい空気がしみ込んでくる。その瑞々《みずみず》しさに身をさらしていると、妙に心が柔らかくなった。

「教えてやる。貸してみ」

龍舟はこちらに目を向け、楊枝《ようじ》の先のナスに目を留める。

「あ、もらいっ」

指先に噛みつかれそうになり、とっさに手を引っ込めた。瞬間、龍舟が目を丸くする。

「ヤべぇ、楊枝ごと呑んじゃった。つっかえてる」

天舟が後ろから飛びつき、背中を叩いた。

「バカ、食道に刺さるぞ。吐け、吐くんだ。逆立ちさせてやっから」

美香が悲鳴のような声を上げる。

「天舟、乱暴にしないで。龍舟が死んじゃう。父ちゃん、何とかして」

父親は動じる風もなく、テーブルに両腕を置いたまま穏やかな笑みを浮かべて飲み続けていた。

「そのうち取れるよ」

浅田も茶碗をあおり、漬物をかみしだく。

「そうだ。なんて事ねーって」

乱暴すぎる会話に呆然としていると、文武に背負われた祖母が姿を見せた。部屋の敷居を越えたところでカーペットの上に降ろされると、前に体を倒して四《よ》つん這《ば》いなる。四足歩行で近寄ってきてテーブルに両手をかけ、注意深く身を起こした。

「美香、私にも焼酎《しょうちゅう》をくれんか」

すでに顔を赤くしていた浅田がテーブル越しに身を乗り出し、声を張り上げた。

「バーさん、久しぶりだな。俺の声、聞こえるか。元気かよ」

祖母は、またかと言わんばかりに顔をしかめる。

「耳は悪くないと前に言っといただろ。おまえさんこそ、記憶力、危ないな」

意外に強気だった。

「まぁ悪いとこだらけだけど、この歳になりゃ生きてるだけで上等ってもんだ。あの世に行っちまってる知り合いの方が多いんだからさ。それよりおまえさん、あんまりグイグイやるんじゃないよ。脳溢血《のういっけつ》でコロッといったらどうすんだい」

浅田は崩れるように笑う。

「ババアのくせに、相変わらず言いやがるな」

喉元《のどもと》を押さえていた龍舟が、ふっと顔を上げた。

「やった、通過した」

美香が全身から力を抜き、その場にしゃがみ込む。背筋が、くたっと丸くなった。

「よかったぁ」

相当、心配していたのだろう。当の龍舟はケロッとした顔で、次の漬物を食べ始める。争うように天舟も爪楊枝を取った。

「風呂場のタイルの剝《は》がれてるとこ、誰が直すの」

「うちで一番器用なのは、天舟だ。やれよ」

「ついでに二階の網戸、張り替えといて。石油ストーブの調子もよくないんだ」

「え、全部、俺かよ。とーちゃん、頼む」

大皿の上は、たちまち一掃され、浅田がそれを持ち上げた。

「美香ちゃん、他に何かねーのかい。チクワとかカマボコとか、あ、鯖《さば》缶でもいいや」

父親が、思い付いたようにポソッとつぶやく。

「ホルモン焼きがあると、最高なんだがな」

家族の顔から顔に、真剣な光が駆け抜けた。まるで光線のバトンでも渡しているかのようだった。

「そうだ、オイちゃんとこのが食べたい」

「俺も。超気に入ってたんだ」

「おジイさんも大好きだったよ」

「俺のクラスでも、マジ評判よかった」

「このあたりじゃ、星五つって言われてたもんね」

「タレだけでもいいんだけど。オイちゃん、あのタレ、まだあるんだろ」

「秘伝だって言ってたじゃん。棄《す》ててないよな」

浅田は、満更《まんざら》でもなさそうだった。

「まぁな」

熟したように真っ赤になっていた頬がゆるむ。

「あれは、捨てられん」

営業を放棄し、生活保護も拒《こば》み、さぁ殺せと居直っていた浅田の、思いがけない愛着だった。

弱点を見つけたとばかりに皆が色めき立ち、そこに向かっていっせいに突っ込む。

「持ってきてくんないかな」

「ん、それ付けて何か食おうぜ」

「俺、取りに行ってもいいよ。どこに置いてあるのかわからんから、教えてくれ」

浅田は、しかたなさそうな吐息を突いた。

「ほんじゃ持ってくっか。面倒くせぇなぁ」

ゆっくりと立ち上がり、足をふらつかせながら出ていく。それを見ていた父親が、文武をうながした。

「ついてってやれよ」

文武はすぐ後を追う。美香が全員を見回した。

「タレが来たら、思いっきりほめるんだよ」

わかっていると言いたげな笑みが、皆の顔に広がった。

「もう一度、店やる気になってくれるといいけどね」

「なるさ、きっとなるよ」

「そしたらまた買いに行こうぜ」

見事なチームワークだった。それぞれが自分の事だけに気を取られ、ゴタゴタしていたというのに、申し合わせもないまま一気にまとまるとは思わなかった。手際のいいマジックを見せられた気分になる。

父親は、初めからここに着地するつもりだったのだろうか。そうだとすれば、家族を動かすキーパーソンだった。文武を部活につなぎとめるためには、父親を動かせばいいのかも知れない。そっと様子をうかがう。優しげで線の細い容貌《ようぼう》には、策士の片鱗も感じられなかった。思い切って聞いてみる。

「浅田さんをここに誘ったのは、店を再開させるためですか」

父親は、とんでもないというように片手を振った。

「いやいや、たまたまそういう流れになったんだよ。そうなってほしいとは思ってたけどね」

薄い唇は、うれしそうにほころんでいる。

「ずっと心配してたからさ」

策士というより人情に篤《あつ》く、世話好きなだけなのだろうか。

「あ、文ちゃんが戻ってこないうちに言っとかなくっちゃ」

美香がテーブルに両手を突き、秘密情報でも握っているかのような顔で全員を見回す。

「この上杉君がね、片山さんに代わって文ちゃんの面倒を見てくれるって」

その場の目が、いっせいにこちらを向いた。そこまで言った覚えはなく、頬が強張《こわば》る。約束をしたのは確か、文武を部活に戻す協力をするという事だけだった。自分の気持ちとしては、もっと入れ込んでいるが、美香には話していない。

「すげぇ。片山さんが復活だ」

「ってか、ガチ転生かも」

「そりゃありがたいが、迷惑じゃないのかな」

「やってくれるって言ってんなら、甘えりゃいいのさ。世の中は、やってやったり、もらったりだ」

祖母の意見に皆が納得し、肩の荷を下ろしたような空気感が広がっていく。いかにも安心した様子の家族に向かって、それは美香の拡大解釈だとは言いにくかった。

だが黙っていれば、既成事実になってしまうだろう。ここはきちんと線引きしておくべきか、あるいはこのままでもいいのか。何とも落ち着かず、座布団の上で体が揺れ動く。

「あそこが、片山さんの場所」

龍舟が、壁を背にしたテーブルの隅を指差した。

「いつも決まってあそこに座ってたんだ」

その指の先の空間に、片山の姿を思い描く。夢に出てきた時と同じ紫の目をし、こちらをじっと見ていた。真情を問い質《ただ》されているような気持ちになる。文武の更生に、どこまでの覚悟を持って向き合う気でいるのか。

「そんで」

龍舟が立ち上がって半間の襖を開け、中から地模様のある桔梗《ききょう》色の座布団を出した。

「これが片山さんのお座布」

繻子《しゅす》らしい艶《つや》があり、締め糸と房は金色だった。華やかな彩りは片山によく馴染《なじ》み、似合った事だろう。不思議なのはその大きさで、普通サイズの座布団を二枚、縦につなげたような形をしていた。

「片山さんは座ってて、その内ゴロッと横になるんだ」

龍舟が座布団を二つ折りにして片山の場所に置き、本のページでも開くようにそれを広げた。

「そのまま寝入る事もあった。それを見てた父ちゃんが、体が痛くならないようにって、これを作ったんだ。だから座布団じゃなくて布団の作りにしてある」

「え、私、それ初めて聞いた。どっか違うの」

父親が小さな口を開く。

「座蒲団は、四方に餡子《あんこ》を厚く入れるんだ。布団は均等」

天舟が思い出すように笑った。

「でも横になっても、完オチは一度もできなかったよな。たいてい誰かに踏まれる、龍舟とか」

「俺ばっかじゃない、美香が躓《つまず》いた事もあった」

「そん時は、美香が持ってたドレッシングを浴びせられたんだよ。そのまま帰ってったけど、親に怒られたんじゃないのかね、気の毒に」

「逃げ込んできた野良猫が、超高速で駆け抜けた事もあった。起き上がった片山さんの頬《ほ》っぺたに、肉球の跡がついてて大爆笑だった」

過去をなぞるような笑いが広がる。確かにマヌケな感じだったに違いなく、つられて笑った。

そんな片山はめったに見られないだろう。

「上杉さん、あの座布団に座りなよ」

天舟が言い出し、皆が頷く。戸惑いながら座布団に目を向け、その上に広がる片山の空間を見つめた。来いよと言われている気がする。誘いは次第に強引になり、挑発的になった。おまえにできるのか。

ケガが多く、勉強に支障が出るようになってサッカーを断念した時、成績を維持しつつ野球でも結果を出している片山に敬意を抱いた。同時に、片山ができている事をできない自分に引け目を感じもした。今、その気持ちを煽《あお》られる。冷笑を含んだ紫の目が静かに瞬いていた。できるのか、できるならやってみせろよ。

勢いをつけて立ち上がり、歩み寄る。片山の空間に自分を突っ込み、占拠するように腰を下ろした。座布団にふわっと体を受け止められる。迎え入れるような、その優しさが意外だった。

「片山さんの復活だ」

拍手が起こる。

「文ちゃんの調教係、決定」

謀《はか》られたような感じがしないでもなかったが、この雰囲気なら全員が文武のストッパーとして機能してくれるだろうと感じ、いく分気持ちが楽になった。

「文武はね、いい子なんだよ」

父親の声は、春の雨のように優しい。美香の微笑みに似ていた。

「月がよく見える夜に、きれいだなぁって言って、いつまでも眺《なが》めてるような子なんだ。おまえ、飽きないのって聞いたら、だってきれいじゃんって言うんだよ。認知症になった祖父が丸いライトを見て、月がきれいだ、と言い出した時も、そうだなって言いながらいつまでも付き合っていた。子供みたいに無邪気で気持ちがきれいなんだ。不器用だから一生懸命やっても結果を出せないし、気が弱くて言葉が足りないから誤解されるけど、決して邪《よこしま》じゃない」

天舟が、からかうような声を上げる。

「邪になれるほど、頭がないからなぁ」

美香を除けば、天舟が一番、文武と年が近かった。男同士でもあり、欠点がよく見えるのだろう。

「なんて事言うんだ」

美香が手を伸ばし、天舟の頭を小突く。

「あんたのお兄さんだよ。謝りな」

龍舟が、即座に尻馬に乗った。

「そーだよ、謝れ。文ちゃんはカッコいいじゃん。背も高いし、うちじゃ一番のイケメンだ。そん次は、俺な」

天舟は黙ったまま、龍舟の背中を引っぱたく。掌が真面《まとも》に当たったらしく、派手な音が響いた。

「やったな」

つかみ合いが始まり、次第にエスカレートして取っ組み合いになる。皆が座布団を持ち、難を避けて移動した。最後になった祖母は横になり、そのまま転がって和典のそばまで退避してくる。

「ああ酒を忘れた。こぼされちゃ大変だ。取ってくれ」

頼まれてあわてて手を伸ばし、置き去りにされていた茶碗をつかんで引き寄せた。祖母は、宝物でも受け取るかのような顔になる。

「ありがと」

皺《しわ》に埋もれた二つの目はつぶらで、意外にも可愛らしかった。

「あ、もうヴァイオリンの時間だ」

美香があわてて立ち上がり、飛び出していく。

「今日は何弾くのかな。楽しみ」

習っているのだろう。和典も、少し前まで個人レッスンを受けていた。嫌いではなかったが、母に強制されている感じが嫌で、最近は受験を理由に止めていた。

「おまえ、トイレ行くんなら今の内だよ」

祖母に言われた父親が、急いで片膝を立てる。そこに力を入れて立ち上がりかけ、不意にガクンと頽《くずお》れた。組み合っていた天舟と龍舟が瞬時に動きを止める。

「大丈夫か、父ちゃん」

「いきなり立っちゃダメだって」

「ずっと前から思ってたんだけど、ここ、座布団より椅子の方がよくね」

「椅子だと置ける数に限度があるだろ。座布団なら、寄せ合えば何人でも座れるし、それに椅子は結構、高いんだ。家族分をそろえるのは難しい。卓袱台《ちゃぶだい》も買い換えないといけなくなるしな」

「父ちゃんだけ、椅子にすりゃいいんだ。俺、作るよ。工作は得意だ」

父親は苦笑しながら膝をなでていたが、やがて体勢を整え、再び立とうとした。だがまたも痛んだらしく、あきらめたように両足を投げ出す。

「今日は、どうも調子がよくないな」

膝をつかんで回しながらこちらの視線に気づき、照れたような笑みを浮かべた。

「布団屋は側生地を縫ったり、綿を打ち直したり、年がら年中、脚を曲げたまんまで作業してるもんだから、年と共にガタが来るんだよ」

先ほど会った時、どことなくヨチヨチして見えたのはそのせいらしい。

「ああ上杉君、トイレは大丈夫か。まず一時間は、美香が占領するよ」

脳裏に、トイレでヴァイオリンの練習をする美香の様子が浮かんだ。あまりにも意外で、返事も反応もできない。祖母がガラス障子の奥を指した。

「川向こうの家に音大生がいて、いつも今頃、練習を始めるんだ。うちじゃ風呂場が一番よく聞こえるからさ、美香は脱衣所に座り込んで聞いてるよ。ヴァイオリンが好きなんだ。で、その向こうにあるトイレにゃ入れなくなる」

父親がけだるげに体を後ろに倒し、両腕で支えて天井を仰いだ。

「美香は、母親に似たんだなぁ」

懐《なつ》かしそうな口調から、哀《かな》しみがにじみ出る。

「若い頃、一緒にコンサートに行った事があったよ。何しろ初めてだったから、緊張したなぁ」

父親が、母の介護を元妻に頼もうとしたのは、それをするために妻がこの家に戻ってきてくれる事を期待してだったのかも知れない。

「そろそろ男と切れてくれるとうれしいんだがな」

相変わらず穏やかな表情で、ただ願っている。その様子は痛々しくも、不甲斐《ふがい》なくも見えた。

祖母が嘆くような溜め息を突く。

「おまえが強く出ないからだよ」

父親は唇をすぼめて黙り込み、代わりに天舟と龍舟が次々に言った。

「無理無理。あの母ちゃんに強く出たら、倍返しだもん」

「そーだよ、激化するだけじゃん」

玄関を開ける音がする。呂律《ろれつ》の回らない浅田の声が聞こえてきた。

「タレ、持ってきてやったぞ」

クスクス笑いが広がる。

「間違って別の物、持ってきてたりして」

「アリだな。食えるものなら、まぁいいけど」

祖母が皆に視線を配りながら声をひそめた。

「知ってるかい、あの人は、あれでも昔は暴走族だったらしいよ」

浅田の姿に、長いハチマキや特攻服を重ねてみる。背の低さが災《わざわ》いし、お世辞にも似合うとは言えなかった。特に額の狭さは派手なリーゼントには致命的で、笑いを抑えられない。

「なんでも寺の息子とかで、両親に厳しく育てられてグレたんだって。本人が言ってたんだから間違いないよ」

父親が、ふっと空中に視線を止める。

「だったら、二輪の免許持ってるんだよな。当面、配達員で稼げば、ガス水道電気の料金ぐらいは確保できるんじゃないか」

天舟がパチンと指を鳴らした。

「それで決まりだ」

出入り口から浅田が顔を出す。

「何が決まりなんだ」

酔いは、多少なりとも覚《さ》めているようだった。

「オイちゃん、ゾクだったんだって。カッケぇよな。実家がお寺ってのも、おもしろそ。話聞きたい」

龍舟の言葉に、天舟が追随する。

浅田の後ろから入ってきた文武も興味津々だった。

「そうだったのかぁ。いやぁ俺も聞きたい」

注目を集めた浅田は、唇の端に得意げな笑みを浮かべる。腰を下ろすと、先ほどまで飲んでいた茶碗を目で探した。龍舟がサッと差し出す。

「どうぞ」

言葉遣いも物腰も、かなり丁寧になっていた。浅田は、会心の笑みで茶碗を受け取る。

「そもそも、うちの寺は、だな」

おもむろに話し出すその声に、途切れ途切れに伝わってくるヴァイオリンの音色が重なった。G線上のアリアの名前で知られるバッハの管弦楽組曲第三番第二曲だった。ウォーミングアップに使っているのだろう。

「格式高い臨済宗だ。知ってっか、臨済ってのは武家の宗教だったんだぞ。農民や商人の宗教とは格が違うんだ」

「あ、それ、差別発言じゃん」

「そーだよ、偏見だ」

旋律に被《かぶ》さる浅田の声を聞いているうちに、眠くなってきた。座布団の上に横になる。おそらく片山もこんな感じだったのだろう。

この家は裕福さから遠く、清潔でもなく、家族は優秀どころか、それぞれに欠けた部分や、病気や、叶えられない夢を抱えている。それでも元気がよかったし、明るく生き生きとしていた。片山は、きっとこの環境が好きだったのだろう。ここに自分の居場所を見つけたのかも知れない。

人間が幸せに生きていくのに、卓抜した才知や飛び抜けた力量などは必要ないのだと思えてくる。自分はこれまで数学界に貢献するという使命感に駆り立てられながら、そのどこかで、トップでなければ価値がない、と考えていたのではないか。名を轟《とどろ》かせてこそ生きる意義がある、それ以外の人生はくだらなく、見るべき所がないと決めつけ、そういう気持ちに支えられて邁進《まいしん》してきたのではなかったか。

浜辺で時間をかけ、精巧に作り上げて気に入っていた砂の城が、ゆっくりと満ちてくる潮に少しずつ浸食され、傾き、崩れていくのを見ているような気分だった。

トップに立つ、それは自分にとって必要な事なのか。自分の存在意義は、本当にそこにあるのか。それ以外の価値は、自分にはないのか。

優しい風が、失われた城の跡を吹きすぎる。過不足を感じさせない平穏さがあたりに広がり、そこに何かがあった事さえ思い出せなくなりそうだった。

「あ、寝始めたぞ」

「片山さんと同じだ。やっぱ転生かも」

この座布団で横になっていた片山に、自分が重なり、溶け込んでいく。

「頼むな」

そう言われている気がした。

第三章　詐欺師の気分

1

窓辺に置いたミントの鉢に、水をやる。苔《こけ》のような繊毛を立て、緑の葉を広げているのを見ながら、可愛い子と言っていた駒井の顔を思い浮かべた。これの、いったいどこをそう表現しているのか、まるでわからない。

サイズ的に小さく、動く事もなく、たとえ虐待されても不満も言わないのだから、その従順さが愛するに値する、あるいは保護してやりたくなるという事だろうか。

全部むしって、食って、茎だけになった鉢を返しに行ったら、品のいい店主は卒倒するに違いない。その様子を思い描き、笑いをもらした。ミントの葉がビクッと震える。息が触れたのだろうと思いながらも、一応、自分の意思を表明しておく事にした。

「食う気ねーよ。マズそうだし」

ミントの気配をうかがう。何の反応もなかった。まぁそうだろうなと思いながら、自分が抱えている問題に立ち返る。文武を拒絶しているという野球部の空気を、どうやって変えるのか。

こちらは部の中に入っていけないのだから、中にいる人間を動かすしかなかった。方法としては二つだろう。トップダウンか、ボトムアップか。

最も簡単なのはトップダウンで、監督の段原が文武を気に入り、次の大会の正選手としてポジションを与えてくれる事だった。そうなれば、その威光が文武を守ってくれるし、部員たちも逆らえない。

片山の生きていた時と似たような構図になるが、そこできちんと結果を出せば、部員たちの気持ちもついてくるに違いなかった。

段原は、新玉東を甲子園に連れていくための監督であり、おそらく脇目も振らずそこを目指すだろう。文武がチームに貢献できる力の持ち主とわかれば、重用するに決まっていた。

問題は、文武の技量という事になる。スポーツ特待のテストを通ったのだから、学校側に学費を免除してもいいと思わせるだけの力はあるのだろう。本人によれば、片山がバッテリーを組むと言い出す前は、練習ではライトかレフトを守り、打順は７〜８番、試合はベンチという話だった。

スマートフォンを出し、高校野球、選手の能力、で検索してみる。サイトに上がっている記事を読んでいくと、それらのポジションは、特に光る所のない部員用とされていた。過去の野球マンガにおいては、ライトを守り打順８番の部員が、ライパチと揶揄《やゆ》されたらしい。それ流に言えば、文武はライレフナナパチという事になる。

だが、それは正当な評価なのだろうか。新玉東高の野球部のホームページを開いてみる。部員数が百名を超えるとは聞いていたが、正確には百三十四名の大所帯だった。今年六月に監督の交代があり、その後は夏、秋と大会が続いている。夏と秋の間には、三年生の引退という大移動もあっただろうし、不動のエース片山の体調も崩れてきていただろう。慌《あわ》ただしく移り変わる状況の中、一年間は試合に使えない転校生の文武の評価は先送りにされ、練習時には適当な場所に配置されていただけではないのか。

次の全国大会は、選抜高等学校野球大会、通称、センバツだった。秋の大会に出たメンバーをそのまま使うのが普通だが、エース片山を失った新玉東は、再編成を迫られている。

最強のスターティングメンバーを作るために、段原は全員のポジションを見直すだろう。練習の様子や、これまでの試合から判断するだけでなく、能力テストを行って力のある部員をピックアップする事も考えられた。

文武の瞬時の動きはかなりいいし、自己評価によれば肩もいいらしい。このチャンスをとらえられるかも知れなかった。一瞬、希望を抱きつつ、直後にそれを見失う。しぼむ風船さながら力が萎えていき、ちきしょうとつぶやいた。循環論法に陥《おちい》っている。

文武にこのチャンスをつかませるためには、部活に参加させなければならない。だが本人に、部の空気を変えてやると約束したのだから、まずそれをする必要がある。しかし部の空気を変えるためには、文武が部活に出て能力テストで力を認めさせねばならなかった。

頭を抱えこみたい思いでベッドに体を投げ出し、天井を仰ぐ。こちらが段原に接触し、文武を売り込むという方法もなくはなかったが、悪くすると逆効果になりかねず、かなり危険だった。

　では、ボトムアップではどうか。各部員の意識を変えていき、文武を歓迎するような雰囲気を作り出す。これも外部からの操作で行わねばならず、段原一人をその気にさせるよりいっそう難易度が高いといえなくもなかった。

　だが、部の空気を作っているのは誰だ。今は三年生がいない状態であり、主力は二年生だった。その中でも能力を認められているメンバー、具体的には大会でベンチ入りを許される二十人、これがメインであり、おそらく部活の空気の元だった。彼らが文武を認め、受け入れれば、他の部員は従うだろう。

　飛び起きてスマートフォンを手にする。黒木から送られてきていた部員の画像を呼び出した。秋の大会の前にメディアに流す資料として撮られたものらしく、二年生と一年生で構成されている。最初に二十人全員の集合写真があり、下部にキャプションが入っていた。名前の次にメンバー表、さらに主将から一人ずつのアップ画像が並んでいる。正選手、控え選手の順番で、片山もいた。

　最前列の主将の隣りに位置し、他の部員と同様、きっちり背筋を伸ばし、開いた膝に両手を当ててまっすぐ前を向いている。遺影にあったような、こぼれんばかりの笑みはなかった。

　秋の大会直前の撮影とすれば、急性白血病に移行した頃だった。今後への不安も抱えていただろうに、その気配を感じさせるどころか逆に闘志をみなぎらせている。故意にそう見せていたのかも知れなかった。エースの弱音がチーム全体を動揺させ、気力を削《そ》ぐ事は、わかりすぎるほどわかっていただろう。

　これを撮影した時から死没までに、三ヵ月ほどしかない。そんな中で、まるでこれからも同じ生活が保証されているかのように文武の練習に付き合い、大木家に通い、あの居間に寝転んでいたのだ。

　片山の片鱗に触れるたびに、その時点から死までの距離を測らずにいられない。自分の時間が少なくなっていく事を知りながらそれと向き合っていた片山は、ただ一人でどれほどのものに耐えていたのだろう。どれほどの努力を重ね、どれほどのものをあきらめ、どれほどの思いを抱えて終焉《しゅうえん》に向かって歩き続けていったのか。

　棺の中でボールに囲まれて横たわっていた片山を思う。道半ばとなってしまった文武の更生については、さぞ心残りだったろう。

　できれば誰かに頼んでいきたかったに違いない。だが病気を伏せていたために、話せる相手がいなかったのだ。その片山の気持ちを考えると、冷気が体を包んでいくような気がした。皮膚から染み通ってきて心をかじかませるそれは、孤独の冷たさだった。

　その状態のまま逝ってしまった。文武を野球部に戻そうとするのは、ほとんど接点のなかった自分にできる唯一つの鎮魂かも知れない。そう思いながら改めてメンバー表に目を通す。

　二十人中、二年生はピッチャー、キャッチャー、セカンド、ショート、センター、ライト、それに控えが四人で合計十人。片山を除けば九人で、これが現在の部の空気を作っている。

　接触するなら、チームを牽引《けんいん》し把握している主将がいいだろう。一番左端に並んでおり、名前は峰村真也《みねむらしんや》、控え選手だった。個人のアップ画像を見れば柔和で明るく、誠実そうな顔付きをしている。気になるのは、どことなく内向的な感じがする事だった。

主将といっても、自分の主張を前面に出さず、部員の意向をまとめて動くタイプもいる。この峰村がそうなら、今回の目的には合わないだろう。

まずメンバーの性格を調べる必要がありそうだった。もし全体を支配するような強引なヤツがいれば、ぜひ味方にしたい。そう思いながら画像を見ていて、正捕手に目が留まった。片山の葬儀場前で泣いていた栗林だった。

あの時ははっきりと容貌を把握できなかったが、今、正面の写真を見れば、大きな目をした童顔でかわいらしい。きつく結んだ口元には、負けず嫌いの気配が漂っていた。

一年の時から片山と組んでいながら、ここに来て突然、文武にポジションを奪われそうになり、心境は複雑だったろう。文武に反感を持っているかも知れない。

片山の死と共に文武は後退し、その脅威は消えたはずだが、心情的に引きずっている事も考えられた。それは文武を拒絶する空気の源流になりうるだろう。

最も危険かも知れないそこを、癌の患部を切除するように、取り除いてしまうのはどうだろう。接触し、様子を探りながら懐柔して文武の味方に付けてしまえば、部内の空気を一掃する足場にできる。たとえ栗林が文武に好意を持っていなくても、籠絡《ろうらく》する方法はあるはずだった。黒木にメールを打つ。

「もらった画像のメンバーの中の主将と捕手、プロフィル調べてくれ。よろしく」

2

返信は、二日後の夜に来た。大して時間がかからなかったのは、部員が多く、情報があふれていたからだろう。

「主将の峰村真也は、ガタイが大きく長打力がある。そのため一年の頃は、1番バッターとして期待されていた。だが迷うクセがあり、追い込まれるまでバットが出ない事が多かった。それを矯正しようとしたコーチが付きっきりで叱咤《しった》していたら、逆に初球打ちばかりになってしまったそうだ」

読みながら笑う。不器用で自己コントロールに苦しんでいる様子が目に見えるようだった。

「今は控えだ。性格は温厚でまじめ、部員から信頼されている。面倒見もいい。夏の大会が終わって三年生が引退する際、片山が主将をやればいいという声が出たらしいが、本人がプレーに専念したいからと断り、代わりに峰村を推薦したそうだ」

確かに主将は雑事が多く、様々な事に煩わされる。選手たちと監督やコーチをつながなければならないし、常にチーム全体に目を配り、摩擦が生じているようなら素早くミーティングを設定、解消に持ち込まなければならなかった。だが片山が引き受けなかった理由は、それだけではないだろう。

おそらく自分が部活に出られなくなる日が近い、と考えていたのだ。一人で多くを背負い込んでいては、残された部員たちの混乱がひどくなる。それを避けようとの配慮だろう。

「峰村は、片山が言うなら、と受けたようだ」

かなり受動的な性格だった。これでは部の空気を変える原動力としては弱すぎる。接近して働きかけても、こちらの意向をくんで部員を動かす事は難しいだろう。

「栗林の方は身長158で、かなり小柄だが、パワーと気力の持ち主だ」

写真の口元が脳裏をよぎる。確かに、そういう顔付きをしていた。

「スイングスピードも速い。性格は気が強く、勝ち気な栗林、略してカチクリと呼ばれている。強豪として有名な関西のボーイズリーグ出身で、観察眼に優れ、投手ごとに、そのいい所を引き出すリードをするとの評判だ。片山がエースナンバーを付けた当初からバッテリーを組んでる。片山を育てたのは栗林だという声もあるくらいだ。片山は、力のあるバッターを迎えたり、四球を出したりすると力んで球が浮く。その癖を熟知していて外角低めにリードし、バットに空を切らせていたらしい」

その栗林を、片山は強引に新人の文武に替えようとしたのだ。周囲の反発は当然だったろう。体調が不順になる一方の時期に、秀でた技量を持っている栗林を切る道を選ぶとは、片山も思い切った決断をしたものだ。

自分のボールを受けてくれる旧知の捕手は、心強い存在であり、支えでもあったろう。失う事が恐しくなかったのだろうか。栗林への気遣いや、文武への思い入れがそれに勝ったという事か。

「ボーイズの頃は、二塁手や外野手としても結果を出していた。内野と外野じゃ、捕球の仕方が全然違う。取った後の送球も、足運びを変えなきゃならないんだ。器用でなかったらできない。ユーティリティプレーヤーだな」

いく分、肩から力が抜けた。捕手だけでなく他のポジションも務められるほど達者なら、唯一無二の居場所を文武に奪《と》られたという感覚ではないだろう。反感を持っていたとしても、それほど煮詰まってはいないはずだった。

「関西には、古豪の甲子園出場校が多い。そこからの誘いもあったようだが、親元を離れて新玉東に来た。今は、父親の実家に下宿をして通っている。片山と組みたい一心だったらしい」

いったん肩から抜けた力が、いっそう強くなって戻ってくる。栗林が片山にこだわりを持っていたとなれば、本人からオミットされた屈辱や挫折感は大きいに違いなかった。

葬儀場では段原に従った自分を責めていたから、そのせいで片山から見限られたと考えているのかも知れない。そうであれば、怒りの矛先が文武に向かう事もないだろうが、そうでなければ事態は深刻だった。簡単にはこちらの術中に落ちてくれないどころか、部内の空気をいっそう悪い方向に傾けかねない。

「サンクス」

短いメールを返しながら、ともかくも栗林に接触し、本音を探ろうと思った。

3

学校はすでに冬休みだったが、塾はいっそう強化されている。まだ進路が確定せず受講科目を絞れないため、かなり多くの授業を取らなければならなかった。親の呪縛《じゅばく》から自由になり医師コースを進むなら東大か京大、自分の興味を突き詰めるなら東工大か、数学分野で先端をいく教授のいる私大。

あせる気持ちは強くなっていたが、それが自分の将来への決定的な一歩になると考えると、決めきれなかった。幅も深さも測れない危険な沼が目の前に広がっている気分になる。

混沌を抱え、新玉東のグラウンドに自転車を飛ばした。河川敷を見下ろす道路まで出る。緑の芝生やクレイ塗装の上に、点のように散っている部員の姿があった。

駐輪場に自転車を停め、土手に造られた階段を走り降りる。グラウンドを囲む側溝にそって歩きながら、栗林を捜した。どういう口実で接近しようかと考えながら部員から部員へと視線を移しているうちに、ひと際背の高い選手を見つけ、目が釘付けになる。文武だった。

本当に部活に参加しているとは思わなかった。あの時の決意は、こちらが考えていた以上に強かったらしい。小躍りせんばかりの足取りで、近くまで歩み寄っていく。この様子なら、下手な働きかけはしない方がいいかも知れなかった。

このままうまくいってほしい。そう願って一列に並んで走るダッシュの練習を見つめる。その時は奇異な感じは受けなかった。だが、やがて妙な事に気付く。ベースランニングが始まってからの事だった。

右足でベースを踏み損ねる選手がいると、見ていた部員から注意の声が飛ぶ。ところが文武がベースを踏まずに通り過ぎても、誰も何も言わないのだった。

最初は、見逃したのかと思った。だが同じ事が何度も繰り返され、何かがおかしいと感じる。それが決定的になったのは、グループに分かれ、塁間半分の距離を取ってのボール回しが始まった時だった。

文武は、ばらけた部員たちの一番端にいた。ところがボールが来ない。隣りの部員まで来たボールは、そこで折り返され、最初の部員に戻ってしまうのだった。文武は、ぽつねんと立っていた。おもちゃ箱から放り出されたおもちゃのようだった。

走りながらのキャッチボールになると、それがさらに際立つ。多くの部員は二人でボールをやり取りし、中には三人のグループもあったが、文武とは誰も組もうとしなかった。声さえかけない。キャッチボールの相手がいない文武は、皆の練習を見ているしかなかった。大きな体と時間を持て余し、する事もなく、ただ立ち尽くしている。はぐれたおもちゃのように見えていたその姿は、今度は広い海に浮かぶ孤島のようだった。

いないも同然に扱われている。これが文武の言っていた、いてはいけないような空気、の実態なのだった。心中を察し、奥歯を噛みしめる。

やがてコーチがやって来て、バッティングティーの設置が始まった。

「ティー三百、次に、ロングティー百。バックスピンを意識してやる事」

文武は他の部員たちの後を追い、バットを取りに行く。淡々とした様子だった。その時になってようやく数人から声がかかる。

「あれ大木、毎日ここで何してんの」

「おまえ、辞めたんじゃなかったのか。辞めたんだよな」

「来んなよ、うぜぇ」

飛び込んでいって、全員、蹴り倒してやりたいと思った。今にも文武が、手にしていたバットを地面に叩き付けそうで気が気ではない。

「俺」

文武の声は、意外にも静かで落ち着いていた。

「辞めるのはやめたんだ。毎日、部活に出る」

目から鱗《うろこ》が落ちる思いだった。おお、よくぞ言ったとほめてやりたい。今までの事を思えば、どんな言葉で称賛しても足りないくらいだった。

「だから、よろしく」

様々な考えが脳裏を駆けめぐる。文武は進歩したのか。いやそう簡単に人は変わらないだろう。もし自分がこんな扱いをされたら、金輪際、部活になど顔を出さない。文武は意外に大人なのか。それとも鈍感で、あまりこたえていないのか。

部員たちは忌々《いまいま》しそうな舌打ちを残し、背中を向ける。それを見送る文武の二つの目には、表情がなかった。並んでいるブラックホールを彷彿《ほうふつ》とさせる穴のような目。

おそらく吸い込んでいるのだ。怒りも痛みも哀しみも吸収し、心に閉じ込めている。その底にはきっと片山がいるのだろう。文武の気持ちのすべてを受け止め、引き受けている。きちんとした練習をさせてやりたい。力を付けさせ、スタメンまで上げてやりたい。胸が痛くなるほど強くそう思った。

「一年生、グラウンドの点検開始。二年生とスタメンは試合形式の練習にかかる」

主将峰村の指示で集団が大きく動く。一年生たちは散るようにグラウンドに広がっていき、転がっているボールを集め始めた。その一人が近づいてくる。

「あのさ」

声をかけると、びっくりしたらしく棒立ちになった。顔のあちらこちらに、まだあどけなさが残っている。

「悪いんだけど、二年の栗林君、呼んでくれないかな」

部活中だと断わられないために、絶対に拒否できない餌をぶら下げた。

「片山の事で話がある、って言ってくれ」

一年生は軽く頷く。そばに落ちていたボールを拾い上げ、ポケットにねじ込むと走って引き返していった。二年生集団に駆け寄り、何やら話している。しばらくしてそこからプロテクターを着けた一人の部員がこちらに向かってきた。

「栗林ですが」

側溝の向こうに立ち止まり、警戒の色を浮かべた顔をこちらに向ける。確かにカチクリと言われるにふさわしい目をしていた。小柄だったが弾けそうな活気を全身にみなぎらせ、サーモグラフィーで見たならば、どこもかしこも真っ赤に映りそうだった。観察眼に優れているというから、今もこちらを分析しているのだろう。

「片山の事って、なんですか」

断わられないために、とっさに考えた言葉で内実はない。聞かれたら、うまくはぐらかしながら本人や部内の様子を探っていこうと考えていた。

「部活中なんで、早くしてもらえますか」

一瞬も視線を逸《そ》らさずこちらを見すえている。威圧感があり、かなりのうるさ型という感じで、始末が悪そうだった。まずい動き方をすると、手に負えなくなるかも知れない。このまま片山がらみで話を進めながら、突っ込み所を見つけて突破口にするしかなさそうだった。

「僕は、片山の中学の友人で、上杉といいます」

栗林が葬儀場で泣いていた事を念頭に置き、関心を引けそうな物語を作り出す。

「病院に見舞いに行った時、片山から、君への伝言を頼まれました」

栗林の顔に緊張が走る。それを見ていて当初の目論見《もくろみ》が思い出された。様子を探るとともに、何とかして味方に付けて部内の空気を変える立脚地にしようと思っていたのだった。

そこまでこぎつけられれば、確かに願ってもない。だが目の前の栗林に打ち解けたところは全くなく、難易度は高そうに思えた。

虎《とら》の尾《お》を踏まない範囲、いつでも引き返す事のできる安全圏で試してみようか。やってみる価値はあるかも知れなかったが、かなりの作り話を余儀なくされそうで、いく分躊躇《ためら》う。できるだろうか。

その種の能力はあるはずだった。中学の初めの頃、黒木や小塚たちとチームを組んで遊んでいたが、面白さに引きずられて法律に抵触するスレスレまで踏み込む事が時折あった。職員室では犯罪者集団と呼ばれていたが、実際に犯罪に手を染めた事は一度もない。誰かを傷つけた事もなかった。そのあたりのバランス感覚には自信がある。なんとか舵を取っていけるだろう。

片山自身も清濁併せ呑むタイプと言われていたし、文武に野球をやらせたいとも思っていたはずで、それに添う形で自分のフェイク物語がでっち上げられたとしても、目をつぶってくれるに違いなかった。

その方向に舵を取る事を決め、慎重に言葉を選んで口を切る。

「片山からの伝言は、大木文武君の事です。面倒を見てやってほしいと言っていました」

栗林は、しばし黙っていた。やがてその目に突っぱねるような強い意志を瞬かせる。

「僕は、聞いていません」

ぶっきらぼうな言い方で、明らかに癇《かん》に障ったようだった。ライバルとして浮上していた部員の保護を頼まれたのだから、まぁ面白いはずはないだろう。

「そんな話、今まで全然した事がなかったし」

矛盾を突かれないように、辻褄《つじつま》を合わせにかかる。

「僕が病院に行ったのは、死ぬ数日前です。片山は以前から自分がいなくなった後の大木君を心配していた。それを頼めるのは君しかいないと思っていたんじゃないかな。一年以上もバッテリーを組んでて気心が知れていたから、君になら甘える事もできたんだろう」

　栗林の表情がふっとゆるむ。自分たちが培ってきたものを思い出しているようだった。今もそれを大切にしているのに違いない。だからこそ葬儀場では、監督の指示に従った自分を責めていたのだ。

　格好の突破口だと感じ、胸がざわつく。大切にしているものを持つ者は、弱点を抱える者だ。素知らぬふりで話を続けた。

「だが君と大木君は、同じポジションだ。二人の気持ちを考えて、片山もなかなか決心がつかなかったんだろう。死期が近くなってようやく腹をくくり、ちょうど見舞いに来た僕に託したんだと思うよ」

　中味のなかった言葉が体裁よく収まり、ほっとしながら様子をうかがう。栗林は自分の思いを一掃するかのような息を突いた。改まった口調で切り出す。

「はっきり言って、僕は大木が嫌いです」

　堂々とした直球だった。隠す気配もない。

「だから面倒なんか、とても見られません。じゃ部活中なんで」

　立ち去ろうとするのを、あわてて呼び止める。

「なんで嫌いなのか教えてくれ。僕もガキの使いじゃない。片山から伝言を預かった責任があるからな」

答え次第でこの先の運び方を決めるつもりで、返事を待つ。

「あいつは素行が悪い」

断言に近かった。声の底には苛立《いらだ》ちが流れている。体育会系の部活では、一人が不祥事を起こせば、全員が責任を取らされる事も多い。文武の行動が、いつか全体を巻き込む事態に発展するかも知れないと気をもんできたのだろう。

「最初に見た時は、眉毛を剃《そ》ってた。監督が水谷さんじゃなかったら、スポーツ特待のテストは通らなかったはずだ。入部してきた時も、ろくに挨拶もできない、態度も悪い、努力もしない、なんでもすぐに忘れる、それらをカバーできるだけの圧倒的なセンスを持ってるかというと、それほどでもない、野球が好きな様子すらなかった。それで皆から呆《あき》れられ、信頼されなかったんだ。一緒にやりたくないって部員もいた。正直、僕も同じ気持ちだった。あんなヤツに肩入れするなんて片山は間違ってた、どうかしてたんだ」

徹底した全面否定を綿々と聞かされ、暗澹《あんたん》とした気分になっていく。

「それで片山自身も反感を買ったし、評判も落ちた。それまで皆から尊敬される完璧なエースだったのに、何もかも大木のせいだ。これ以上話す事はないです」

ここで話を終わらせたら、もう二度と栗林と向かい合うチャンスはないだろう。その足を止めようとして、棘を含んだ言葉で揺さぶりをかける。

「君は、情けないヤツだな。片山の評判が落ちたからって何なんだ。君自身が片山を信頼していれば、それですむ事なんじゃないのか」

栗林は、冷ややかな笑みを浮かべた。

「今ここで、それについて議論する気は全然ありません。それじゃ」

軽くかわして身をひるがえす。その背中に声を飛ばした。

「片山が大木を捕手にしようとしたのは、なぜだと思う」

先ほど見つけた栗林の弱点を突く話を、素早くでっち上げる。

「彼を伸ばしたいと思う気持ちはもちろんあったろう。だがそれ以上に大きかったのは、君だ。板挟みになっている君を、楽にしてやりたかったんだ」

栗林の動きが止まる。

「君が二塁や外野もできる事を知っていたから、このまま悶々《もんもん》と捕手を続けるより、当面そっちで力を出させた方がいいとの判断だ」

片山がどう考えていたかは不明だった。だが、この際そういう事にしておこうと自分に言い聞かせる。誰かをだまそうと思ったら、まず自分自身が先んじてだまされてしまう事だ。それで話に信憑《しんぴょう》性が出る。

「君の力を評価していたし、大切に思ってもいた。最後までだ」

栗林は、こちらに向き直った。ひどく傷つき、狼狽えているように見えた。

「そんな事、知らなかった」

よし、かかった。

「片山の望み通りの配球をしなかったから、それで見限られたんだと思ってた。大木に時間を割いてるのも、いい気分じゃなかったから態度に出してたし」

言葉を途切れさせ、高ぶる感情の中に自分を埋もれさせて目を伏せる。このまま止めを刺してしまおうと考え、身を乗り出した。すっかり詐欺《さぎ》師の気分だった。

「君が考えてる以上に、片山は君を思ってたんだ。その片山の頼みを、君は聞かない気か。片山からの最後の頼みなんだぜ。それをはねつけて後悔しないのか」

栗林は頬をゆがめる。

「僕には、理解できないんだ」

苦しげに言葉を切り、吐くようにつぶやいた。

「片山の気持ちはわかってるつもりだったのに、なぜ大木に入れ込んだのか、そこだけがどうしてもわからない」

自分を責める気持ちが大きいらしく、悲痛な声だった。

「片山は本気だったのか。あいつには意地っ張りな所があった。皆から無視されていた大木に同情し、次第に引っ込みがつかなくなっていっただけじゃないのか。本当の所を知りたい。片山がマジで大木を伸ばそうとしていたって事を証明してくれ。メールでもツイートでも日記でもいい、片山本人が発したメッセージを見たいんだ。それを見て納得できれば、引き受ける」

4

片山は、自分自身を更生させた野球で、文武を立ち直らせようとしていた。それは確かだが、それについて何かを残しているだろうか。精神的に近い距離にあった栗林にすら打ち明けていないというのに、他の人間に話したり、メールを送ったりするとは思えなかった。

親に聞いてみれば、日記があるかも知れない。スマートフォンやパソコンを見せてもらえば、ＳＮＳ関係も把握できるだろう。

葬儀場で泣き崩れていた母親の姿を思い、躊躇いつつその職場である片山クリニックに電話してみる。休診のボイスメッセージが流れていた。再開の時期は吹き込まれていない。

あきらめ切れず、駅ビルの中にある片山クリニックまで足を運ぶ。ドアに休診のプレートがかかっていた。溜め息を突きながら、黒木にメールを打つ。

「片山家の家電《いえでん》と母親のスマホ、調べてくれ」

スマートフォンをポケットにねじ込み、家に戻った。黙って玄関を入り、螺旋《らせん》階段で二階に上ると、ドアを開けながら声をかける。

「ただいま」

壁のスイッチを押し、走る光の中でミントの鉢を振り返った。

「今、水やるからな」

そう言いながら息を呑む。葉のかなりの枚数がむしり取られていた。断面から露が涙のようににじみ出ている。思わず声が漏れた。

「ひでぇ」

部屋を飛び出し、階段を二段飛ばしで駆け下りてダイニングに飛び込む。

「あら、いつ帰ってきたの」

調理台の前から振り返った母のそばのボールに、ミントの葉が入っていた。黙って見つめていると、母が気づく。

「ああ、これ、もらったわよ。今日のメニュウは、夕食にヨーグルトがあるの」

食事は、清掃と同様、派遣サービスを使っていた。

「でも見た目がちょっと寂《さび》しいから、トッピングに使おうと思って」

気にしている様子は、まるでない。抗議しようとして言葉に詰まった。何と言えばいいのだろう。俺のミントを食うな、か。大笑いされるに決まっていた。

「あ、クリスマスから新年までは、いつも通り兄さんの別荘よ。あなたはどうするの。今年は塾から離れられないとかかしら」

母の声を聞きながら自分の部屋に戻り、小塚に尋ねてみようと考える。植物は痛みを感じるのか。

最近、植物生理学の分野で新たな研究報告が相次ぎ、インパクトファクターの高い学術誌には植物がコミュニケーションをとっているという論文まで発表されているという事だから、痛みについても言及があるかも知れなかった。

だが、もし感じると言われたら、どうするのか。怒りのやり場に困るだろう。開けっ放しになっていたドアを入り、ミントの無残な姿をながめる。

そもそも最初は食うつもりだったのだから、と自分をなだめつつ、食わないと約束した事を思い出した。植物は、約束反故《ほご》を恨むだろうか。そもそも植物に約束を結ぶ能力があるのか。果てもなく考え始める自分に辟易《へきえき》し、吹っ切ろうとして頭を振る。鉢をくれた駒井花店の店主の顔が脳裏をよぎった。その道のプロなら、手当の仕方を知っているかも知れない。

いそいそとスマートフォンを取り上げ、電話をかける。ミントに目を向け、待ってろ、すぐ何とかしてやる、と言いそうだった。

「駒井花店でございます。お電話ありがとうございます。ご用件をお伺いいたします」

上品な店主は、ゆったりと話す。貴婦人のような外見には似合いだが、気持ちが急いている今、イラッとしなくもなかった。

「上杉ですが、先日いただいたミントの葉を」

母が千切って食おうとしていると言ったら、たっぷりと悲嘆にくれるだろう。立ち直るには時間がかかりそうだった。

「葉が何枚か折れてしまって。どうすればいいですか」

感嘆するような吐息が耳に触れる。

「まぁ上杉さん、大事にしてくださっているのね、ありがとう。でも大丈夫よ。お渡ししたミントはシソ科の多年草です。種と地下茎で増えて、あっという間に広がるのよ。雑草並みの生命力だから、すぐ新芽が伸びてきます、ご心配なく。前にうちの庭で生い茂った時なんか、手が付けられなくなってしまって、除草剤をかけたくらいよ」

　意外にワイルドな貴婦人だった。

「あ、美香ちゃんが、代わってって言ってるから、ちょっと待っててくださいね」

　待つまでもなく、美香の元気のいい声が聞こえた。

「上杉君、文ちゃんの事、ありがとね」

　いささか面食らう。

「部活に出始めたみたいなんだ」

　先ほど見かけた文武の苦境が胸に痛かった。早く環境を整えてやりたい。何とかして片山の親に接触しなければ。

「で、配達のバイトも始めたし」

　いきなりパンチを食らった気分になる。新聞を読め、とは言ったが、配達しろとは言っていない。その二つの間に天と地ほども開きがあるのがわからないのか、そう怒鳴《どな》りたかった。

「うちじゃ皆、いろんなアルバイトをしてるんだけどね、文ちゃんだけはすぐ放り出しちゃって、続かなかったんだ。でもようやく始めた。部活でかかる費用なんかに充てられるし、只《ただ》で店の新聞読めるから便利だって言ってる。文ちゃんの口から新聞読むなんて言葉が出るなんて、私、目が真ん丸になっちゃった」

怒鳴らなくてよかったと思う。自分の早合点《はやがてん》を文武に謝りながら、ふと考え付いた。片山が文武に送ったメールかラインの中に、栗林が見たがっている証拠が残っているかも知れない。

「上杉君の影響だと思うな。友達に聞いたら、上杉君って数学の天才って言われてる有名な人なんだってね、すごいな」

適当な返事をし、早々に電話を切った。すぐさま文武にかける。まだ部活中かも知れないと思ったが、すぐに出た。

「もう練習終わったのか」

無音の中から文武の声だけが響いてくる。

「ん、トンボかけて、今、用具室でボール磨いてるとこ」

部内での窮境を感じさせない軽い返事だった。人のいる気配がなく、音も聞こえてこないところから考えて、一人なのだろう。

「何」

復部を勧めたこちらに、恨み言の一つも言いたいだろうに、触れもしない。結構、頼もしかった。

「あのさ、片山と交換したラインやメール、あるだろ」

期待しながら耳を澄ます。

「あったけど」

過去形で言われ、一抹の不安を感じた。

「今週の初め、ポケットからスマホ出すの忘れて洗濯しちゃってさ、水没でおシャカ」

文武を評価していた自分に舌打ちする。どこが頼もしいんだ、ねーよ。

「それが何」

何とか気を取り直し、片山が日頃、口にしていた事を尋ねる。それが何らかの形で残っているかどうかも聞いてみた。

「色んな事言ってたけど、細かくは覚えてないな。部活での事なら大抵は野球ノートに書いてあるんだけど、自主練だから、ないと思うし」

他人事のようにあっさり言われ、腹立たしくなってくる。こいつを当てにした自分が悪いと思いながらも、苛立ちを抑えられなかった。

「ああ思い出した。手紙をもらった事があった」

聞き返したくなるほど意外で、一瞬、笑いそうになる。

「毎日顔を合わせてたんだろ。何で手紙なんだ」

文武は、道に迷った子供のような口調になった。

「入院したって聞いて、見舞いに行ったんだ。けどベッドに寝てる片山は青ざめてて弱々しくて、それまでと全然違って見えた」

棺の中に横たわっていた姿を思い出す。その前に見かけた公園での印象が強く、そこからいきなり死に征服されたかの感があったが、実際は徐々に死の影を宿し、それを増幅させていったのだろう。そんな片山と話してみたかった。きっと本音が聞けただろう。

「それでなんか恐ろしくなっちゃってさ、また来てくれって言われたんだけど、それっきり行かなかった」

広すぎる場所に一人で立っているかのような、寄る辺のなさを感じさせる声だった。

「その内に手紙が来たんだ。宛名は片山の筆跡じゃなかった。誰かに書いてもらったんだろう。中も代筆かと思って開けたら、便箋《びんせん》に包んだカードキーが入ってて、それだけだった。意味がわからなくってさ。どこのキーかもわからんし、聞いてみようとしてるうちに、死んだって話が伝わってきたんだ」

文武が見舞いに来たら、そのキーを渡したかったのだろう。待っているうちに字が書けなくなり、どうも来そうもないと感じたか、あるいは来るまで自分が持ちそうもないと考えたか、どちらかで送る決心をしたのだ。片山の苦笑が見えるようだった。しょうがないヤツだと思いながら、それでもそれが文武なのだと納得していただろう。

「そのキー、見せてくれ」

片山の最後のプレゼントには、文武への気持ちが詰まっているに違いない。それは片山の心から伸びてきたツルなのだ。文武とつながり、支えようとする強い意志の表れだった。

5

片山の自宅は、駅に直結した新築の高級マンションと聞いている。そのキーは、カードタイプかも知れなかった。他に考えられるのは部室のロッカーか、それとも駅のコインロッカーか。全部を当たって回ったとしても、そう時間はかからない。

「あ、上杉さんだ」

小路に面した大木布団店の前で、地面に何やら書いていた龍舟がこちらを振り仰いだ。

「文ちゃんなら部屋にいるよ。上がってってよ」

書いていたのは算数の式だった。

「ノートに書かないのか」

龍舟は、わかってないなと言いたげな目付きになる。

「直接ノートに書くと、ページ使うじゃん。タブレットもあるけど、充電しなくちゃならないから電気食うしさ。ここで計算しといて答えだけ写せば、一行ですむだろ。俺、二年で一冊しかノート使わないって決めてんの。チョークなら学校から借りてこられるしさ」

生活の知恵らしかった。素早く式に目を通し、その手からチョークを取り上げて計算の間違いをいくつか直す。

「あ、そうか。あんがと」

チョークを返し、店の引き戸を開けた。

「ごめんください。文武、いるか」

二階から返事がある。狭い店内を突っ切り、上がり框の前で靴を脱ぐと、暖簾をくぐった。奥に続く廊下の左手に、人間が一人やっと通れるだけの幅の狭い階段がある。両隣りの家との間に空間がなく、壁が密着しているために感じなかったが、この家が一軒だけ建っていたら、おそらく鉛筆を立てたような形をしているのだろう。

直角に曲がっている階段を上ると、半畳ほどのスペースがあり、そこに二つの部屋のドアが面していた。右手の部屋から文武が顔を見せる。

「これ」

差し出されたのは、オリーブグリーンの地に細い銀線の枠が付いた封筒だった。隅にメイドインフィレンツェの文字がある。中には同色の便箋に包まれたカードが入っていた。

「どこのキーなのか、ヒントになるようなものが全然ないんだよな」

白いカードで、Ｂ２３５と印字されている。下部には印刷の跡があったが掠《かす》れており、読み取れなかった。

「部室のロッカーか、駅のコインロッカーじゃね」

文武が首を横に振る。

「両方とも、普通のシリンダー錠だ」

残るは、片山のマンションしかない。

「なんでメモくらい入れとかなかったんだろ」

不満げに言いながら文武は、上り端に座りこんだ。階段の途中に立ったままの和典に、配慮する様子は全然ない。片山も、随所で相当イラッとしただろうなと同情した。

「結構、ヌケてるよな」

いや片山は完璧主義だろう。この投函《とうかん》を誰かに頼んだ時には、後で電話でもするつもりだったのだ。それより死の足の方が速かったのではないか。

一瞬そう考えたが、わざわざ後日、連絡を取るより、宛名の代筆をしてくれた人物に、どこのキーかを書き添えてもらえばよかったはずだ。

それをしなかったという事は、頼めなかったのだろう。キーは外側からそれとわからないように、しっかりと便箋に包まれている。下部にある掠れた部分も、出所を明らかにしないために故意に削ったのかも知れなかった。

これを送る事は、誰にも秘密だったのだ。送ってはいけない物なのだろう。代筆と投函をした人間にも知られまいとし、まだ体力のあるうちに準備したのに違いない。

では代筆と投函は、誰がしたのか。母親か、見舞客の誰かか。いや、もう一人いる、病室付きの看護師だ。そこまで考えたとたんに、目の前が開けるような気がした。

「病院のロッカーのキーだ」

片山はもう病院にはいない。早くしないと、使っていたロッカーの中は整理されてしまうだろう。

「入院してた病院に行くぞ」

狭い階段を走り降り、自分の靴を突っかけて外に飛び出す。後ろからついてきた文武が、脇をすり抜けて先に立った。

「駅前の新玉病院だ」

夜に彩られ始めた街を、二人で走る。短距離走は和典も速い方だったが、文武の速度はさらに上だった。三段跳びのホップステップのように大きなストライドで、滞空時間が長く、ほとんど空中を飛んでいると言ってもいい。五十メートル走なら、六秒そこそこの記録を出しそうだった。

「おまえ、速ぇな」

病院前で荒い息を突く。大きく遅れたくなかったせいで無理をし、呼吸が乱れていた。文武は、当たり前であるかのように眉を上げる。苦しげな様子は全くなかった。

「俺、単純な事はメッチャ得意なんだ。面会者用の出入口、確かこっちだ。一度しか来てないから、違ってるかも知んないけど」

敷地《しきち》内を歩き、面会用受付と書かれている表示板を見つける。近くの小窓をノックし、カードキーを見せた。

「これ、ここの病院のロッカーのキーですよね」

係員は無言で受け取り、立ち上がって奥に入っていく。同僚と何やら話してから、再び窓口に戻ってきた。目の前にキーを置く。

「特別室のあるB棟のロッカーだね」

ようやく場所を特定でき、体中から力が抜ける思いだった。

「特別室って何ですか」

文武に聞かれ、係員は皮肉な笑みを浮かべる。

「保険がきかない部屋だよ。病室の他に応接室やキッチンもついてる。２ＤＫから３ＤＫくらいで、金のある病人が入ってるね」

片山の最後の日々が少しでも安らかであるように願って、親が契約したのだろう。

「そう言えば」

文武が思い出したようにつぶやた。

「俺んちの茶の間より広かった気がする。いいなぁ片山」

それは相当、微妙な話だろう。選べるものなら片山は、文武の人生を選択したかも知れない。

「このキー、どうしたの」

係員に聞かれ、文武がこちらを見る。

「返すんだよな」

その体を押しやり、小窓をのぞき込んで係員と向き合った。

「退院した友人から預かったものなんです。これから中を整理して返却するつもりです。院内に入れてもらえますか」

係員が差し出す名簿に住所氏名を書き、ドアを開けてもらう。

「ありがとうございました。後で寄ります」

照明を落とし、静まり返った廊下には消毒の匂いが漂っていた。キーを握りながら、これで開くロッカーの中味に思いをはせる。栗林の要求を叶えてくれるものであるように願った。

「キーがないんじゃ、ロッカー、使えなくて困ってたんじゃないかな」

文武のつぶやきを聞き、おまえがもっと早く動いてれば、誰も困らなかったんだよと言いたいところをグッとこらえる。こいつと付き合っていると、忍耐力が養われるに違いないと思った。

「まぁ駅なんかは一ヵ月くらいはそのままだから、病院でも同じなんだろうけどさ」

ロッカールームにたどり着き、出入口の差し込み口にカードキーを入れる。ドアが開くと同時に、室内に明かりが灯った。サイズの大きな銀色のロッカーが並ぶ広い部屋だった。

「へぇ豪華。さすが特別棟のロッカールームだな」

壁に全体の見取り図があり、30番ごとに列が分かれている。２３５番は、すぐに見つかった。期待しながらキーを入れる。スムーズに吸い込まれていき、軽い音と共にロックが外れた。ゆるんだように扉が前に動いてくる。

一瞬、中には何も入っていないかに見えた。暗い内部に溶け込んでいた物が、やがて目に映る。

「グラブだ」

文武が手を入れ、つかみ出した。片山が愛用していた黒いグラブだった。

「これで投げる豪速球だから、ブラックサンダーって呼ばれてたんだよな」

手入れが行き届き、光を放つような艶がある。普通に見かけるグラブと違い、ウェブが平らだった。あちらこちらには大小の傷がついている。これでは白血病患者の病室に持ち込む許可は下りなかっただろう。

その奥に、上腕トレーニング用のダンベルが二つ入っていた。一人で黙々とそれを上げ下げしている姿が目に浮かぶ。このキーを文武に発送しようと決意するその直前まで、復帰をあきらめていなかったらしい。

「あのさぁ」

文武がグラブをはめ、もう一方の手で中心を叩きながら釈然としない様子で首を傾げた。

「これが入ってるロッカーのキーを俺に送ってきたって事は、片山はこれ、俺にくれる気でいたんだよな」

頷きながら達成感を噛みしめる。片山は、ずっと使ってきた自分のグラブを文武に託したのだ。それは決定的なメッセージであり、どんな言葉より雄弁に文武を伸ばそうとする片山の意志を語っていた。これで栗林を説得できる。

「けど、変じゃね」

文武は、落ち着かなかった。

「俺、捕手だぜ。グラブもらっても使いようがないって。片山、何考えてたんだろ」

そう言われて初めて気が付く。片山は自分が投手だったから、文武をそばで見るために捕手にした。自分がいなくなった後は、別のポジションを考えていたのに違いない、

「これ、一日貸しといてくれ」

このグラブを使えるような、どこかのポジションに文武を据える、それが片山の望みだったのだ。

6

その夜、眠る前に栗林にメールを送り、片山と出会った公園に呼び出した。朝晩の部活があるなら、終わるまで待つと書いておいたのだが、ほとんど間髪を入れず、部活前に行くと返信があった。律儀なのか、それとも気になってたまらず、待てないのか。

朝の方がいいとの内容だったので、時間を早朝に指定し、片山のグラブを入れたペーパーバッグをドアの近くに置いた。電気を消す前にミントの様子を見る。残された葉は、自分の一部を失っているにもかかわらず生き生きとして枯れる様子はなかった。健気《けなげ》で、なでてやりたくなる。だが手を触れる場所に困った。戸惑いながらミントを見つめる。

おそらくなでるというのは、動物に対する愛情表現なのだろう。植物と向き合った経験がほとんどなく、対処に窮して小塚にメールを打った。

「植物を可愛がりたい時って、どうすんの」

返事はすぐにあった。高校生ならほとんどが、その日の内には眠らない。

「色んな事を頻繁に話しかけて、きれいだよとか素晴らしいよとかほめてやるのが大事。後は水と肥料。モーツァルトを聞かせると喜ぶって説もある」

ダイニングにＣＤケースがあり、食事時に流す事が多いが、ほとんどショパンだった。母に言わせれば、ショパンが最高、モーツァルトは通俗的らしい。

「モーツァルトは頭をよくするっていう学者がいるけど、トンデモ説よ。医者として賛成できないわ」

スマートフォンのアプリストアでクラシック音楽の配信を見つけ、モーツァルトを選択、明日の朝にタイマーをセットしてミントの鉢のそばに置いた。

ほめてやろうとしてマジマジと見つめる。ところが何となく照れてしまい、ほめられなかった。

「お休み」

それだけ言って電気を消す。自分の部屋の中に、誰か別の存在がいるような気がしないでもなかった。ミントの精か、それとも片山の霊魂か。

朝になると、いきなりのモーツァルトが脳を揺さぶる。もっとおとなしい曲にしておけばよかったと思いながらベッドから出、カーテンを開けてミントに朝の挨拶をした。ふと考える。小塚の話ではモーツァルトだったが、人間の嗜好《しこう》が様々なように、植物にも好みがあるかも知れない。

「おまえ、モーツァルト好きか。明日は、違うのにしてみようか。ショパンならほとんど全曲あるけど、リストとかラベルとかは、どう」

話しながら部屋を入ったり出たりして身づくろいを終えた。

「じゃ行ってくっから」

公園までの時間を計算し、家を出発する。片手に持ったペーパーバッグの中で、グラブがガサガサと音を立てた。栗林に見せたら、その足で文武に返しに行こう。

早朝の公園には、樹々の枝の間を埋めるように靄《もや》が漂っていた。一キロ以上が見えれば靄、それ未満なら霧と呼ぶと、以前に知り合った気象予報士に教わった。今頃、彼女はどうしているだろう。

片山の座っていたベンチに腰を下ろして待つ。ここで最後に見た時、その後こんな時間を過ごす事になるとは思ってもみなかった。片山のいない世界を生きている自分が、不思議になる。

見回せば、ほとんどの樹々は葉を落とし、ひっそりとしていた。ベンチ近くに艶のいい葉を付けた樹が一本あり、赤い花が二、三輪、明かりでも灯すようについている。かすかな香りも漂っていた。スマートフォンで撮影し、小塚に送る。間もなく返信があった。

「カンツバキだよ。サザンカに似てるけど、時期が若干違う。散るところを見れば、もっとはっきりするけどね。ツバキなら花全体がボタッと落ちる。首が落ちるみたいだって武士は絶対、敷地内に植えなかった。サザンカならハラハラ散る。今度、散ってるとこを送って」

出入口に栗林の姿が見え、近づいてくる。新玉東校も冬休みに入っているらしく、私服で、校名の入ったスポーツバッグを下げていた。

「お早う」

声をかけ、立ち上がって座るようにうながしてから、袋からグラブを出す。

「片山は、これ、大木に渡そうとしたんだ。病院のロッカーに入れてあって、そのキーを大木に送ってた」

栗林はグラブを受け取り、しばし見つめていて、パサッと頭に載せると目をつぶった。まるでバナナの房でもかぶっているかのようで、ふざけているのかと思ったくらい奇妙な恰好《かっこう》だった。閉じた目から涙がこぼれる。そのままうつむき、しばし唇を震わせていた。片山と過ごした日々が思い出されるのだろう。親しい人間を失ったら、自分もそうかも知れないと思いながら隣りに座り、黙って付き合う。

やがて気持ちが収まったらしく、ズボンの後ろポケットからハンカチを出して顔を拭い、頭からグラブを下ろした。

「わかった」

いったん膝の上に置いたそれを、こちらに差し出す。

「片山の遺志は確認した。僕は大木が好きじゃないが、約束は守る。片山に代わって面倒をみるよ」

ようやくここにたどり着いたのだった。これで文武の練習環境を改善できると確信し、大きな息が漏れた。いつ気が変わるかも知れない文武の監視役も、きっと引き受けてくれるだろう。

「あのさ」

気分がほぐれ、疑問だった事を聞いてみる気になる。

「片山は、大木をどこに配置しようと思ってたんだろ」

栗林は、躊躇いもなく即答した。

「投手だ」

その名詞が脳裏に響き渡り、あちらこちらのシナプスに衝撃を与える。たちまちそこから反発が噴き出してきて、体を熱くした。そんな事できるものか、投手は勝敗を決定的にする存在じゃないか、文武には荷が重すぎるだろうが。

強い抵抗の中には、喜びが混じっていた。皆から白眼視されている文武がエースナンバーを背負い、片山の気持ちのこもったこのグラブを手にマウンドに立つ。そう考えるだけで痛快で、快《かい》哉《さい》を叫びたくなった。

勇む気持ちが膨らみ、それがいっそう否定する力を増幅させる。ブラックサンダーを再現する文武を想像しようとしても、投球モーションの途中までしか思い描く事ができなかった。どうしてもそこで力尽きる。文武はいかにも頼りなく、とても無理だろうと思えた。

栗林の見解を否定しようと口を開きかけ、自分が野球の門外漢である事に気が付く。強豪として有名な関西のボーイズにいたという栗林の目には、その道を進んできた者でなければ見えない何かが映っているのかも知れなかった。

「根拠は、何だ」

体中を走り回るアドレナリンを抑え、落ち着こうと努めつつ栗林の分析に耳を澄ませる。

「片山は、控えの必要もないほどオールマイティで、一人で切り回していた。うちのチームは、片山に頼り切ってたんだ。それで投手層が薄い。飛び抜けた力を持つ選手がいなくて、団栗《どんぐり》の背比べ状態だ。ポストは今、空席と言ってもいい」

状況的には、確かにねらい目だった。

「大木は、いい投手になれそうな要素をいくつか持ってる。片山がそれに目を留めなかったはずはない」

　では文武本人が言っていた、片山が俺の才能にホレた、というのは自惚《うぬぼ》れではなく、本当の事だったのだろうか。

「大木は、片山の球をきちんと受けていた。時には１５０キロ超えの速球だ。つまり目と肩がいいし、下半身が強いんだ。投手になれば、相手には脅威だろう。タッパがあって腕が長いから球速が出るし、投げ下ろす球に力があるはずで、これも投手には欠かせない。それにこれまでの練習中、動作が素早くて驚いた事が何度かあった。投手に必須のバント処理には最適だ。キャッチボールの時にスナップのきいたボールを投げていたのも記憶にあるし」

　聞いているうちに、次第にやれるかも知れないという気になってくる。

「練習中、感情が表に出ないのもいい。何を考えているのかわからないからな」

　何も考えていないんだ、とは言えなかった。

「部活でも周りを気にする風がなく、常に自分のペースで押し通してる。たぶんメンタルがメチャクチャ強いんだ。投手はそうでなかったらダメだ。あとは足が速ければ、ベストだけど」

　Vサインを出したいような気持ちになる。

「総合して、投手の資質に富んでいる。あと大事なのはコントロールとか、まぁ色々あるけど、そのあたりは練習次第だ」

　文武に話せば、さぞ奮い立つだろう。

「その練習に関しては、君が面倒見てくれるんだろ」

栗林は頷き、立ち上がった。

「さっき片山と、そう約束した」

グラブをかぶっていた時だと気づく。あんなマヌケな恰好で、片山と真剣な交信をしていたとは思わなかった。

「片山のヤツ、よくグラブかぶってたから、思い出しちゃってさ」

実直そうな顔に、気恥ずかしげな笑みを浮かべる。

「普段は、僕、あんま泣いたりしないんだけどな」

葬儀場での様子を思い浮かべ、そうでもないだろうと突っ込みたいところだったが、冗談を交わすほどまだ親しくなかった。これからの文武にとって重要な人物であり、下手なひと言で印象を悪くしたくない。

「俺、ガッコ違うけど、できるだけの協力はする。何かあったら知らせてくれ。アドレス交換しとこ」

空メールを送り、お互いのスマートフォンに登録を済ませた。

「当面は、体作っといて、春の選抜に選ばれたら準備開始、抽選会で相手校が決まって本格始動って流れか」

選考委員会が出場校を決定し、それを発表するのは、確か毎年一月下旬だった。抽選会は三月に入ってからとの記憶がある。

「それ、マジ遅すぎる。激オソだ」

栗林は、若干あきれたようだった。

「決勝戦は、四月にズレこむ事もあるけど、たいてい三月末だ。抽選会で相手校が決まってから一ヵ月もない。決勝までに四戦あるから、もうとっくにどこも動き出してる。でないと仕上げられねーよ」

返す言葉がなく、自分の知識不足に身を縮めた。

「片山の事があったから、うちはスタートが遅れたけど、もう皆、切り替えてる」

はっきり言われて、心に風が吹き抜けるような気がした。引きずっていても片山は喜ばないだろうが、それにしても早すぎないか。今になっても涙する栗林が、貴重種に思えてくる。

「段原監督が言ったんだ。片山の弔《とむら》い合戦《がっせん》だ、必ず甲子園に行くぞって。その活で、皆、踏ん切りがついた」

片山が聞いたら、苦笑したに違いない。段原は、片山の死を巧《たく》みに自分の目的に結び付けたのか。それとも昭和の男気質で、本心からその気になっているのか。

「最強のスタメンを作るために、これまでのポジションを全部、見直すって言ってる。部活開始は年明け一日から、二週間後に能力テストをするそうだ」

テストについては予想していた。文武にとって願ってもない展開で、思わず拳を握る。実力でポジションを勝ち取れば、誰も文句は付けられなかった。

「基礎と体力、ポジション対応のテストになると思う。同レベルのヤツがいれば、性格を見る。

負けず嫌いなら三塁手、鷹揚《おうよう》なら一塁や外野、要領がよくて悪賢ければ、二遊間や捕手だ」

　マジマジと栗林を見る。こいつも悪賢いのだろうか。

「僕は違う」

　相手の気持ちを読み取る素速さは、捕手ならではだろう。うまく文武をリードしてくれそうで、ひと安心だった。

「本人に強い希望があれば別だけど、そうでなければ、投手でテストを受けるように勧めるよ。僕も捕手で受けるし、冬休み中のトレーニングも一緒にするか、あるいはメニュウを渡す。球にキレを出すためには、瞬発力を付けなきゃダメなんだ。短距離ダッシュやジャンプの訓練を地味に繰り返さないと」

　片山のピッチングを継承する文武の姿が現実味を帯びてくる。気分が浮き立ったが、気になる事がない訳ではなかった。

「段原指揮下のチームは、勝つ野球を目指すんだろ」

　栗林は、当たり前だというような顔付きになる。

「そのために採用された監督だからな」

　それは片山の意に反するのではないか。黒いグラブを栗林の目の前に差し上げる。

「片山は、どう思うだろうな」

　栗林は手を伸ばし、グラブをつかんだ。

「あいつの幅は、超広かったよ。だから清濁併せ呑めたんだ。きっとこう言ったと思う。俺は絶対それを目指さない。けど目指せば、そこにはそこなりの楽しみがある、やれよって」

言われてみれば確かに、そんな気がする。片山の目を思い出しながら何度か頷いた。栗林のわずかな笑いが響き、頭にグラブがかぶさってくる。

「じゃな」

7

頭から引きずり下ろしたグラブを、ペーパーバッグに放り込んで大木家に向かう。一家にとって吉報だろうと考えると、気持ちが弾んだ。文武は、もう配達から戻って来ているのではないか。話したら、どんな顔をするだろう。

喜々として小路に踏み込み、家の前まで行くと、昼間でも薄暗い道路で龍舟がまた算数をしていた。以前より数式が長い。

「あ、上杉、お早う」

その頭を小突く。

「敬称を付けろ」

手からチョークを取り上げ、間違いを直した。

「文ちゃんなら、いないよ」

自分の頭をなでながら、不服そうに口を尖らせる。

「配達が終わったら、お寺に行ってるんだ」

配達については聞いていた。だが寺との関連がわからない。龍舟は背を向け、道路にひざまずいて計算に戻った。

「初めの日、配達中にどっからか鐘の音が聞こえてきて、なんとなく気持ちがホッコリしたんだって。で、それを撞《つ》いてる寺を探して、毎日楽しみにその前の道を通ってたら、住職が出てきた時があって、朝の説法に誘われたらしい。断われない性格だからさ、参加したら割と面白かったとかで、それがルーティーンになった」

文武は、変わっていこうとしているのかも知れない。野球を通してそれをさせようとした片山には、先見の明があったのだろう。

「浅田のオイちゃんも来てるって言ってたよ」

慌《あわ》ただしかったあの日を思い出す。ホルモン焼き屋は、再始動したのだろうか。

「終わったら帰って来るよ。いつも朝飯ギリギリ。遅れれば、俺が食えるのにさ」

背後で引き戸の開く音がし、振り返ると美香が顔を出していた。

「ああ上杉君、いたんだ。龍、ご飯だよ。上杉君も、よかったら上がってってって。もうすぐ文ちゃん戻ると思うし」

首を横に振り、手に持っていたペーパーバッグを差し出す。

「文武に渡しといて」

栗林がサポートしてくれるようになった事や、当面の目標は年明けの能力テストである事、さらには投手のポジションを確保できる可能性も出てきた事などを伝える。美香は最初、半信半疑の様子だったが、話すにつれて目を輝かせ、笑みを広げた。やがて感極まったらしく両手で頬をおおう。

「文ちゃん、甲子園投手になるかも知れないんだ」

龍舟が甲高《かんだか》い声を上げた。

「マジすっげぇじゃん」

「そんな事になったら、私、どーしよう」

「俺、サインもらって、クラスでデカい顔する」

浮き立つ二人を見ながら、そこまでの道のりは長いぞと思ったが、盛り上がりに水を差すのはやめておいた。希望を持つのはいい事だろう。

「そんじゃ」

帰りかけようとし、美香に呼び止められる。

「もうすぐ戻るよ。直接、話してやってよ。きっとすごく喜ぶから」

本人には栗林から詳しい話があるだろう。自分が出しゃばらない方がよさそうに思えた。

「また来るよ。家庭内サポート、よろしく」

手を振る龍舟に片手で応え、歩き出す。美香の声が聞こえた。

「あ、の」

振り返り、目が合うと、美香はとっさに視線を伏せた。しばらく黙っていて首を横に振る。

「何でもない。じゃね」

急いで家に駆けこんでいった。龍舟が、地面で計算を続けながらつぶやく。

「女心は謎だな」

そのそばにしゃがみ込み、数式に再度目を通して間違いを直した。ついでに採点し、六十点を付ける。

「けっ」

いまいましげな声を笑い飛ばしながら家路をたどった。

自分にできる事は何だろう。栗林のバックアップくらいか。協力したかったが、部内の人間関係がまるでわからず、加えて和典自身それが苦手だった。部外者として何を働きかければ栗林の助けになるのか、見当もつかない。

考えてみれば、もう長い間、誰かと力を合わせて何かをした事がなかった。学校では数理工学部に所属していたが、ほぼ孤立状態だったし、それで構わないとも思っていた。数学を好きなのは、最初から最後まで一人きりでやり抜けるからだ。

サッカーも同様で、チームプレーと言われポジションが決められている割には、局面次第で個人の判断を優先させられる。ディフェンスがシュートを打ってもいいし、ゴールキーパーが敵ゴールに蹴り込んでもいいのだった。その自由さが気に入っていた。

だが野球は、そうではない。全体を考えた上で自分の役割を導出して動かないと成立しないゲームだろう。チーム優先の雰囲気は部内に漂っているだろうし、部員の心も染めているに違いなかった。

気質に合わない。厄介なスポーツだと思いながらスマートフォンを出し、人間関係の達人と言われている黒木に電話をかけた。

「お、上杉先生、かけてくるって珍しいね。何かあったの」

事情を話し、教えを請《こ》う。

「ああ野球部の連中ね。高校男子の集団、しかも体育会系だろ。簡単だ」

いつにもまして自信と余裕を漂わせていた。これなら栗林に接触する前に相談してみればよかったと思えてくる。もっと簡単に切り抜ける方法を伝授してくれただろう。

「その大木の周辺に、かわいい女いるか。彼女でもいいけど」

姉がすごくかわいいと答える。武器にするらしいが、どう使うのだろう。

「じゃその姉に、部員への差し入れを持たせて送り込むんだ。ニッコリ笑って、弟をよろしくお願いしますって言いながら全員に手渡す。それでイチコロだ。部員の気持ちは革命的に変わる」

部員は、総勢百三十四名だった。全員に配るとなったら、一個百円としても一万三千四百円が必要になる。その金を、どこからひねり出すのか。

出してくれるような人物に心当たりはない。となれば、捻出《ねんしゅつ》する所は自《おの》ずと決まってくる。

自分の財布だ。

ちきしょう、とつぶやきながら同時に、できる事はそのくらいかも知れないとも思った。協力とは、労力を提供するか、金を出すか、どちらかの事だ。

「それから監督とコーチへのアプローチも必要だ。こっちは食い物より喜びそうな餌を付けなきゃダメだね。監督が甲子園優勝を目指してるんなら、それに役立つものがいい。ほしいと思いながら高額で手に入らない、例えばギガソードとか」

　ギガソードは、持ち運びのできる最先端の測定、データ分析システムだった。投球と打撃の二種類があり、球速から角度、回転軸、ストライクゾーン、投球フォームなどを記録分析、ボールの軌道の変化や打球の推定飛距離、方向などが３Ｄで確認できる。それに基づいた攻略作戦の立案も可能だった。

「確かサブスクリプション制で、導入費と合わせて初期費用は百万を超えるはずだ。レンタルもあるが、一週間で四万弱する。部費や高校の活動費用じゃまず契約できない代物だから、提供してくれる人間がいるとなったら、間違いなく神扱いだ」

　最初に聞いた一万三千四百円が安く思えてくる。あの段原にギガソードを突き付け、尻尾を振らせるのはさぞ心地よいだろうとは思ったが、百万を超える金を今、用意するには、高額のアルバイトに手を出すしかなかった。葬儀社や病院で死体清拭か、夜の街でホストか、年齢を誤魔化して治験か。

　大学進学のかかったこの時期、母に知れたら卒倒ものだろう。うまく誤魔化せたとしても百万に到るまでには時間が必要だった。サブスクリプション制なら、さらに金が必要になる。

「監督やコーチのハートを鷲づかみにしておけば、今後、色々と役に立つ。やってみる価値はあるよ」

唆《そそのか》され、じゃおまえがその金用意してくれと言いたくなった。かすかな笑い声が聞こえる。

「若武《わかたけ》先生を使えよ」

若武は、中学時代の塾メイトだった。昔は気が合わず些細《ささい》な事でよくぶつかっていたが、同じ高校に進学してからはあまり交流がない。

それにもかかわらず若武についての色々な情報が入ってくるのは、その動きが相変わらず派手で、噂の中心にいるからだった。大学は海外校を視野に入れているとか、土曜日の課外授業に登録したとか、留学委員会のサポートを受けているとか、始終聞こえてきていた。

「あいつは将来、詐欺師になるに違いないと言われ続けてきた。根拠もないのに、あるように見せかける天才だし、詭弁《きべん》を弄《ろう》して人を巻き込み、欺く事にかけては右に出る者がいない」

何度も煮え湯を飲まされた苦い経験を思い出す。今でも腹が立つような事も多かったが、本人に悪意はない。自分の能力にうっとりし、それを振るう事に夢中になってしまうだけだった。

「ギガソードの日本代理店に乗り込んで、無料で新玉東高に貸し出すように交渉させるんだ。あいつは、頼み事を断らない男だ。きっとやるよ」

いくら本人にやる気があっても、一流企業を相手にそれは無理だろうと言おうとし、ふと考えた。ギガソードはプロ野球界では普及しつつあるが、一般への浸透度はまだ低い。会社側としては、なんとか販路を広げたいと思っているだろう。

野球部を持ち、大会に参加する高校は、日本中で四千校ほどある。夏の甲子園の土を踏む学校だけでも、毎年四十九校。この数は、企業にとって魅力だろう。資金が豊富な私立校も多く、地方には寄付に応じる地元企業やＯＢ組織もあり、そこに食い込めればかなりの契約が可能だった。

ギガソードを新玉東に無料貸与し、その新玉東がかつてない快進撃を見せれば、相当な宣伝効果が期待できる。持っていき方次第では、話に乗るのではないか。

「わかった。やってみる」

切ろうとしたスマートフォンから、黒木の声が滑り出た。

「医師会の名簿から片山家の家電と母親のスマホがわかった。メールで送っとく」

8

やってみると答えたものの、実際に若武に電話をかけるとなると躊躇《ためら》われた。これまで音信不通も同然だったというのに、自分に用事ができた時だけ連絡を取るのでは、虫がよすぎないか。

「どうしよう」

霧吹きでミントに水をやり、重なった葉の角度を直しながら話しかける。

「いっそ自分で日本代理店に突撃しようか。その方がよくないか」

企業人を相手に、どこまで健闘できるか自信はなかったが、若武に頼み込む肩身の狭さを思えば、自分で当たって砕けた方がましに思えた。

「けど実際、砕けちまったら何の役にも立たんし。ただのマヌケだよな。おまえだったらどうする。ここは歯を食いしばって、若武に頭を下げるべきか」

スマートフォンが電話の着信メロディを流す。手に取って見ると、若武からだった。あまりのグッドタイミングに息を呑む。

「マジか」

人知を超えた不可思議にドギマギしながら電話アイコンをスライドした。超自然現象はほとんど真に受けないが、見せつけられると否定もしにくい。スマートフォンを頬に近づけると、勢いのこもった声が耳に流れ込んだ。

「上杉か、久しぶり。さっき黒木から電話あってさ、おまえが俺に頼みがあるらしいって言ってたんだけど、なかなかかかってこないからかけてみた。何」

神秘のベールが剝がれ落ちていくのを感じながら、黒木が演出してくれたこの機会をつかみ取ろうと試みる。

「片山が死んだの、知ってるだろ」

吐息のようなかすかな返事が耳に触れた。そのまま黙り込む。

「その片山に頼まれた事がある。協力してほしいんだ」

切り落とすような返事が聞こえた。

「どっかで会って話そう。駅のスタバでもいいけど、ああ秀明《しゅうめい》のカフェテリアの方が近いか。俺はこれから向かう。おまえは」

同じと答え、電話を切った。すぐ身支度をし、行ってくるとミントに告げて部屋を後にする。

「和典、朝飯も食べずにどこ行くの」
ダイニングから出てきた母の前を黙って通り過ぎ、玄関から外に出た。先ほどから窓を揺すっていた強い風が頬を打つ。日本海側に発達した低気圧があるらしく南風で、冷たさはさほどではないが、風力が強かった。自転車を持ち出し、飛び乗って秀明を目指す。

カフェテリアは塾ビルの最上階にあり、休憩やミーティングに使われていた。久しぶりにその階段に足をかけると、よく入り浸っていた中学時代の記憶が甦った。自分の隣りに、まだ中一の黒木や小塚が並んでいるような気がする。その後、付き合った立花彩《たちばなあや》の笑顔もこちらを振り返った。たった四年前まで、それが現実だったのだ。

シースルードアを開け、カフェテリアの中に入る。思い出はいっそう色を濃くし、ざわめきまで聞こえてくるようだった。

よく使っていた隅の方の目立たないテーブルに向い、椅子に座る。視線を配れば、まるでステージの幕が開いていくように、テーブル周りに集まる仲間の顔が次々と明らかになった。タイムトラベラーさながらの気分で、過去の幻影に取り巻かれる。

それは今に続いている空間ではなく、孤立してそこだけに存在している世界のように思えた。うまく接触しさえすれば、いつでも同じように扉が開き、それが現れる。

ニュートンの時代、時間と空間は別の物だった。アインシュタインが相対性理論を作り、その二つが本質的に同じである事を証明した後、タイムトラベルの可能性が取りざたされたが、物理学者ホーキングが時間順序保護仮説を立ててその可能性を否定した。

物理学は、数学と同じくらい面白い分野だった。その二つは依存関係にあり、お互いに干渉しながら反発し合っている。数学者でなく物理学者になるというのも悪くない未来図だった。

「お、早いな」

若武の声がし、顔を向けると、ゆっくりとこちらに歩いてくる姿が見えた。昔はチビで、移動の時にはいつも走っていたものだ。今は和典を超える背丈になり、悠々と歩いている。落ち着きとは無縁なヤツだと思っていたが、いつの間にか時間の流れを受け入れる余裕を身に付けていた。

「しっかし」

片手で椅子を引き出し、腰を下ろす。こちらに向けられた目には、昔と変わらない強さがあった。体の奥から湧き上がってくる躍動感に突き動かされるような、毎日が楽しくてたまらないと言いたげな眼差だった。

「片山であれ誰であれ、おまえが他人との関わりで行動に出るとは思わなかった。こないだ受験に行き詰まったヤツが、受験校の前で通行人に切りつけただろ」

昨年一月の事件だが、あまり興味を持っていなかった。規模や場所はともかく、似たような事が今までに何度も起こっているからだろう。

「あの審判が、こないだあったんだけどさ、家裁の説明の中に、勉強に没頭し、それ以外の交友等から距離を置き、情緒面の発達が未熟なままだった、って部分があって、それ読んだ時、俺、マジでおまえの顔思い浮かべたもん」

鼻で笑ってやり過ごす。若武は、渉外弁護士である父親の影響で、昔から法律や裁判に興味を持っていた。もし詐欺師にならないとしたら、おそらく父親と同じ道を進むだろうとも言われていたのだった。弁護士と詐欺師は、確かにかなりの共通点を持つ。

「で、片山に頼まれた事というのは、何だ」

両肘をテーブルに突き、指を組み合わせて興味津々の表情を見せる。昔は何にでも首を突っ込みたがり、黒木が言っていた通り、持ち込まれた話はどんなものであろうと即、二つ返事で引き受けていた。男はそうでなければならぬと信じ込んでいたのだった。その偏見は、今も健在だろうかと思いながら事情を説明する。

「わかった。協力しよう」

健在だったらしい。

「日本代理店に乗り込んで、ギガソードの無料貸与を交渉すりゃいいんだな。任せとけ」

重みを感じさせない答えで、どうにも気になった。何を考えているのかはっきり聞き出し、話し合って堅実な方法を構築しておいた方がよさそうに思える。

「どうやるつもりだ」

若武は、面倒そうに頬をゆがめた。

「向こうの出方次第だな」

何も考えていないのだろう。和典自身も、相手の出方を見て交渉する事がない訳ではない。栗林の時がそうだった。だが今回の相手は企業なのだ。しっかりと経済の原則を押さえて攻めなければ、攻略は難しいに決まっている。

「だってさ、交渉事ってそーゆーもんだぜ」

こちらの疑念を感じ取ったらしく、若武は不満げだった。

「初めから固めとくと、動きが取れんだろ」

確かに若武のとっさの機転は、頭抜けている。誰にも真似《まね》できない特異な才能だったが、それで調子に乗り、足を掬《すく》われる事も多かった。

「それじゃ曖昧《あいまい》過ぎる。具体的な作戦を立てろよ」

若武はしかたなさそうに椅子の背にもたれかかり、腕を組んで沈思黙考、しばらくして身を起こした。

「まず健気な高校生が、友人のために一生懸命になっているという印象を与える。大人は、十代少年の情熱に弱いんだ。自分の過去を思い出して感情移入する。これで心理的距離が縮まるはずだ。次に、新玉東校の過去を説明する。強豪と言われながら常に県大会止まり、一度も甲子園に行けない悲運の学校だ。そのチームを甲子園で勝たせるのは、ギガソード以外ないと強調する」

まぁ悪くなかった。

「片山の名前も使わせてもらおう」

手練手管が匂い立つような笑みを浮かべながら、組んだ指の上に顎を載せる。

「シニア時代から実力を謳《うた》われ、二年間にわたってエースを務めてきた看板投手が突如、白血病に倒れ、十七歳で逝去した。その遺志を継いで監督以下チームが一丸となり、春の大会にかけている。この情報をテレビや新聞に流せば、選考委員会の出場校決定を待たずして、取材が来るだろう。出場できてもできなくても、ニュースにするだけの話題性があるからな。その取材時に、ギガソードを使ったミーティングシーンを撮らせる。練習風景の中にもそれが映り込むようにする。そしてなんと言っても肝心なのは」

話しているうちに興が乗ってきたらしく、目に宿っている光が強くなった。

「必ず甲子園で優勝するとぶち上げる事だ。それを条件にギガソードの貸与を申し込む。たぶん乗るだろう」

似たような事は、和典も考えていた。だが優勝を持ち出すほど強気で交渉していいのだろうか。

「もし優勝できなかったら、どうすんだ」

若武は、ふっと力を抜く。

「何とでもするさ。相手は反社じゃないんだから、最悪でも東京湾に浮かぶなんて事にはならないだろう。うまく運ばなかった時は、その時だ。当面は目の前の問題に集中し、突破する」

詐欺師の心得を教えられている気分だった。

「受験だってそうだろ。まず落ちないように全力を傾けるのが先だ。で、落ちたら落ちた時にまた考えればいい」

場当たり的ないい加減さと、そこに身を落ち着けていられるだけの鈍感さがなければ、詐欺師としての成功は覚束《おぼつか》ないらしい。自分は不適格だと感じ、いくら進路に迷ってもその道だけは考えないようにしようと決意する。

「じゃやってみてくれ」

この件は若武に任せようと思った。

「遅くとも新年早々には、話をまとめてくれ。事前にネットで、本社と日本代理店の定款と、開示されてる財務諸表を調べとけよ。非上場でも決算公告の義務があるから、官報のデータベースを当たれば出てくる。いい状況ならほめ言葉に使えるし、それをしっかり把握している事を向こうに知らしめれば、子供扱いや甘く見られるのを避けられる」

若武は承知し、腰を上げた。

「じゃ」

テーブルを離れかけ、思いついたように振り返る。

「片山はすげぇモテたけど、誰とも付き合ってなかった。ガチの本命がいて、片想《かたおも》いだったって話だ。それ、立花彩らしいぜ」

第四章　風を待て

1

「今日はモーツァルト三十九番と四十番をかけよう。あ、この家には、四十番は通俗の極みって言ってる人間が約一名いるから、飛ばして四十一番にしようか」

　ミントのそばにスマートフォンを置き、始まる演奏を耳にしながらベッドに体を投げ出す。輝くようだった片山の笑み、あれが立花彩に向けられたものとは思わなかった。いつの事だろう。

　彩とは、中学時代と高二になっての二度にわたって付き合ったが、どちらも期間は短かった。片山が想いを寄せていたのは、その前か後か、それとも同時期か。気持ちを彩に告げたのだろうか。彩は、何と答えたのだろう。

　手掛かりもなく、堂々めぐりを繰り返す。一年中でも考えていられそうな難問で、終《しま》いには、それがわかったからといって何の意味もないと自嘲《じちょう》、放棄するしかなかった。片山はもうこの世におらず、自分と彩の関係もすでに終わっている。それはもう取り戻せない歳月なのだ。

そう思うそばから、彩が片山の葬儀に来ていたかどうかが気になった。見かけた記憶はないが、人数が多かったから見逃したのかも知れない。ショックを受けていただろうか。繊細なところがあるから、何も感じていないはずはない。

起き上がり、ワードローブの扉を開ける。もらったマフラーは、この間使って以降、見える所にかけてあった。落ち込んでいるかも知れない。連絡して慰めてやろうか。

一瞬ひらめいたその考えが心を弾ませ、何かが始まる予感が胸に満ちる。喜々としてそこに身を浸しながら、自分の内にまだ生き生きとしている彩への想いに気が付いた。

フラれたというのに思い切れていないのだった。切っかけさえあれば、いつでも立ち上がり、元の通りに伸び広がって幅をきかせようとしている。ワードローブを閉じ、その扉に額を押し付けた。どーすんだ、これ。

焼けるような疼《うず》きがチリチリと体に広がっていく。こうありたいと思い描いている自分像と実態の間に生じるズレが痛みを生んでいた。意のままに動かせない心が腹立たしい。

胸の奥にシルエットのように横たわる彩の姿は、関係を切られた時に生まれたものだった。そうでなければ、その影がこれほど深くなる事はなかっただろう。思いがけず失ったために心に刻まれ、易々《やすやす》と時間を超えて浮上してきて脳裏を占領する。

抹消したい。消す事ができるかどうかわからなかったが、接触すれば色濃くなるのははっきりしていた。それだけはやめておこう。身を起こし、ミントの鉢に差した液体肥料の位置を変える。

「おまえってさぁ、ずっと葉だけなの。花咲かせられないのか。それ、寂しくね」

寂しいのは自分自身かも知れなかった。

「けど、どうしようもないよな」

慰めの対象はミントか、それとも自分か。どちらともつかない気分で、液体肥料の容器を土に差しては引き抜く。繰り返しながら黒木の言葉を思い出し、美香に差し入れの件を話しておく事にした。

すぐ電話をかけ、文武の部活の雰囲気をよくするために、新年の部活初日となる元日に、部員たちに差し入れをしてやってほしいと申し出る。

「わかった。文ちゃんのためなら、多少の出費はしかたない。何を差し入れればいいの」

やはり片山の速球の愛称だったブラックサンダーだろうか。運動部系は甘いものが好きだし、個包装になっているから美香が配る際にも面倒がない。

「お握りとかで、いいかな」

意表を突かれ、とっさに返事ができなかった。ブラックサンダーでないにしても、買ってきた何かをそのまま配る事ばかり考えていた。

「十キロくらいお米買えば、全員分が握れると思う」

炊き上げた米を片《かた》っ端《ぱし》から握り、山のように積み上げている美香を想像する。きっと天舟、龍舟も手伝うのだろう。父親や文武も参加するかも知れなかった。様々な事を自分たちの手で工夫して暮らしているワンチームのような家族で、たくましく温かく微笑ましい。片山もそういう所が好きだったのだろう。

「中に鮭を入れると値段が張るから、うちで漬けてる梅干しを細かく刻んで具にして、海苔《のり》じゃなくて塩結びにすれば安く上がるんだけど、大丈夫かな」

それでは時間や手数がかかって大変だろうと思えた。ただでさえ忙しそうなのに、それを助長する気になれない。

「配る物は、もう決まってる。俺が用意するから、配ってくれるだけでいいんだ」

消え入りそうな、しぼんだ声がした。

「そうなんだ、わかった」

もしかして自分で作りたかったのだろうか。それならそれで、また機会があるだろう。今回、何を配るか以上に大事な事は、どう配るかなのだ。

「部員一人一人に手渡してほしいんだけど、その時は真っ直ぐ目を見て、弟をよろしくお願いしますって真剣に頼んでくれ。文武の味方を増やすんだ」

美香は気を取り直したらしく、力をこめて答えた。

「わかった、頑張るよ」

その直後に、煮え切らない様子で続ける。

「あの」

遠慮がちな言葉は、沈黙を伴っていた。確か前に会った時もそうだったと思いながら耳を傾けていると、しばらくして溜め息が一つ、やがて思い切ったようなキッパリとした言葉が聞こえた。

「何でもない。じゃあね」

切れた電話をしばし見つめる。女心は謎だと言った龍舟の言葉を思い出した。着信音が鳴り出し、待ち受け画面に若武を示す天狗《てんぐ》のアイコンが浮かび上がる。

「俺だけど」

声には苛立たしげな響きがあった。

「番狂《ばんくる》わせだ」

不吉な予感が胸を揺する。

「会社、冬季の休みに入ってて連絡不能。一月半ばまでだってさ。どうする」

それが終わってから交渉、貸与に持ち込んだとしても、そこから選抜の開幕日までには二ヵ月しかなかった。段原は、そんな時点から新たにギガソードを導入する気になるだろうか。これまでの方針を変えない方がいいと判断すれば、目もくれない可能性があった。

「取りあえず予定通りだ。連絡が付いたら、交渉してみてくれ。よろしく」

黒木の発想では、ギガソードは段原の鼻薬用だった。だが和典は、それに加えて文武の投球や打撃フォームを分析し、手っ取り早く成長させるために使うつもりでいた。栗林に話せば活用してくれるに違いないと期待していたのだった。それが根底から崩れていく。

ちきしょう、何とかならないのか。スマートフォンでギガソードの公式ガイドを開き、その仕組みに目を通す。ＡＩを使っており、さほど複雑ではなかった。自力で作れないか。

調べていくと、無料で使える高機能統計解析ソフトに行きつく。やはり無料の動作解析ツールもあった。これを使えば、ギガソードとまではいかなくても分析ソフトくらいは作る事ができるのではないか。

製作にかかる時間をざっと計算してみる。百時間もあれば完成させられそうだった。指がもつれるほど急いで若武に電話をかける。

「おまえ、会社が休みの間、する事ないだろ。野球の分析ソフト作るから協力しろよ。できるだけ早く上げたいんだ。百時間もあればできる」

勢いのいい返事が聞こえた。

「おお、四日強じゃん。一日二十四時間注ぎ込めば」

昔、三百キロ離れた所にできるだけ早く行くという話になった時、若武がこう言った事があった。一時間で行けるな、時速三百キロ出せば。昨日の事のように思い出し、笑っていると、いっそう活気づいた声が響く。

「忍《しのぶ》の力も借りようぜ。あいつはプログラミングの天才だ。今、確か実家のある鳥羽《とば》に帰ってるはずだ。俺、連絡しとく」

三人でかかるとなれば、作業の分担が必要だった。それはそれで時間がかかるが、一人で全部をやるよりはよほど早い。

「頼む」

今年の年末年始は、これにかかり切りになりそうだった。しなければならない事は全部、その前にやってしまおうと考え、まず通販サイトにアクセスする。ブラックサンダーを注文し、年末に大木家に配送してもらう手続きを取った。部員全員に配れる数に大木家の家族分を上乗せし、多少の余裕を加えて、全百五十個とする。

次にカップ麺《めん》の買い出しに向かった。眼先《めさき》を変えたくて醤油、味噌、塩、豚骨、カレー、シーフード、激辛などを取りそろえる。ついでにビタミン摂取のためにミカンとキウイも買った。

最後に栗林に連絡し、事情を話してデータ画面に必要な項目を聞いてみる。分析ソフトについての説明が必要になるかと思っていたが、打順を始めとするいくつかの必要項目がスラスラと出てきた。まるで使い慣れているかのようなスムーズさで、戸惑っていると、笑いを含んだ声がした。

「秋の地区大会で対戦した相手校が、分析ソフトを使ってたんだ。バックネット裏のベンチでノートパソコンを開いてるヤツが何人かいて、最初は何だろうって思ってた。その内に気が付いたんだ、あいつら、うちの練習試合や試合を視察に来て、データを収集してたんだって。それを元に相当研究してきたみたいで、片山は、投げる球種も、どんな変化球をどっち側に打つ頻度が高いかも読まれてた。打席に立っただけで、向こうの守備が片山用のシフトを敷くんだ。投打にわたって丸裸にされてる状態だった。これ、ヤベェじゃんって空気が部員の間に広がって、皆、動揺し出したし、僕も、ちきしょうって思ってカッカしてた。そしたら片山に呼ばれて、こう言われたんだ。おもしれーじゃん、過去のデータがなんだ、そんなもの今日ここで塗り替えてみせてやる、皆にもそう伝えとけって」

エースのその一言で、部員たちの気持ちがどれほど楽になったかは想像に難くない。自分が一番きつい時に、それを言えるのが片山のすごさかも知れなかった。

「その試合には結局、勝った。片山が意地みたいになって投げ抜いたんだ。最後にはフォーム崩れてたし、ボールに血が付いてたから、指先から出血してたんだろうな」

チームに活を入れた手前、自分が先に倒れる訳にはいかなかったのだろう。病気を抱えながらの激闘だったと考えると、胸が痛む。

「ＩＤ野球って言葉は、かなり前からあったけど、このところ頻繁に言われるし、見かけるようにもなった。これからは情報抜きじゃ勝てない。うちにもああいうのがあったら、片山をもっと楽にさせられるんじゃないかって思って、その後、詳しいヤツに色々聞いてみてたんだけど、今のとこ結果に結びついてなくって」

よし、その結果、出してやる。

2

「今日は大晦日《おおみそか》だから、月並みだけどベートーベンな」

ミントに水をやりながら第九をかける。狭い部屋が恥ずかしくなるほど輝かしく響きわたる壮大なメロディの中で、ソフトを作った。

完成してもすぐ使える訳ではない。カウントや球種、打球方向などのデータの打ち込みが必要で、それに時間がかかる事を考えると、とにかく急がねばならなかった。年明けの練習初日には間に合わなくても、できるだけ早い時期に現場に引き渡したい。

父母は、例年通り伯父の別荘に出かけ、家はカラの巣に近かった。誰にも何も言われない空間で、カップ麺を掻《か》き込《こ》みながら体力の続く限り徹夜を敢行する。途中で若武から朗報が入った。

「忍が、データの打ち込みなんて必要ねーって言ってるぜ。写真を入れ込めば、ＡＩが分析してデータに落とし込むようにソフトを作るって。あいつ、やっぱ天才だな。おまえと同じで天然だけど」

年を越し、ミント用の音楽は越天楽《えてんらく》に変えたが、その他には何もせず、ひたすら作業を続行した。元日の夜には、美香から報告の電話がくる。

「行ってきたよ。父ちゃんが、そういう時は真っ先に上長に渡して部員に配ってもいいかどうかを聞くものだ、って言うから、まず監督に渡した。ビックリしたみたいだったけど、すぐホクホクして、実はこれ大好きなんだって言ってたよ。マジでうれしそうだった」

美香から個包装の菓子を受け取って喜んでいる段原の顔など、どうしても想像できなかった。だがそれが現実となれば、自分は本当の段原を知らないのかも知れない。

「で、全員に配ったんだけど、皆、メッチャ喜んでたよ。もちろん一人一人に、弟をよろしくお願いしますってガチでねじこんどいた。引き受けた、心配しなくていいって言ってくれた部員もいたよ」

労をねぎらい、電話を切って作業に戻った。途中で、とんでもない失敗に気付いてそれまでの成果をすべて放棄、最初からやり直したり、思ってもみない所で躓《つまず》いたり、紆余曲折《うよきょくせつ》しながらもとにかく進む。

カップラーメンのための湯を沸かす時間も惜しく、ミネラルウォーターを入れて電子レンジにかける。ミカンは皮をむくと、そのまま口に放り込んだ。キウイはスプーンで二つに切り、それぞれをくり抜いて食べる。どちらも十秒足らずで胃に収める事ができた。頭の動きが鈍くなってくるとシャワーを浴び、それでも回復しない時はベッドに倒れ込み、ほとんど失神同然に眠る。

これまで多くの時間を数学に費やし、特にリーマン予想の証明には我を忘れて熱中してきた。自分の前に広がる世界に夢中で、それしか見えていなかったのだが、同じ熱を傾けていても今は、自分の背後が見えている。そこには片山や文武がいるのだった。一人で心のおもむくままに探求するのと、誰かの思いに背中を押されているのとでは、深みが違う。多少重みを感じるものの、悪くなかった。

やがて若武から勝ち誇ったようなメールが届く。

「やったぞ。添付で送る。おまえも早くしろよ」

さらに翌日、忍から立派なシステムが送られてきた。感動するほど美しく、それを見て新たに思い付いた事もあったため、すべてをもう一度やり直して完璧を期した。

作業が終わり、高揚《こうよう》感の中で完成品を栗林に送る。修正が必要な所があるかどうかを尋ねた。

返事はすぐきたが、実際に使ってみないと何とも言えないという内容だった。

「じゃ取りあえず大木の投球と、打撃を撮影してみてくれ。本人の感覚と突き合わせれば弱点がはっきりするだろうから、自覚させて修正、補強してほしい」

メールを打ち終わり、久しぶりにバスタブに湯を張る。ミントの鉢を持ち込んで話しながら入浴、終わるとベッドに直行した。身を投げるように横になる。ミントに声をかける事だけは忘れなかった。

「お休み、いい夢を」

若干の疑問が胸に残る。ミントって寝るのか。

3

「打ってるとこを撮影しただけで、球種や球速、コース、打球方向まで一気に数字が出てきた。すごい」

驚きと感嘆の混じった栗林の声を聞きながら、得意満面の笑みを浮かべる。

「打席に立った時、大木が弱いのは内角低めだって事がはっきりした。見逃すか、打ってもボテになる。投球の方は、左打者が立つとフォームが乱れてコントロールがきかなくなり、決め球を高いとこに投げちまうんだ。走者を背負うと、それがさらにひどくなる。修正したいけど、能力テストまでには無理だな。もう明日だ」

壁のカレンダーを見上げながら、行って様子を見ようかと考える。

「部内の雰囲気は、どう」

小さな笑い声が聞こえた。

「前とは比較にならないほどいい。特に大木の姉が帰った後は、盛り上がった。監督が、大木にあんな可愛い姉がいるとは知らなかった、だったらもっと頑張らないとダメじゃないかって言い出して、全員が、そーだそーだ、あれが姉だなんてズルすぎる、紹介しろって大木を小突き回してた」

　可愛い姉と、その弟が頑張る事とはあまり関係がないように思えるが、話がそれで弾んだのなら、新玉東の野球部的にはアリなのだろう。

「大木も、一日五百球以上のティーをやってるし、マシン最速の１３０キロの直球をごく近い距離で打ったりもしてる。投球の方も、一度に百球以上を内外に投げ分けるのを続けてきてて、球の重みや切れが増してるし」

　予定外の出費も、年末年始の努力も報われたらしかった。

「問題は、明日のテストだ」

　声に、いささか憂鬱そうな響きがこもる。

「春の選抜は投手戦って言われてるくらいだから、監督も厳しく選ぶだろう。部内には夏秋の大会で控え投手に登録されて、地区大会や県大会を経験したメンバーもいるし、部室に片山の写真を貼って朝晩挨拶し、後を背負《しょ》って立つ気のヤツもいる。大会や投手の経験値を持たない大木は、それだけでマイナス評価だ。ガツガツしてるとこがないから、熱血が好きな監督にとっては物足りない感があるだろうし、そんなメンタルで最後の踏ん張りがきくかどうかも不安材料で、マイナス評価につながると思う」

投手層が薄いと言われているものの、大所帯の強豪野球部でエースポジションを確保するのは、考えていた以上に難しいらしかった。

「けど、有利な点が、ない訳じゃない」

控えめな表現から、文武が正投手に抜擢《ばってき》される確率の低さが伝わってきた。

「監督は、体格と体力を重視してる。強打のチームでないと勝てないというのが口癖《くちぐせ》で、強打を裏打ちするのは体格と体力だと言い切ってるんだ。大木は上背も体重もあるし、五十メートル走を六、七秒で決められれば、代走要員として価値が認められる。打撃テストで夏秋のチーム打率を超える数値を叩き出せれば、打者としての存在感が増すし。他の部員がどのくらい打つかにもよるけど、四十人を超える投手希望者の中から抜きん出ようとするより、この二つを確実に押さえた方が堅い。もちろん投球テストでいい評価を得られれば、それに越した事はないんだけどさ」

そうなってほしかった。

「投球テストの対策、考えてあるんだろ。どんなの」

関西のボーイズで名を上げていた栗林の作戦が、いい結果につながってくれる事を期待する。

「あいつさぁ」

栗林は、信じられないと言いたげに声を上ずらせた。

「カーブとかシンカーとか変化球の握りを、全然覚えられないんだぜ」

一瞬、脳裏が振動する。何を言われているのかわからないほどだった。

「いくら言ってもゴッチャにするし、一つ覚えたかと思うと、前のを忘れる」

投手として致命的だった。頭を抱えこみたいような気分で、二つ以上の事は同時にできないし覚えられないと言っていた文武の言葉を反芻《はんすう》する。こんな所でその弱点が出るとは思わなかった。

「それで直球一本に絞って練習させてる。プロでも、投球の多くが直球って投手が時々いるんだ。重い球を低めに決めれば三振を取れる」

そう言われて、いく分気持ちが落ち着いた。

「明日の投球テストの評価ポイントはいくつかあるけど、三振の数もその一つだ。とにかく僕のミットに叩き付けろって言ってるとこだ」

大雑把にも見える対策だったが、細かな事を言っても、文武の方が付いてこられないのだろう。

「大木は腕が長いし、可動域が広いから条件的にはかなり有利だ。でもリリースが早いから腕が体から離れ、抜け球が多くなる。今、修正させてるんだ」

ここは栗林に任せておくしかなかった。

「しっかし」

栗林は口振りを変え、笑いを含む。

「大木の投打を分析ソフトにかけてた時、皆が興味を持って集まってきたんだ。訳を話したら、羨ましそうだったけど、さすがに使わせてくれとは言い出せないみたいだった。それ見てて大木が、自由に使ってくれていいよって言ったんだ。テスト前だぜ。皆がライバルなのに、いいのかって聞いたら、チーム力が上がった方がいいじゃんってケロッとしてるんだ。こいつ大物なのか、それともバカなのかって思ったよ」

たぶん後者の方だろう、残念だが。

「けど好感度は、バッグンに上がった。姉の事もあったし、本人が年末から人一倍練習してるのも皆見てて、もうすっかり受け入れてる。僕自身も、ああこいつってこういうヤツなんだってわかってきてるし」

ひとまず胸をなで下ろした。

「実は、僕」

栗林の声はすっかり解《ほぐ》れ、和らいできていた。

「片山とバッテリーを組みたくて、情報集めてこのガッコに来たんだけど、それって、ぶっちゃけ、そんな片山に自分の思い通りの投球をさせてみたかったからなんだ。すごい球を投げるマシンを操るみたいに、片山を僕自身の力の一部に取り込みたかった」

カチクリと呼ばれるほどの気の強さが、支配欲を生んだのだろうか。あるいは逆で、支配欲から勝ち気さが生まれてきているのか。

「けど実際、組んでみたら、どうしても対等の所までいけなかった。分析力でも考察力でも決断力でも片山に追いつけなくて、くやしく思う事もあったけど、尊敬するよりなかったな。バッテリーには色んなタイプがある。僕たちのバッテリーは上下関係だった」

片山は何もかもができすぎ、わかりすぎて、誰もたどり着けない所まで一人で上っていってしまったのだろう。それで孤独にならざるを得なかったのだ。

偉大な証明を成し遂げて歴史に名を遺《のこ》す数学者たちも、例外なく孤独な生涯を送っている。数学者としての道を選べば、自分もまたそうなるのかも知れなかった。

「でも大木とは、同じレベルでやっていける気がする。大木も僕も、片山という大きなものを失ってるし。黙っててもわかり合える部分がある。君が僕にコンタクトしてこなかったら、こういう状況にはなってなかったと思う。感謝してる。分析ソフトを作ってくれた事もだ、ありがとう」

まともに礼を言われ、気恥ずかしくなって話を飛ばす。

「じゃ能力テストの結果が出たら、教えてくれ。よろしく」

文武の技術面は栗林に託し、自分は明日のテストに備えてメンタルのフォローに回ろうと考える。今夜、文武が部活から戻ってくる頃に、大木家を訪ねるつもりだった。

4

月が蜂蜜《はちみつ》色の光を投げ下ろし、靴の後方に短い影を作り始めるのを見ながら、小路に踏み込む。出入口あたりに、轡《くつわ》小路と書かれた表示板が立っている事に初めて気づいた。道が轡の形に曲がっているからだろう。今はもうほとんど使われていないその言葉から名前が取られているのは、馬が交通手段として使われていた時代にできた古い道なのかも知れない。

小路内には、いつも様々な匂いが漂っていた。今日はかなり濃く、香ばしい香りがあたりを制圧している。鼻から流れ込んできて、響き渡る鐘の音のように体中を揺すり、夕食をまだ食べていない事を思い出させた。大木家に近づくにつれて強くなり、引き戸を開けると、中から一気にあふれ出してくる。

「こんばんは」

下がっている暖簾の奥でざわめきが起こり、伝わってきた。

「あ、上杉だ」

「きっと嗅《か》ぎつけて食いにきたんだ。すげぇな、野生の勘」

「こら、失礼な事言ってんじゃない」

足音がし、暖簾が揺れて美香が顔を出す。片手に箸《はし》を持ったままだった。

「さっき浅田のオイちゃんが、明日から開店だって言ってホルモン焼き届けてくれたんだ」

やる気になったらしい。

「さっそくいただいてるんだけど、美味《おい》しいよ。上がって一緒にどう。夕食まででしょ」

一家六人の食料を食い荒らすのは気が引けた。

「もうすませたんだ。お茶だけ、もらってもいいかな」

美香の後に続いて廊下を歩き、蛍光灯の光が皆を照らし出している居間に踏み込んだ。祖母の顔だけがない。

「やぁ上杉君、久しぶりだな」

胡坐をかいていた父親が体を斜めにし、こちらを振り仰ぐ。

「元気だったかい」

隣りで、天舟が手にしていたどんぶり飯を掻き込み、立ち上がって半間の襖を開けた。中から座布団を出し、龍舟に向かって放り投げる。

テーブルの上を飛んだ座布団を龍舟がキャッチ、片山の場所に置いた。

「どうぞ」

文武の後ろを通りながら見れば、食べてはいるものの半ば眠っていた。練習がきついのだろう。

「お祖母《ばあ》さんは、どうしたんですか」

父親が自分の向かい合いに置かれていた湯飲み茶碗と皿に目をやる。

「今日は久しぶりにホルモン食べて、すっかりご機嫌でいつもの倍も飲んでさ、デキあがっちゃったんで部屋に連れていったよ。もう高鼾《たかいびき》だ」

文武がグラッと姿勢を崩し、テーブルに額をぶつけて目を覚ました。

「あれ上杉、来てたのか」

テストを明日に控え、緊張で眠れないなどという事はありそうもない。鉄のメンタルの秘訣《ひけつ》は、あまり考えない事だろうか。苦笑しながら座布団に腰を落ち着け、一応聞いてみる。

「明日のテスト、いけそうか」

文武は箸を握り直し、大皿に盛られたホルモン焼きの山に突っこんだ。大量に挟み取り、自分のどんぶりに入っている白米の上にせっせと移す。

「もちろんだ。栗林からは、背番号10を目指していこうって言われてる」

意味がわからず、あいまいな顔をしていると、龍舟がすぐ気付いた。

「あ、上杉、数字の意味がわかってない」

顔の形が変わるほど頬張《ほおば》っていた文武が目をむいた。

「マジか。片山は、上杉って数学の天才だって言ってたぞ。それなのに背番号10の意味もわかんないのか」

それとこれとは話が別だと言おうとし、勢いよくしゃべり続ける文武に遮《さえぎ》られる。

「全国模試の結果が出た時にさ、すごく憂鬱そうな顔してたから、赤点でも取ったのかって聞いたら、ちゃんとトップ10に入ってた。俺だったら狂喜乱舞だ。これでどこが不満なんだ、ヘンなヤツって思ってたら、一番上にあった上杉の名前を指して、天才だって言ったんだ。そんで」

音を立てて箸を置き、目を伏せる。

「すっごく大きな溜め息をついてさ、上杉はいいなぁって」

片山の口から漏れた溜め息が、あたりを漂うような気がした。孤独になるほどすべてができた片山も、苦手な数学に関してはそんな思いを抱いていたのだ。

あの公園で、もし声をかけていれば親しくなれたのかも知れない。片山に限らず、誰とでもそうなのだろうか。機会をとらえて一歩踏み出しさえすれば。

「背番号10ってのは、控えの投手のトップだよ」

天舟が片手を上げ、掌の肉刺《まめ》を数えながらつぶやく。

「二番手投手とも言うんだ。エースが崩れたりケガしたりしたら即、出場チャンスが来る。実力を認められてるから、三塁のコーチャーに付いたりもするし」

エースでなく二番手を目指させているのは、捕手栗林の堅実さからか、それとも文武の実力からして、二番手でも精一杯の高望みと言える状態なのか。

「文ちゃん、とにかくガッツだ。頑張って10番取って、甲子園に行こうぜ」

美香がほうじ茶を持ってきて和典の前に置き、もう一方の手につかんでいたラップをかけた大皿を天舟に突き出す。

「駒井さんとこにホルモン持ってってあげてよ。おにぎりと漬物も付けといたから、一緒にどうぞって」

ここから駅前の花屋まで皿のままで運ぶのか、そりゃ大胆すぎるだろうと思っていると、美香が肩をすくめた。

「駒井さんは、去年からこの小路の住人なんだ。会社を経営してたご主人が急に亡くなって、借金とかがあって、不動産を全部処分して返済に充てたんだって。で、ここに引っ越してきたの。小路の皆で手伝いに行ったら、ピアノや、すごくいいタンスやブランドの箱なんかがたくさんあって、うわっセレブって思ったもん。生まれた家はもっとすごくて、家令や運転手やお手伝いさんがいたんだって」

零落した貴婦人の雰囲気を感じたのは、まんざら見当違いでもなかったらしい。

「今は一人暮らしだから作るのが面倒らしくて、差し入れするとすごく喜ぶんだ。引っ越してきた当初は、時間持て余してたから、仕事でもすればって勧めたら、もう六十過ぎてるし、今まで働いた経験がないって言うんだ。じゃ自分でお店開くのがいいんじゃないって事になって、小路の大家に相談したら、駅前に持ってるビルでテナントが空いてるって話でさ、元は花屋が入ってたみたいで、本人も花には詳しいからやってみたいってトントン拍子に進んだんだ。小路の皆で応援してて、花は必ずあそこで買うんだよ。ほら天舟、早く行って」

天舟は不満げだった。

「なんで俺だよ。自分で行けばいいじゃん」

龍舟が、意味ありげな笑みを含んだ目で美香をとらえる。

「上杉が来てるから、そばにいたいんだ。ホレてる」

龍舟の背中で、派手な音が上がった。

「うるさい。迷惑な事言うんじゃない。上杉君には、ちゃんと彼女がいるんだからね」

ここでそれがからんでくるとは想定外だった。だがあわてて否定するのも、かえっておかしいだろう。口をつぐんで様子を見る。

「ほう美香、片山君の事は吹っ切れたのか」

父親がうれしそうに目を細め、茶碗に焼酎を注ぎ足す。

「そりゃよかった。心配してたんだ」

天舟が肩をすくめた。

「文ちゃんをサポートしてくれるヤツに、必ずホレるんだ」

初めて聞く話だった。興味を惹かれ、耳をそばだてる。

「おかしなクセだよなぁ」

癖というより、ある種のコンプレックスなのではないか。こっそりと美香の表情をうかがう。どこか他人事のような、自分には縁のない話を聞いているかのような涼しい顔だった。その冷ややかな無関心を異様に感じる。片山は、これに気付いていただろうか。

「天舟、駒井さんにホルモン持っていってやりなよ」

父親に言われ、露骨に嫌な顔をする天舟の隣りで、文武が再び居眠りを始めた。その手からどんぶりが滑り落ち、白米の上に載っていたホルモン焼きがタレと共にあちこちに飛び散る。

「あーあ、文ちゃんダメじゃないの。もったいない」

「俺が食うからいいよ、そのままで」

龍舟が箸を伸ばし、散乱したホルモン焼きを自分の茶碗に集め始めた。

「天舟、駒井さんとこに持っていってやれって」

父親に催促され、天舟はしかたなさそうに大皿を受け取る。美香が勝ち誇ったような笑みを見せた。

「文武、おまえはもう部屋に行って寝たらどうだ。明日は大事なテストなんだろ」

文武は片手を床に突き、だるそうに体を持ち上げる。

「ん、そうすっかな」

相次いで居間を出ていく二人の後に続こうとして腰を上げた。せっかくメンタルのフォローに来たのだから、栗林が思い付かなかったような言葉で元気づけてやりたい。

「能力テスト、いつ、どこでやんの」

居間を出ると、天舟の姿は既に暖簾の向こうに消え、文武は狭い階段に足をかけていた。

「十時から、いつもの専用グラウンド」

壁に寄りかかってこちらを見下ろす。

「これでメンバー入りが決まるかと思うと、すげぇ緊張する」

緊張していた方が交感神経が高まり、いい結果につながるだろう。本人が緊張すると思い込んでいるのなら、それを崩さない方がよさそうだった。

「全力でやれよ。気持ち的には、背番号1を目指すつもりで」

文武は払い落とすように軽く笑い、空中で手を振り動かした。

「無理無理。投手テストを受けるのは、夏の県大会に出てて本命って言われてるヤツから、ダメモトでチャレンジするヤツまで四十人以上いるんだ。どのポジションのテストを、いくつ受けてもいいって監督が言ったからさ」

段原の真剣さが伝わってくるようだった。鵜《う》の目《め》鷹《たか》の目《め》で部員の能力を見極め、掬《すく》い上げて春の大会に臨もうとしているのだろう。

「初めは俺も、投手だけでなくライトかレフトも受けようって思ってたんだ。けど、カチクリがダメだって言うからさ。投手一本に絞ってるって事を監督に見せつけた方がいいって」

捕手の計算高さ発揮という所だろうか。目から鼻に抜けるような俊敏さに欠ける文武のパートナーとしては、願ってもない資質で、頼もしい。

「新玉東の1は」

狭い階段を上り、文武の体の前をすり抜けるようにしてその足が置かれている踏板の上の段まで行くと、顔に額を寄せた。

「ずっと片山がつけていたナンバーだ。おまえが背負えば、きっと片山も喜ぶ」

ぼんやりとした暗がりのような目の中で、わずかに光が瞬いた。

「そんじゃ明日は、あのグラブ持っていこっかな。今まで一度も使ってなかったんだけど、片山と一緒にいる気になれるかも」

グラブについては、かなり微妙な問題だった。あれを持ち出せば、監督も含めて皆が注目するに違いないが、それがどんな影響をもたらし、テスト結果にどう作用するか、読みが難しい。

「栗林に相談してみろよ。あいつとは、うまくいってんだろ」

文武は、ごく素直に頷いた。

「色々教えてくれてる。ちょっとうるさいけど、まぁ片山も、そんなもんだったし。面倒なトレーニングやらせないだけましだ」

不満や言い分はあるものの、許容の範囲らしい。

「とにかく、あいつの意見を聞いてみるんだ。勝手にやるなよ」

文武は了解し、そのまま階段を上っていった。それを見送り、居間の方に声をかける。

「じゃ、これで失礼します。お邪魔しました」

靴を突っかけ、店内を横切って外に出ると、屈《かが》んで靴紐《くつひも》を締め直した。

「上杉君、待って」

美香が飛び出してくる。

「あの、ごめんね、龍舟が変な事言って。気分悪かったでしょ」

胸の内をのぞき込むような目で見られ、いく分あせった。

「気にしないで、また来てね。文ちゃんの事、ほんとによろしく」

優しげな微笑の底には、不安が流れている。文武を心配するあまり、そのサポーターに心を寄せずにいられないのだろう。気持ちを落ち着かせてやりたかった。

「俺だけじゃなくて捕手の栗林も気遣ってくれてるし、きっとうまくいくよ。今に、何もかもよくなっていくから、大丈夫だって」

片山の計画通り、野球を通じて文武がしっかりと自立すれば、美香の心も癒され、満たされていくに違いなかった。

5

「十時からだって言ってたから、ちょっと行って見てくる。留守番しててくれ。ショパンの『前奏曲集』かけておくからさ」

ミントに言い置き、部屋を出て階段を降りる。玄関を出る前に、ふと思い付き、栗林にメールを送った。

「片山は、大木に、おまえならできるとよく言っていたらしい。大木のメンタルを立て直すためのキーワードだろう。どこかのタイミングで必要になったら使ってくれ」

年始の街に自転車を飛ばす。越年に何もしなかったため、年が改まったという実感がなかった。新年の街は風が強く、いささか草臥《くたび》れた感じの正月飾りを揺らしている。この後の商店街イベントとしては、バレンタインデーという事になるのだろう。駒井貴婦人は、誰かにチョコレートを贈ったりするのだろうか。

いつにない大人数がグラウンドに集まっているのを見ながら階段を駆け下りていく。全員がバックネット前に二手に分かれて整列していた。片方の人数が圧倒的に多く、もう片方は十人ほどしかいない。段原の声が聞こえてきた。

「投手、および内外野手テストから始める。打撃テストは午後だ。名前を呼ばれたら、速やかにポジションに付け。そうでない者は、五十メートルの記録を測った後、自分の番が来るまで待機。今日は、引退した三年生がテストを手伝ってくれる事になった。わざわざ来てくれた三年生に、感謝の礼っ」

大人数の塊《かたまり》がいっせいに帽子を取り、丸刈りの頭を下げながら声を張り上げる。

「あざっす」

両手を背中で組み、胸を張っている三年生たちは凜としていた。三月に卒業を迎える彼らにとっては、これが新玉東での最後のプレーになるのだろう。自分たちがここで得たもの、ここに残せるものを見すえ、落ち着いていながら決して甘くはない眼差を後輩に注いでいる。

「最初のグループのメンバーを呼び上げる。投手は大木、捕手は栗林」

四十人を超える投手希望者の中で真っ先に呼ばれるとは、本人も思っていなかっただろう。果たして幸か不幸か。

「投球は、スリーアウトを取るまで続けられる。内外野の守備メンバーは」

監督の話の途中で、文武がマウンドに向かって歩き始める。自分のグラブを持っているところを見ると、それが栗林の判断だったのだろう。顔も体も強ばり、動きがギクシャクしていた。栗林がプロテクターの肩パッドを直しながら走り寄り、何やら声をかける。

文武は上の空で聞いている感じで、わかっているのかいないのか、まるではっきりしなかった。もっとも常にぼんやりしているところがあるから、その状態が平常心と言えなくもない。

三年生の一人がバットを振りながら打席に入る。いかにも強打者という感じの筋肉質で、首を回し、肩の緊張をほぐしながら広目のスタンスを取った。

栗林のリードに従っていれば大丈夫だと思いつつも、つい背筋に力が入る。瞬間、文武が投げた。栗林がジャンプしなければならないほどの大暴投だった。

二球目は地面に突き刺さってバウンドし、三球目は栗林が倒れながらなんとか飛び付く。球審を務める三年生の声が上がった。

「スリーボール」

見ていた部員たちの間で、ざわめきが起こる。

「これ、スリーアウト取るまでだろ。ボールしか投げられんかったら、いつ終わるんだ」

「内外野の能力、わからんし」

次第に心細くなってくる。祈るような思いで次の投球を待っていると、文武がその場にしゃがみこんだ。グラブをはめた手で頭を抱え、アルマジロのように丸くなっている。公園のベンチで、人目もはばからずに泣いていた姿が脳裏をよぎり、息が詰まった。

この態度は、フォアボールを出すよりさらにまずいのではないか。恐る恐る段原に視線を向ける。さっきまで三塁とホームの塁間に立っていた段原は、ベンチに引っ込んでいた。背もたれに寄りかかり、腕を組み、片足で貧乏ゆすりをしている。全身から失意と苛立ちがあふれんばかりだった。

栗林が文武に駆け寄り、手の中にボールをねじ込みながら何か話しかける。文武はなんとか腰を上げたものの、表情は精彩に欠けていた。まるでやる気を感じさせない。打席に立っていた三年生が苦笑し、大きな声を上げた。

「大木、ドンマイ、ドンマイ。とにかく投げろよ。どんなのでも打ってやるって」

　及び腰で投球モーションに入った文武の手から、ボールが離れる。かなりコースから外れたそれを、三年生は泳ぐようにして無理矢理バットに当て、力任せに振り飛ばした。

ライナー性のボールが一直線に飛び、文武の横顔を直撃する。皆がいっせいに叫び、和典も思わず目をつぶった。やられた。そう思いながら薄目を開けると、ボールは、とっさに出したらしい文武のグラブの中に収まっていた。球審の声が上がる。

「アウト。バッターアウト」

　弾けるような歓声が湧いた。

「おい、マジか」

「打ち取ったぜ」

「大木、すげぇじゃん」

　拍手まで起こる。段原は突っ立ち、呆然《ぼうぜん》としていた。思いもかけない動きを見せつけられ、気《け》圧《お》されたのだろう。文武のとっさの反応に冴《さ》えがある事は、以前からわかっていた。それをここで発揮できたのは幸運だったと思いながら、自分がやったかのように悦に入る。これで先ほどのマイナス評価は、相殺されたに違いない。

　文武本人は、最初の打者を片付けて落ち着いたらしく、次の打者に向かっては、きちんとストライクゾーンに投げ込む事ができた。しかも三振に切って取る。三年生はくやしげというより、訳がわからないといった様子で首を傾げながら打席から出た。段原が手招きし、呼び寄せて話を聞いている。

「三田村《みたむら》先輩、なんでカラぶったんだろ」

「すげぇ変化球とかなのか」

「そうは見えなかったけどな」

栗林は、直球一本に絞っていると言っていた。重い球を低めに決めてバットを振らせ、三振を取る作戦で、それがうまく運んだのだろう。

「きっと片山並みの豪速球なんだ。大木はタッパあるし、腕長いしさ」

「でも三田村先輩だぜ。打てないなんて、マジ考えられねーって」

考えられない事は、その後も続いた。次の三年生打者も、いくつかのボールを選んだものの見事に空振りを重ね、やはり首を傾げながら打席を出ていったのだった。

「近藤《こんどう》先輩もだ。なんでだ、どーなってんだ」

「大木って、俺たちが知らなかっただけで、実は魔球持ってたんじゃね」

「それで片山が贔屓してたんだ、きっと」

後で栗林にメールを打ち、どんなリードをしたのか聞いてみようと思いながら、三振二つを含むスリーアウトに持ち込めた事を喜ぶ。よくやったと言いたい気分だった。これでかなりの高評価を得られたのではないか。

段原の様子をうかがう。真剣な表情で、手振りを交えて三人目の打者と話をしていた。手練《てだ》れのはずの三年生が二人も三振を重ねた事に納得がいかないのだろう。しばらく話し込んでいたが、やがて両手を上げてグラウンドを見回す。

「じゃ投手だけ替われ。内外野手はそのまま、テストを続ける」

投手希望者の一人がマウンドに駆け寄っていく。文武はそれを見ながら、なおそのまま立っていた。まだまだ投げ足りないという表情で、譲ろうとしない。

栗林が迎えに行き、労をねぎらうように背中を叩いてようやくマウンドを後にした。得意げな笑みを浮かべ、勝鬨《かちどき》でも上げそうな勢いであたりを睥睨《へいげい》しながら歩く。すっかり勝利投手の体だった。

「おまえ、すげぇじゃん」

「どんな魔球だ、教えろよ」

部員たちに取り囲まれ、体中を叩かれていかにもうれしそうに脂下《やに》がっている。三年生が走ってきて、五十メートル走のコースを指し、そちらに促《うなが》した。

文武の足が素晴らしく速い事はわかっている。後は打者としてどれほど打てるかだった。本人によれば、目はいいという事だったから、なんとかいける可能性がある。段原は体格や体力を重視しているというし、それらの総合で判断が下れば、ベンチ入りメンバーにもぐり込めるのではないか。

期待しつつ、いったんグラウンドを離れて家に戻った。このテストに片山のグラブを持ち出させなかった栗林の意図は、何だろう。あまりにも皆の心を打つに違いないそれが、文武に不要な色を付けてしまう事を避けようとしたのか。素の状態で力を発揮させたかったのかも知れない。

「ただいま」

部屋に入ると、ミントは、どことなくヘタッとしていた。退屈だったのか、あるいは最後の曲のラスト部分が強すぎて辟易したのか。バッハの「平均律グラヴィーア曲集」を意識して書かれた作品だったが、確かに評判がいいとは言えない。シューマンなどには、雑多、のひと言で切って捨てられていた。だが聞くべき所も多いと和典は思っている。

「もしかしてショパン自体、好きじゃないのか」

趣味が合うなと言おうとし、口ごもった。ショパンを嫌いなわけではない。ただ母が熱狂的に支持しているという理由で、遠ざけたくなるだけだった。

「じゃラベルはどう」

スマートフォンの音楽アプリを開き、ミントの鉢の近くに置く。最初に流れたのは、「亡き王女のためのパヴァーヌ」だった。音が妙に濁《にご》っている。電波のせいかと思ったが、それにしてもひどすぎ、よく聞けば電話の着信音と入り混じっていた。

「栗林です」

意気揚々とした声が響く。

「さっき監督に呼ばれて、大木に期待してもいいかって聞かれたんだ。もちろんですと答えたら、安定した投球ができるように調整しておけって言われた」

かなり期待できそうな言葉だった。

「エースでいけそうか」

栗林は、小さく笑う。

「そんな甘くないよ。今の状態だと、二番手も難しい」

一気に拍子抜けする。いささか不貞腐《ふてくさ》れた気分になった。

「投手層は薄いけど、県大会を経験しててマウンド度胸があるとか、球速１４０キロ超えとか、変化球を持ってて制球もいいとかいうヤツが何人もいるんだ。今日のテストでも、いい感じに投げてた。大木は今のとこ、不確定要素が大きすぎるからな。けど、さっきの投球テストで監督が目を留めた事は確かだ」

それだけでも良かったと思うべきだろうか。

「控え投手は三人から四人、時によっては五人になる事もあるから、その後ろの方に入れる可能性が出てきたって感じかな」

いかにも捕手らしい冷静な分析だった。

「午後から打撃テストだけど、秋の大会のチーム打率は四割二分六厘だ。練習での大木の打率はそれをわずかに超えてるから、落ち着いて力を出せれば、投打共に評価されてベンチ入りの可能性は高くなる。地区大会のベンチ定員は二十名だけど、全国大会までいくと十八名だから、うちは昔からその人数でやってるんだ。全国に行ける事になって喜んでる時に、誰か二名を外さなきゃならないのは、本人にとっても周りにとってもきつい。全体のテンションも下がるし」

今まで何気なく見過ごしていたダッグアウトの光景を思う。新玉東の野球部員百三十四名の中で、そこに行きつけるのはたった十八名、十四パーセントにも満たないのだった。切望しながら涙を呑む部員の方がはるかに多い事を知らなかったし、考えてみようともしなかった。水谷の言葉が頭をよぎる。野球が好きで部に入りながら、一度も試合に出られないまま卒業する部員も少なくない。

「とにかくベンチ入りする事だ。たとえ四番手投手、五番手投手であっても、高校野球は何が起きるかわからない、ベンチにいさえすれば、投げるチャンスも来るからな」

　自分が励まされているかのような気分になる。気持ちを取り直し、先ほどグラウンドで感じた疑問を持ち出してみた。

「三年生が首傾げてたけど、どういう球だったの。直球なんだろ」

　栗林は、言葉を選びながら答える。

「直球だけど、ホームベース上で落ちないんだ。伸びる球とか、浮き上がる球とか言われる直球があるけど、その類」

　思わず笑いそうになる。物理的に考えれば、いったん投げられたボールは重力の法則下に入る。それを離れ、伸びたり浮き上がったりする事などあり得なかった。

「片山は気づいてたと思うけど、大木の球は普通に投げてもバックスピンがかかるんだ。力を入れるとさらに回転数が上がる。野球は体育の授業でしかやった事がないって話だったから、軟式かソフトの経験でもあるのかって聞いてみたら、ユニフォーム代とかシューズ代とか金が必要になるスポーツは何もしてないって。じゃ頻繁に腕を振るような事をしてて癖のようなものが付いてるんじゃないかと思ったら、よく水切りをしてたらしい。保育園時代から冬休み、春休み、夏休みもずっと家にいるだけだったし、スマホも買ってもらえず小遣いもなく、金をかけずに遊ぼうと思ったら川まで行って、水切りをするしかなかったって」

　文武が美香や弟たちを連れて河原に降りていき、皆で水切りをしている様子を想像する。観光地や避暑避寒地に連れて行ってもらえない自分たちを悲しく思っていただろうか。それともあまり考える事もなく、ひたすら石を投げていたのか。

「水切りは、石に回転をかければかけるほど跳躍数が多くなる。その経験で身についた手首のきかせ方や、体の軸の回し方が、今の投球に出てるんだと思う。分析ソフトにかけたら、回転数が一秒50回を超えてた。プロの選手でも40回以下だって聞いた事があるから、かなり強烈だ」

　揚力だと気が付いた。飛行機が飛ぶ原理としてよく例に出され、説明されている。ボールで言えば、強い逆回転がかかれば、その上部の空気の流れが下部よりも速くなり、気圧の差ができて上向きの力、揚力が生じる。これが重力による落下を妨げるのだった。つまり落ちない、もしくは浮き上がるように感じる。

「打者の目がボールをとらえられる範囲は、打席の二メートル前までと言われてる。その後はもう見えないエリアになるから、打者は皆、ボールがそこまで描いてきた軌道の延長線上でバットを振るんだ。けどバックスピンのきついボールは浮き上がるから、その想定より上にズレる。大木の場合は、ハンパない回転数だから浮き方も大きい。ホームベースあたりでグッと上がるんだ。で、打者のバットはその下方を通り、空振りって事になる」

　それで三年生が首を傾げていたのだろう。これまでそれほど浮き上がるボールを経験した事がなく、なぜ自分が空振りするのかわからなかったのだ。

　これは、いい兆候ではないだろうか。三年生すら未経験ならば、他校の生徒も同様だろう。文武はエースとして打者をなで斬《ぎ》りにし、トーナメントを勝ち抜けるのではないか。快進撃を続け、甲子園の優勝旗にまで手を伸ばせそうな気がする。

　想像の翼が大きく羽ばたき、止めようもなかった。そのまま優勝に持ち込めたら、大木一家はもちろん、片山にもいい報告ができるだろう。文武も、どれほど自分に自信を持てる事か。思わず頬がゆるむ。

「僕も、時々あせってるよ。浮き上がってくるから顔を直撃されそうで恐怖を感じるんだ。もっとも片山の時は、速すぎて受け切れないのが恐かった。とにかく後逸だけは避けようと思って、体張って止めてたから痣《あざ》だらけだったんだ。どっちがましかわかんないな」

　当事者の苦労をよそに気楽な夢を広げていた事を反省する。現実に立ち返り、グラブについて聞き忘れていたと気が付いた。

「大木は、テストで片山のグラブを使うって言ってただろ。それ、止めたの」

　栗林は、かすかな笑いを漏らす。

「大木があのグラブを持ってテストに臨んだら、自分こそ片山の後継者だと主張しているようなものだ。それを見せ付けられる部員の気持ちは様々だろうけど、皆から浮く事だけは確かで、せっかく馴染んだのが台無しになる。監督も自分の知らない所でそういう流れができているとわかったら、いい気分じゃないだろう。テストはサラの状態で臨んで、自力でベンチ入りを果たしてほしいと思ったんだ。大木がしゃがみこんじまった時には、教えてもらった魔法の言葉を連発したよ。おまえならできる、おまえならできるって。それで立てたんだと思う」

微力ながら貢献できていたらしかった。

「あのグラブの出番があるとすれば、選抜大会本番からだ。野球をやってるヤツなら誰でも、片山があれを持ってた事を知っている。相手校を威圧し、ナインを委縮させるのに役立ってくれるだろう」

八方に気を配る細心さ、思慮深さに感心した。片山も、さぞ心強く思っていただろう。そんな栗林を切り、チームに不協和音を立ててまで文武に入れ込んだのは、大きな謎だった。栗林を板挟みにしたくなかった気持ちはわかるが、それだけだろうか。

「五十メートル走は、かなりいい記録を出したみたいだから、後は午後の打撃テストで頑張ってくれる事を祈るしかない。結果が出たら連絡するよ。じゃ」

電話を切り、壁のカレンダーに目をやった。選考委員会で出場校が決定する日を見つめながら、中村航介の言葉を思い出す。自分の体験にも意味があったと言っていた。文武が長い時間を投入した水切りにも、まさに意味があったのだ。

時の流れがそれを浮き彫りにし、目に見える形に結実させた。今の自分がこうして片山の足跡を追い、文武に関わっている事も意味があったと思える日が、いつか来るのだろうか。

6

夕方、栗林からメールがあった。

「大木、大奮闘だ。ほとんど神がかってた。満塁弾を二発も打ったんだ」

思わず万歳を叫びそうになる。

「強運も才能の一つだ。監督は、かなり満足してた。投手かどうかはともかく、ベンチ入りは確実だと思う」

空いている片手でガッツポーズをし、ミントを振り返って微笑みかけた。

「やったぞ」

すぐさま文武に労《ねぎら》いのメールを打とうとし、手を止める。まだ確定した訳でもなく、そもそも選抜の出場校に選ばれるかどうかもはっきりしていないというのに、慰労してしまっては本人の気持ちがゆるむだろう。短絡的で簡単に調子に乗る質なのだから、それを助長するような言動はまずい。

そうは思ったのだが、誰かと喜びを分かち合いたくてウズウズする。美香あたりが適任だったが、文武に筒抜けになる可能性があり、危険だった。結局、話せる相手がおらず、ミントに向かって今後の見通しや期待を長々と語る。

その日から大会出場校を決定する選考委員会の開催まで、一週間もなかった。

午後三時半、校長室に電話が鳴り響く。出場が決まった旨を告げられた校長は、室内履きのまま校庭に飛び出し、車に用具を積み込んでいた段原や部員たちに叫んだ。

「甲子園で暴れてこい」

歓声があたりを席巻したと、栗林が電話してきた。

「んで、あまりにも全員が浮ついちまったんで、監督がシメにかかったんだ。今回の出場決定は去年の秋の成績や試合内容が評価されたからだ、つまり去年活躍した片山の置き土産なんだ、恥ずかしくない試合をしようじゃないかって。それで皆がその気になったとたん、なんと監督が泣き出してさ、ほんとによかったな、よかったなぁって、話がそこから先に進まないんだ。それ見てたら、すっごく小さな人間に感じられてさ、この人はただの普通の人だ、幅が狭くて勝つ事しか頭にない、よく言えば一途《いちず》な人なんだって思えてきて、これまでの色んな事も許すっていうか、あきらめる気になれた」

部員たちの前で泣いている段原を思い描く。監督募集に応じて新玉東にやってきたのは、高校生の時に経験した甲子園初戦敗退という屈辱を晴らすためだと聞いた。中年も後半に差しかかった年齢で、それまでの全部を捨ててこの道を選んだのだ。人生をかけた一途さだろう。

「前監督の水谷さんも涙腺《るいせん》が弱かった。野球部の監督って皆、そうなのかな」

ラグビー選手は、試合前に号泣する。そこに至るまでの努力と苦労を思い、涙を止められないらしい。スポーツに打ち込む人間は誰も、多かれ少なかれ熱血漢で、感激屋なのだろう。

「組み合わせの抽選会は三月四日、初戦は二十日からだ。それまで二ヵ月あるから、体幹やストレッチをしながらうまく仕上げていこうって主将の峰村が檄を飛ばしてる。あいつ、いつもは春風駘蕩《しゅんぷうたいとう》って感じなんだけど、珍しく力が入ってた。やっぱ甲子園は特別なんだよな。僕もかなり影響されてその気、かな。明日には、ベンチ入り十八人の発表があると思う」

文武は、果たしてメンバー入りできるのか。それが気になり、翌日は授業中もかなり上の空だった。早く結果を聞きたかったが、落ちた場合を考えると、こちらからは連絡しづらい。メンバー入りできれば、一報あるだろう。そう考えて待っていたのだが、一向に電話は鳴らなかった。ベンチ入りできなかったのかも知れない。ヤキモキしながら待つ一分一分は長かった。神経が焼き切れそうになる。我慢しきれなくなり、思い切って栗林に連絡した。留守番電話になっており、埒《らち》が明かない。苛立ちを募らせ、その勢いのまま文武にかけた。

「控え投手で、メンバー入りした」

胸に溜まっていた緊張が、一気に怒りに豹変する。それならさっさと知らせてこい。そう言おうとしたとたん、不満げな声が耳を打った。

「けど背番号17なんだ。控え投手が三人いて、そのどん尻。俺ってさぁ、もうちょい高く評価されてもいいんじゃねーの。だって先輩たちから、二奪三振だぜ。そんな事、俺以外の誰にできたかってぇの。それなのにさぁ、これじゃ腐っちまうよ」

17番では、さしてやる気が出ないようだった。何と答えたものかと考えながら、現状を把握しようとして聞いてみる。

「エースになったのは、どんなタイプ」

すぐさま答えが返ってきた。

「エースは、スライダーとチェンジアップ、カットボールの三つを持つ左腕だ。唐沢隼人《からさわはやと》っていう強気なヤツ。グイグイ押すタイプ。二番手は最速１４０を出した事もある直球の右腕、田口《たぐち》翔《しょう》。チャラいけど器用で、部内では人気がある。段原は、ダブルエースでいくつもりらしい。正捕手は栗林だ。発表があってからあいつに呼ばれて、制球力を付けるからってストライクゾーンを九分割したボードを渡された。一ヵ所だけ開けて、そこ目指して投げろって言うんだ。全部の表面にラバーを張ってあって、入らないと跳ね返る。バント処理の練習にもなるって。あいつ、投球テストの時の俺のバント処理の速さ、見てなかったのかな。そんな練習、必要ねーよ。だいたい四番手投手の俺の出番なんか来るのか。ほぼ、ねーだろ」

背番号もらえただけでもいいと思えよ、と言いたいところだったが、言葉を変える。

「おまえを17番にした監督を後悔させろよ。選抜開始までにはまだ時間があるし、トーナメント自体、四試合もある。チャンスをとらえて実力を見せつけろ。エースが変化球なら、おまえにはバックスピンの直球がある。二番手が１４０キロなら、おまえはさらに上をめざせ。マウンドに立った時には、誰でもエースだ。決勝戦で活躍するつもりでやれよ。夏の大会につなげられるし、片山にも自慢できる」

文武は奮起したようで、短く答えて電話を切った。静けさが戻った部屋の中で、自分が放った言葉が谺《こだま》する。気持ちが掻き立てられ、落ち着いていられなかった。街に出ようと階段を駆け下りていくと、ちょうどダイニングから出てきた母に声をかけられる。

「どこ行くの」

正月の休みが終わり、父と共に家に戻ってきたが、いればいたで煩わしい。

「新玉東、選抜で甲子園に行くらしいよ」

話を飛ばすと、母は鼻で笑った。

「野球なんて興味ないわ。今に駅前商店街がうるさくなって、寄付寄付って言い出すんでしょうから迷惑なだけよ。それよりあなた、進路どうするつもりなの。本当にもうデッドラインよ」

答えずに玄関を出る。

「和典っ」

自転車を押しながら片足をペダルに載せ、ひと蹴りしてまたがった。片山が親への反発を乗り越えられたのは、強烈な悲劇に立ち会わせたからだろう。自分にも何かが起これば、それが背中を押してくれるかも知れない。

いや、それはとっくに起こっていた。少し前までリーマン予想を証明し、日本人として世界中の数学者のトップに立つつもりでいたのだ。数学界に献身する事を自分の責務のように感じていたし、同時に自分の存在意義で、自己証明でもあると思っていた。

だが今はトップという位置、他をリードし牽引するという立場に、以前ほど心を惹かれない。それと表裏一体だった使命感も揺らいでいた。大木家で垣間見た人々の暮らし方が、意識を塗り変えたのだった。

そのために、いっそう進路を決められなくなっている。胸にあった重責がぐらつき、確実なのは数学への愛情だけという自分は、まるで片輪を失った車のよう、あるいは支柱の一本が折れてしまったテントのようだった。

胸にある愛情だけでは足りない。社会に貢献するとか、人々のために尽くすとか、そんな大義のようなものがほしかった。それが自分をしっかりと補強し、前進させてくれる気がする。

街は夕闇《ゆうやみ》に包まれ、どことなくざわついていた。その中を流すように自転車を走らせる。自分がこの世を漂っているのを感じながら、駅前に出た。

ビルの電光掲示板には、選抜高等学校野球大会出場を祝うメッセージが光りながら流れている。発信元は、商工会議所だった。通行人が足を止め、驚きの声を漏らし、笑みを交わしている。弾んだ会話も聞こえてきた。

「市役所にも、垂れ幕下がってたよ」

「そりゃ盛り上がるよ、初の甲子園だもん」

「強豪って言われながら、今まで県から出られなかったからなぁ」

「甲子園で試合できるって事自体がすごい」

皆が新玉東校の関係者でもないだろうに、こんなにも関心を寄せ、うれしそうにしているのは意外だった。それだけ甲子園が魅力的という事か。

「あら上杉さん」

車道の脇を走りすぎようとし、声をかけられて地面に足を着く。見れば花屋の前だった。

「文武さん、甲子園ですってね。すごいわねぇ。今、美香ちゃんとこにお祝いのお花を届けてきたとこよ。で、ほら、これ」

　持ち出してきた籐《とう》の小《こ》籠《かご》の中から、小さな菫色《すみれいろ》のリボンを摘《つま》み上げる。ハート形に結んであり、中央に祝・センバツ出場と書かれたカードが差し込まれ、裏にクリップが付いていた。

「新玉東のスクールカラーは菫色だって聞いて、手元にあったリボンで急いで作ったのよ。お店に来る人や、通りかかる人なんかに配ろうと思って。街を行く人が皆、これを付けてたらステキでしょ。街中で応援してたら、きっと勝ち進めるわ。上杉さんも付けてね。やってあげる」

　歩道脇まで歩いてきてコートの胸に付けてくれた。それほど近づいたのは初めてで、小柄な体を包んでいる香水の匂いにようやく気が付く。深みのある複雑な香りは、異国の夜を思わせた。

「なんて香水ですか」

　駒井は、はにかんだ笑みを見せる。

「インドの夢よ。ジャン・ルイ・シェレルってブランド。主人のお気に入りだったからストックがたくさんあって、いまだに使ってるわ」

　零落したといえども、やはり貴婦人、香水は欠かせないのだろう。

「私は香りそのものより、この瓶が好きなの。鉛筆みたいに細くて長くって、一人では立ってられないほどシックな瓶なのよ。ロマンティックでしょ。空になっても捨てられなくてね、もう二十本以上溜まってるわ。空いた瓶でも蓋を取れば充分、香りが立つし。でも、これ以上増える心配はないの」

　そう言いながらわずかに顔を陰らせた。

「もう売ってないんですもの。シェレルは経営難で、香水事業から撤退してしまったのよ」

悲しげな表情を見せるのは、香水が二度と手に入らないからか、それともシェレルの窮状が、困窮した自分の境遇と重なるからか。

「あら長話をしてしまってごめんなさい」

吹っ切るような笑みを見せる。

「この祝賀リボン、美香ちゃんに手伝ってもらってたくさん作って、新玉東の生徒さんにも配ろうと思ってるのよ。それから駅でもね。美香ちゃんのお父さんは、布団用の白絹で応援の横断幕を作り始めてるんですって」

優しそうだった父親の顔が目に浮かぶ。きっと相当うれしいのだろう。

「浅田さんなんか、前祝いだから日曜には店の飲食を只にするって言ってるわ。他の人も、きっとそれぞれに何かするわよ。だって甲子園なんですもの」

高校野球が、皆の祭りになっていく。

7

祝賀リボンを胸から外し、ミントの枝に留めた。

「おまえも祝えよ」

ミント全体から、インドの夜が香り立ってくる。広がっていくその空間で、駒井夫妻が会話を交わしていた。

連れ添った夫の急死と環境の激変は、さぞ身に応《こた》えただろう。思い出の香りや花屋の店、小路の人々の気遣いに癒されて暮らしているのに違いない。

だが駒井ほど急激ではないにしても、歳を重ねていけば、人間は誰も様々な関係を失っていくだろう。両親や兄弟、親戚や配偶者や友人たち、最後に残るのは、おそらく自分自身だけなのだ。その時、自分で自分を支えられるようなものを心に構築しておくしかない。数学は、それに値するのだろうか。

スマートフォンが鳴り出し、待ち受け画面に天狗が浮かび上がる。

「あのさぁ」

戸惑いを含んだ若武の声が聞こえてきた。

「ギガソードの会社、一月半ばまで休みって書いてあったけど、いちおメールだけ送っといたんだ。そしたらこないだ営業の担当者から返事あってさ、簡単に話が進んで、貸してくれるって事になった。けど新玉東の選抜出場が発表になっただろ。このままにしとくの、まずいよなぁ」

意味がわからず黙りこむ。選抜のルールについてはまだ調べておらず、詳しくもなかった。若武は苛立たしげな早口になる。

「高野連の規定違反じゃんよ。選抜への出場が決定した後、出場祝いなんかの名目で、企業から無償提供を受ける事は丸禁だ。悪くすると、出場停止処分になる」

頭から血の気が引く思いだった。

「けど貸与してくれる事になったのは、出場決定前なんだ。ここは素っトボけちまえばいいのかも。で部室に運び込んで、今後来るだろうマスコミの目に触れるような場所に置いとく。無償提供かどうかなんて、誰も聞かないだろ」

新玉東野球部の名前に傷がつくような危険は冒せなかった。

「話を白紙に戻しとけよ、今すぐだ」

舌打ちが聞こえる。

「命令してんじゃねーよ。きさま、お願いした立場だろうが」

高飛車な言い方が気に入らなかったが、ここは、背に腹替えられずだろうと自分をなだめた。

「では若武君、心からお願いする。ギガソードの件に関しては、早急に先方と話し合い、なかった事にしてくれ。万難を排してやってくれると信じているよ。よろしく頼む」

全部を言い終わらないうちに、電話が切れる。ものも言いたくないほど怒ったらしい。喜怒哀楽の激しい若武にはよくある事で、そう長くは続かないとわかっていたが、ギガソードの貸与をこの状態のまま放置されては、いつどんな誤解が生まれるか知れたものではなく、安心できなかった。だからといって、こちらから連絡するのも癪にさわる。

しばし考えてから、事情を知っている黒木にメールを打った。経過を説明し、動いてほしいと頼む。すぐさま返信があった。

「了解。あいつを勧めたのは俺だから、責任上うまく収めとくよ。安心してていい。それにしても、お二人、中一の頃と全く変わってないね。四年間も変化なしか」

笑い声が聞こえてくるようなメールに苦笑する。

「甲子園出場応援募金が始まったの知ってるか。ＳＮＳで展開してる。さっき通りかかったら駅前でもやってた。年配層を取り込もうと思ったら、やっぱ募金箱を抱えて街頭に立つのが効果的なんだろう。新玉東がどこまで勝ち進めるか不明だけど、負けるまではメンバーから監督、応援団を含む全員が甲子園近くに泊まり込まなきゃならない。滞在費だけでも大変だ」

甲子園球場なら、伯父の別荘から近かった。三宮の駅まで出れば、その後は電車で二十分とかからない。ちょうど春休みの時期であり、泊まり込んで応援する事もできた。

行ってみようか。文武の家族も誘ったらどうだろう。全員が来ても泊まれるだけの部屋数はある。天舟や龍舟が大はしゃぎする様子が思い浮かび、快かった。

手にしていたスマートフォンで伯父に電話をかける。年に何回かは顔を合わせており、関係は悪くなかった。別の用事が入っていなければ、きっと貸してくれるだろう。

勇んで耳を澄ましていると、流れてきたのは機械音声だった。電波が届かない場所にいるか、電源が入っていないとアナウンスされる。何度かかけてみたが同様だった。

浮き立っていた気持ちが中途半端なまま胸にぶら下がり、落ち着かない。ノートを開き、途中になっていたヴェイユ予想の数式に取りかかったが、まったく集中できなかった。

何回目かの電話をかけ、またも同じ言葉を聞かされてあきらめ、立ち上がる。黒木の言っていた駅前の募金活動の様子を見てこようと思った。

さっき帰ってきたばかりだったが、再び家を出る。駅まで行き、自転車を駐輪場に停めて改札前に向かった。雑踏の中から募金を呼びかける声が響いてくる。

「新玉東高校の甲子園出場決定を祝い、応援する募金です。ご協力お願いします」

改札の脇に、箱を抱えた高校生十人ほどが立っていた。新玉東の制服ばかりではない。市内にある様々な高校が参加していた。生徒会あたりが先に立ち、ＳＮＳで情報を流して合同募金を立ち上げたのだろう。

顔触れを見回していて、中に立花彩がいる事に気付く。透き通るように白い顔が一瞬で脳裏に染み付き、声を上げそうになった。その笑顔に、これまで見てきた数々の表情がつながっていき、時間を引き戻す。

楽しい事がたくさんあった。些細で日常的な、何でもないような普通の出来事も、一緒にいれば精彩を帯び、貴重で幸せなものに感じられた。

「そこ、立ってられると邪魔なんですけど」

後ろから声が飛び、あわてて脇に退く。募金集団の一部がこちらを振り向くのが見え、あせって身をひるがえした。接触して傷を大きくしたくない思いに駆り立てられ、その場を後にする。追われて逃げる犯罪者のようだった。

駅の階段を走り降りる途中で、スマートフォンが鳴り出す。降り切って取り出すと、伯父から電話がかかってきていた。

「飛行機が着陸態勢だったんだ」

商社勤務で、昔は世界を飛び回っており、今は管理職に収まりつつ、当時のコネを生かした不動産会社を立ち上げて西海岸のＬＡやハワイで仕事をしている。パラレルワーカーにふさわしく有能で、やり手と言われていた。

「年越しは会えなくて残念だったよ。何」

友達と甲子園選抜の応援に行くので、神戸《こうべ》の別荘を使わせてほしいと頼む。

「そりゃいい。ぜひ使ってくれ」

声は活気付いてきていた。

「僕の高校時代は、野球部がヘチャでさ、甲子園には遠く及ばなかった。応援に行けるだけでうらやましいよ。今の会社にも野球チームがあるけど、勝ち進むのは大変みたいだ」

会社というのは商社の方だろうか。それとも自分で立ち上げた不動産会社の方か。

「ケータリングの手配があるから、宿泊の日程が決まったら連絡してくれ。いいよなぁ甲子園、青春の夢だ」

礼を言い、電話を切り上げようとすると、引き止めるような声で名前を呼ばれた。

「大学、まだ決まってないんだって」

越年中に母がこぼしたのだろう。親に心配かけるなよとか、その類の説教をされそうだったが、答えずに切る訳にもいかない。面倒に思いながら、今の状況を手短に説明できそうな言葉を探した。

「ここだけの話だが、あわてて決めるなよ、決めなくていい」

思いも寄らない提言に、面食らう。伯父の意図も、この話の着地点も全く読めなかった。

「浪人する覚悟で、納得がいくまでしっかり迷え」

母が聞いたら目をむくだろう。兄さんは他人事だからそんな風に言えるのよ、などと嚙みつきそうだった。

「男には、風が吹く時がある。君も風を待て。そうすれば勝てる勝負ができる。準備をしながら、その時を待てばいい。風は見えないから感じ取るしかないんだが、いつか必ず吹く。君自身の中にある最善を捜す力が風を呼ぶんだ」

世界を舞台に仕事をしてきた人間の器量を感じさせる助言だった。

「僕も時間があったら、別荘に顔を出すよ。男同士の話をしよう」

望むところだと思いながら返事をした。

8

相手校を決める組み合わせ抽選会が行われたのは、三月の初めだった。主将の峰村が籤《くじ》引《び》きに参加する事になり、文武はしきりに心配していた。

「峰村はガタイいいし強面《こわもて》なんだけど、実は張子《はりこ》の虎でさ、ノミの心臓なんだ。弱腰だし人怖じもする。へんなの引いてこないといいけど。カチクリに行ってほしかったよ。あいつなら絶対、いいカードを引っぱってくるもん」

文武が結果を連絡して来るのを待ちながら、選抜校のリストと過去の対戦歴に目を通す。よく校名がささやかれるような甲子園常連校もあり、聞き覚えのない高校もあった。

「おまえ、どこと当たると思う」

祝賀リボンを飾ったミントに話しかける。トーナメントが進むにつれて手強《てごわ》い相手と戦わねばならなくなるのは必然だったが、初っ端《しょぱな》から優勝候補と当たり、砕け散るのは避けたかった。SNSに流れる前評判で優勝候補と目されている三校をリストの中に捜す。

「この三つとは、当たりたくないよな」

竜ヶ崎大熊本《りゅうがさきだいくまもと》、天王寺学院和歌山《てんのうじがくいんわかやま》、それに薬丸国際《やくまるこくさい》だった。三校ともに甲子園常連校で、どこからでも点が取れると言われる強力打線を持つ。特に天王寺学院和歌山は、昨年の春夏で四強に進んでおり、その主力の多くがそのまま残っていた。秋の大会では、各試合を大差で勝ち上がっている。

「天王寺だけは、何が何でも避けたいとこだな。ま、全体で三十二校だ。当たる確率は高くない」

そろそろ連絡が来るはずだと思いつつ、遂《つい》に夕方になる。それでもなおスマートフォンは静まり返っていた。待ちきれなくなり、こちらからかけてみる。出られない状況かも知れないと思っていたが、すぐ本人の声がした。

出られるんなら、なんで約束通りかけてこないんだと不満だったが、まぁこれが文武なのだと思い直し、自分をなだめて受け入れた。ほとんど悟りの境地だった。

「抽選結果、もう出たんだろ」

内臓を吐き出すような溜め息が聞こえる。

「俺たち、マジ終わった」

気持ちが萎えているらしく、力のない声だった。

「初戦、天王寺学院和歌山だって」

一番当たりたくない相手で、絵に描いたような不運と言ってもいい。愚痴《ぐち》るか、笑うしかないような強豪だった。

「皆、ガチ引いてる。大差に決まってるって思ってるんだ。甲子園まで行って大差かよ、ああカッコ悪ぃ。恥をさらしに行くようなもんだぜ。これじゃ選ばれない方がよかった。抽選会場から電話してきた峰村は、しょげ返っちゃってて、監督に、何やってんだって言われて、もう泣きそうだったし、カチクリが、元気出してこうぜ、正面からぶつかればいいんだって檄飛ばしたら、誰かがボソッと、そんで粉砕されるのかよって言って、全員が凍り付いた」

部室に立ち込めた絶望的な空気が、ヒシヒシと伝わってくる。

「ああ片山がいてくれたらなぁ」

その片山がいたら、こんな時はどうするのだろう。秋の大会で、満身創痍《そうい》の死闘を繰り広げたと聞いた事が思い出された。どんな局面でも、おもしれーじゃんと言いながらやり抜くのだろう。

「片山は、おまえにグラブ残してったんだろ。そのグラブの中に片山の魂が宿ってる、片山がいるんだ。そう思えよ」

電話の向こうが静まり返る。

「片山の期待に応えろ。それでこそ男だろ。やるんだ」

返事もなく電話が切れた。発奮したのだろう。すぐその気になる文武を焚《た》き付けるのは簡単だったが、他の連中はそうはいかないに違いない。部外者の自分に何ができるかを考えた。

募金活動に協力する事くらいだろうか。だが、そのメンバーの中には立花彩がいる。一緒に活動していたら、気持ちの抑えが利かなくなりそうだった。みっともない真似はしたくない。向こうも、おそらく気まずいだろう。

手の中でスマートフォンが震え出す。待ち受け画面に、栗のアイコンが浮かんでいた。

「相手、天王寺になったの、聞いてるよな。甲子園常連校だから、これまでの試合のデータが山ほどある。分析ソフトにかけて対策を練ろうと思ってるんだ」

声に力がこもっている。励ます必要がないほど積極的だった。きっと監督を始めとしてチーム全体が、気を取り直しているのだろう。

「あ、大木の仕上がりはいいよ」

いかにも気配りの捕手らしく、こちらが一番関心を持っている所にサラッと触れる。

「開き気味だったフォームは、シャドーピッチングで修正した。打撃の方は、一・二キロの鉄バットを使って一日千本を振り込んでるとこ。強いスイングを意識してやってる。ライナーじゃ走者を進められないから、ゴロを打つ練習にも時間を割いてるし」

ヒョロヒョロと弱々しかった細い樹が光を浴び、次第に太くなっていくのを見ているような気分だった。文武という樹が茂っていく。片山に見せてやりたかった。

「スライダーも教えたんだ。直球と同じ投げ方でいいし、ちょっと握りを変えて、引っかけるだけだから覚えやすいだろうと思って。やっぱ第二の球を持ってた方が安心だしさ。複数の変化球は覚えられなくても、スライダーだけだったら何とかなるんじゃないかって考えて始めたんだけど、事実、何とかなってる。でもスライダーって普通、横に曲がるんだけど、あいつが投げると、打者の手元で縦に変化するんだ。直球のバックスピンもそうだけど、特殊な才能だよなぁ」

文武の家族に話してやれば、きっと喜ぶだろう。充分な情報を提供してくれた栗林に感謝していると、メールが入ってくる。電話を切り上げ、受信ボックスを開いた。

「うっかりしてたけど」

伯父からだった。

「別荘までの足は、確保してあるのか。なければ、会社のワンボックスを出すから使ってくれ。さっき玄関で野球部の監督とすれ違って、甥《おい》の友人が選抜に出るって自慢したら、相当うらやましがっていた。対戦校が決まってるだろうから、ギガソードを使ったらいいんじゃないかってアドヴァイスだ。会社で何台か契約してるらしい。貸すけど、どう」

飛びつきたい思いでメールを読み直す。選手の友人の親戚の会社となれば、企業からの無償提供という色合いは薄い。高野連も問題視しないだろう。

即、頼み込み、栗林と連絡を取ってくれるようにアドレスを送る。栗林にも、その旨をメールした。ひと仕事終えた気分で、自転車をこぎ大木家に向かう。おそらく文武が話していないだろう成長ぶりを、皆に知らせたかった。きっと喜ぶだろう。

「あ、上杉、久しぶり」

家の前の地面で、相変わらず算数をしていた龍舟の手からチョークを取り上げ、間違いを直す。

「父ちゃんから聞いたぜ、甲子園の応援に行くなら神戸の親戚の家に泊めてくれるって、ほんとか」

美香がブラックサンダーを野球部に差し入れた際、父親が上長に持っていくように指示したと聞いていたので、これもまず父親の耳に入れる事にしたのだった。

「俺、メッチャうれしい、甲子園、行ってみたかったんだ」

その手にチョークを返し、ひと言添える。

「いつも同じとこで間違ってるぞ。必ず検算する癖を付けろ」

家に入り、声をかけると、暖簾の向こうから美香の声が返ってきた。

「今、夕飯の揚げ物してるとこ。手が離せないから勝手に入って。文ちゃんならいないよ。ここんとこ昼と夜のお弁当二個ずつ持って出かけて、帰って来るのは深夜なんだ」

油の匂いの漂う廊下を通って居間に踏み込む。父親と祖母が低いテーブルを囲み、漬物を摘みながらすでに飲み始めていた。

「そりゃ年寄りの私にゃ、きつすぎる」

「けど皆、張り切ってるから断われんだろう」

勝手に半畳の襖を開き、片山の座布団を出して座り込む。

「どうかしたんですか」

二人は、思案投げ首の体だった。

「商店街で、選抜の応援にバスを出す事が決まったんだよ。宿代をカットするために、深夜出発して、向こうに朝ついて、その日の試合が終わったら即、帰るってスケジュールなんだ」

「けど二日にわたるバス泊は、私にゃ無理無理」

美香が揚げ物を載せた大皿を両手に持ち、衝立《ついたて》の向こうから姿を現す。

「天っ、龍っ、ご飯。上杉さんも、よかったら食べてって。チクワとカマボコとハムのカツだよ。結構おいしいから」

階段を走り降りる足音と共に天舟が顔を出すのと、外から駆け込んできた龍舟が素早くその脇をくぐって飛び込んでくるのが同時だった。

「別に、皆と一緒に行かなくたっていいじゃないの。どうせバスの中じゃ、飲んでカラオケで騒ぐだけでしょ。不参加って言っておいて、上杉さんの親戚の家に泊めてもらったらどうなの」

美香に言われ、父親は困惑した様子であたりに視線を巡らせる。

「それが会長以下役員が全員、一緒に行動する事が団結を強めるって思ってるんだ。断われる雰囲気じゃないんだよ」

祖母も追随した。

「それにさ、欠席って言っておいて、向こうでバッタリ会っちまったら、どうすんだい。この小路で商売しにくくなるよ」

天舟が、飯を盛り上げた茶碗に揚げ物を並べ、上からぶちまけるように醬油をかける。

「けどさ、一日だけで帰って来るつもりなのか」

龍舟が箸を握った拳でテーブルを叩いた。

「たぶん初戦で負けるだろうって思ってるんだ、くっそ」

祖母が笑い声を上げる。

「だって相手は、甲子園の常連校だって言うじゃないか。新玉東は初甲子園だろ。まず勝ち目はないね」

父親も美香も頷いた。

「一回くらい勝たせてやりたいけどなぁ」

「目いっぱい力を尽くせれば、それでいいと思うしかないよ」

全員に向かい、文武が打撃や投球の練習を重ねている事を報告する。スライダーを投げられるようになったらしいと言った時には、皆が一気に動きを止め、こちらに身を乗り出した。居間の空気が俄然、熱くなる。

「超カッケぇ。文ちゃん、ほんとにピッチャーみたいじゃん」

「運動神経いいんだから、やればできるんだよ」

「逆言うと、運動神経しかいいとこがない」

「だけど控えなんだろ。出番、来るのかねぇ」

「文ちゃんの前にいる投手が全員、倒れればいいんだ」

「そうだ、呪《のろ》いをかけよう」

「バーカ。三人も呪い倒したら、メンバー少なくなるじゃないの」

「文ちゃんは投げたら即、打たれた方向に走って、その球取って、一塁まで走って、自力でアウトにするんだ」

「無理ゲーだって」

「じゃ打たれなきゃ、いいんじゃないかね」

「お、名案」

「絶対打たれない方法は、一つだけだ。それは、投げない事」

「投手というのは、投げる人って書くんだよ。投げなきゃ投手にならないの」

「じゃあ、こういうのはどうだい」

　漂うように移っていく話を聞きながら横になる。ゆったりと過ぎていく時間の中に身を浮かべているような気分だった。血の流れがスムーズになり、体中が快く温まっていく。他愛無《たわいな》く、取るに足りないやり取りが段々と遠のいていき、不思議な安心感に包まれながら眠りに落ちた。

　ブラームスのヴァイオリンソナタ第三番が聞こえる。ピアノの音はなく、伸びやかなヴァイオリンの響きだけが広げたシーツのように体を包んだ。穏やかで心地よい空間の向こうに、片山の微笑が見える。

　気が付いたのは、翌朝だった。廊下を駆け抜ける音で目が覚める。

「今朝の文ちゃんの分、今日はおまえ配る約束だぞ」

「ちっ、覚えてたのか」

「俺が店から引き取ってくるから、後はおまえがやるんだ」

天舟と龍舟の声がからまりながら外に飛び出していった。体にかけられていた毛布をつかみ、起き上がる。風呂にも入らず寝間着も着ず、床で一晩眠り込んだ自分が信じられない。これまで一度もない事だった。

居間に光がきらめき、エナメルの部活バッグを肩に引っかけた文武が入ってくる。のっそりとガラス障子の向こうに姿を消したかと思うと、バッグを床に放り出す音がした。やがて食パンの袋と牛乳のパックを持って現れる。

以前に見た時より、縦も横もひと回り大きくなった印象だった。立ったままパンの塊に食いつき、牛乳パックに口を付けて飲みながらこちらを見下ろす。

「お早う」

さほど時間をかけずにパン一斤を完食、牛乳を飲み干すと、手の中に残った袋とパックをゴミ箱に突っこんだ。再びガラス障子の向こうに入っていく。

「調子、どうだ」

声をかけながらのぞくと、冷蔵庫から大きなタッパーを四つ出し、部活バッグに入れているところだった。

「きつい、眠い」

だるそうに言いながら、鴨居《かもい》をくぐるようにして出ていき、玄関で声を上げる。

「行ってくる」

それを聞きつけて寝間着姿の父親が出てきた。

「気を付けて頑張れよ。ああ上杉君、お早う。もうすぐ美香が起きてきて、朝飯だから食ってったらどう」

挨拶を返し、礼を言ってから大木家を後にする。家を一晩空けた言い訳をどうしようかと考えながら自転車を転がした。

雄弁は銀、沈黙は金と言ったのは、確かトーマス・カーライルだ。日本にも、言わぬが花という言葉があるし、口は禍《わざわい》の元とも言う。下手な弁解より、黙って押し通す方がカッコいいかも知れなかった。

玄関を開け、ダイニングに人の気配があるのを感じながら、そっと二階への螺旋階段に足をかける。二、三段上りかけて視線を上げ、息を呑んだ。上方中央に、パジャマ姿の母が座り込んでいる。

立ち止まったものの、そのままでいる訳にもいかなかった。自分を励まし、平静を取り繕《つくろ》って階段を上る。待ち受けている猛獣に近づいていく気分だった。

脇を通り過ぎようとした瞬間、いつになく低い声が飛んでくる。

「どこ行ってたの」

沈黙は金、そう思いながら足を止めずに上り切った。

「和典っ」

　そのまま部屋に入り、突《つ》っ支《か》い棒でもかうようにドアに寄りかかる。母の足音が近づいてきて、激しいノックが繰り返された。相当怒っているらしい。開けたものかどうか迷っていると、下から父の声が響き上がってきた。

「お義兄《にい》さんから電話かかってきてるよ」

　ドアを叩く音が止《や》む。気配が消えるのを待ち、わずかに隙間を開けて様子をうかがった。電話に出ている母の話が聞こえてくる。

「え、春休みに、和典を神戸の別荘に」

　伯父が、母の激怒をうまく処理してくれる事を願いつつ、先日の言葉を思い浮かべた。おそらく伯父にも風が吹いた時があったのだ。こちらの風は、いつ吹くのだろう。本当に吹くのか。

　ポケットで鳴り出した着信音が、漠然と広がっていた考えを吸い取っていく。取り出してみると、栗林から電話がきていた。

「ギガソードの手配ありがと。今日中に届けてくれるって」

　伯父も、仕事が早いタイプらしい。

「分析ソフトと合わせて使って、天王寺の投手陣の球種から癖、外野手の肩の強さや守備隊形の隙《すき》まで、徹底分析しようと思ってるとこ。連中すげぇ鍛えてて、新聞によれば選手の平均は１８０センチ、79キロだってさ。うちの平均は１７５の67キロだから、ひと回り違う感じだ。大木と峰村だけは、向こうを上回ってるけど」

くやしそうなのは、体格がそのまま強打や持久力につながるからだろう。

「特にヤバいのは1番打者で、打率は六割五分二厘。こいつが不動のリードオフマンだ。秋の県大会では、三試合連続本塁打を打ってる。こいつを出塁させると、チーム全体が勢いづいて打線が爆発するんだ。何としても打ち取りたいから、分析を急ぐよ。向こうも同じ事をやってるかと思うと、ゾッとするけど」

天王寺学院和歌山は、関西にいくつかの兄弟校を持つ宗教系の私立だった。資金は豊富だろうから、データ分析に余念がないに違いない。

「試合は、二日目の最初だけど、初日の前日に入場行進の練習があるから、それに間に合うように兵庫入りする。大木にも出番が回ってくるといいんだけどな。あいつには、他のベンチ入り選手にない強みが二つある」

見当がつかなかった。黙って話が進むのを待つ。

「一つは、今まで公式試合にも練習試合にも出ていないから、分析しようにもデータがないって事。もう一つは、片山のグラブを持ってる事だ。片山のグラブは、球児なら誰でも知っている。去年、死んだ事もだ。そのグラブが登場すれば、高校野球にドラマを求めているマスコミが触れないはずはないし、天王寺の連中や観客に与える圧も大きいよ。周りがそうなると、普通のヤツなら緊張したり雰囲気に呑まれるけど、大木に限って、その心配はないし」

心から賛同し、何度も頷いた。

「あいつ、背筋力測ったら２６０もあったんだぜ。ドスコイ並みだ。一発が出れば大きい。ま、ダブルエースの調子も上がってきてるから、監督が大木を使いたくなるような局面がくるかどうかは、わからないけど。とにかく全力でぶち当たってくるよ」

激励し、応援に行くと伝えて電話を切った。ダブルエースは変化球を持つ左腕と、速球を投げる右腕と聞いている。タイプの違う二人の投手をリードし、文武を含む三人の控え投手にも対応しなければならない栗林も、なかなか大変そうだった。

耳を澄ませば、廊下も階下も静まり返っている。母が乱入してきそうな様子はなかった。伯父が何とかしてくれたらしい。ようやく落ち着き、息を突きながらミントに目を留める。甲子園に行っている間、世話ができなかった。母に頼めば、また葉をむしり取られかねない。

「おまえ、一緒に来るか」

鉢はトランクか、膝の上に載せればいいし、連れて行けば向こうで毎日水をやる事ができた。

「車酔いは大丈夫だよな、三半規管ねーし」

ウォークインクローゼットからボストンバッグを引き出してきて、そこにスッポリ入る事を確かめる。

「神戸行くの初めてだろ。いいとこだよ。楽しみにしてなよ」

何より自分が楽しみだった。

第五章　激闘

1

三月下旬を迎えた神戸の山々は華やぎを秘め、落ち着きなくさざめいていた。庭の樹々に顔を寄せれば、枝の随所に新芽がついている。幹に耳を押し当て、ほとばしるように流れている樹液の音を聞いていると、それに呑み込まれてどこか知らない場所に運ばれていく気がした。ぼんやりとした期待と不安が胸で入り混じる。

「皆が、フツーに関西弁だ」

阪神《はんしん》甲子園駅まで行く間、龍舟は何度も感嘆の声を上げた。

「すげぇカッケェ」

別荘に泊まる事になったのは、結局、天舟と龍舟だけで、文武は野球部員として学校のバスで集団移動、父親は商店街の応援ツアーを断われない、祖母は嫌がっていたが一人残しておけないからという理由で連れて行かれ、その世話のために美香も同行する事になった。

「龍、ウロウロすんなよ。行くぞ」

漂ってくるカレーや焼きそば、ピザの匂いに惑わされる龍舟を、天舟が捕まえ、引きずるようにして観客席に通じる階段に向かう。その後に続き、上段まで上ると展望が開け、目の前に左右対称のフィールドが広がった。

「広ぇ」

「観客席、低いなぁ」

外野は芝生、内野は土で、それを階段状の座席が取り巻いている。すり鉢形のその景観に既視感があった。球場に来るのは初めてのはずで、奇妙に思いながら記憶の中を探る。行き付いたのは、夏休みに家族で旅行した南仏アルルやニームの闘技場だった。

プロヴァンスの街々には、古代ローマ人が建設した円形闘技場が今も残っている。壮観なその外見にも圧倒されたが、張りめぐらされた上下水道や、二万人以上の観客が数分で退出できるという機能性にも驚かされた。

闘技場では様々な催しが企画され、剣闘士同士の戦いも数あったと記録に残っている。名誉と自由を勝ち取るために剣闘士たちは死力を尽くし、観客は飲み食いしながらそれを楽しみ、感動した。

甲子園のこの球場で展開する高校野球も、どこか似ている。栄光と未来を夢みて必死になる球児たち、それを見ながら飲食し、打ち興じて時に感涙する観客。水谷の言葉が思い出された。

忙《せわ》しなく人々が行き交い、各階の座席が埋まっていく。どこかで大きなどよめきが起こった。

笑い声も聞こえてくる。あと少しすれば、このフィールドには校旗と共に球児たちが勢ぞろいし、ここまでたどり着けた喜びと緊張に胸を張りながら行進を始めるのだろう。

「俺、帰る」

いきなり龍舟が身をひるがえす。あわてて追いかけ、階段を走り降りていこうとするところを止めた。

「これから開会式だぞ」

龍舟は唇を尖らせる。

「俺が見たいのは文ちゃんの活躍だ。ここからじゃ小《ち》っさすぎる。顔なんてほとんど見えんし。テレビで見た方がいい。アップで見られるもん」

後ろからついてきていた天舟が同意した。

「俺も、テレビの方がよく見えて面白いと思う。細かいとこまで追ってくれるし、その場でリプレイして見せてくれるし」

それならわざわざここまで来なくても、新玉の自宅のテレビで見ていればよかったじゃないかと言いたくなる。

「俺たち一緒に帰るから、上杉さん、ここで見てていいよ」

関西に初めて出てきた小中学生を二人きりにし、事故でもあったら困ると思っていると、手にしていたボストンバッグを龍舟が引っ張った。

「これ、ずっと持ち歩いてるけど、何入ってんの」

ミントに試合を見せてやりたかったとは言いづらい。二人だけで別荘に戻らせるのも躊躇われた。

「わかった。俺もテレビで見る。急いで帰れば、入場行進に間に合うだろう」

来たばかりの道を猛然と引き返す。人の流れに逆らい、その間を縫って駆け抜けるには、相手チームが防戦するピッチをドリブルで突破する時のような身のこなしが必要だった。

「上杉、超速ぇ」

「龍、後ろについてけ」

駅に走り込み、発車寸前の電車に飛び込んで大きな息を突く。来た時と同様に三宮で乗り換え、最寄り駅に着くと、再び走った。居間に置かれた大型テレビの前に相次いで到着する。

電源を入れると、レフト寄りから外野側に整列した選手たちの映像が流れ出た。立ち並ぶ校名プラカードが映る。

「あ、新玉東だ」

目を凝らし、文武や栗林の顔を捜した。自分がテレビというものを食い入るように見る日が来ようとは、これまで想像した事もなかった。

「優勝旗、優勝杯返還」

アナウンスと共に、整列したチームの中から紫紺の優勝旗と、優勝杯を持った二人の選手が進み出る。

「文ちゃん、それ、ゲットしてこいよ」

「新玉東って染めたビラビラ、結んでやるからな」

天王寺学院和歌山の選手たちから目が離せなかった。栗林が言っていた通り、高い背丈、ユニフォームがはち切れそうな二ノ腕、胸、太腿《ふともも》は、他のチームの選手と比べてもかなりの差がある。これが勢いに乗ったら相当な脅威になりそうで、明日の試合がますます心配になった。

2

心配は、的中したと言えるだろう。

「おお、アルプススタンド見てみ。新玉東のスクールカラーで埋めつくされてる」

菫色に染まった応援席は、いかにもきれいだった。だが優しすぎる色で、不安をあおられるような気がしないでもない。天王寺学院和歌山のスタンドは、炎が燃え盛っているかのような紅蓮《ぐれん》だった。

「夏に比べて春はいいよな。二回勝つだけで、もう八強だもん」

「楽勝じゃね」

テレビの前に置かれたソファに並んで座っている天舟と龍舟の強気な発言を聞きながら、新聞を広げ、監督談話に目を通す。両監督とも、仕上がりはいい、調子は上がってきていると話しているが、まだ仕上がっていないとか、下り調子だとかは口が裂けても言えないだろうから真実のほどはわからない。すでに情報戦が始まっていると思うべきだろう。

昨年の春夏に全国四強まで進み、今年の夏は優勝候補と目されている天王寺学院和歌山の監督前川《まえかわ》は、先に点を取って逃げ切る試合展開をしたいようで、それに対し新玉東の段原は、甲子園は初めてなのでまず落ち着き、挑戦者として胸を借りるつもりで臨みながら自分たちのリズムを作りたいと謙虚で、後半に疲れの出た天王寺投手から点を稼ぎたいようだった。

「今、文ちゃん、チラッと映ったぞ。顔のこの辺だけだけど。あれは間違いない」

「新玉東のオーダー表、出た。先発は、エース唐沢だ。予定通りってとこだな」

「あれ、唐沢とダブルエースって言われてた田口、名前ないじゃん。どうしたんだ」

テレビに目を向ける。

「新玉東校は、メンバーの交代がありましたね」

実況担当者のコメントが流れた。

「背番号10、田口翔君に代わり、背番号18、主将の峰村君がメンバー入りです」

解説者の声が続く。

「田口君は、一昨日の練習中に右手の小指を折ったそうです。昨日、メンバー変更届が出されました。代わって入った峰村君は外野手で、練習試合などではよくライナーコーチを務め、皆から信頼されているようです。それにしても新玉東は、ダブルエースでの展開ができなくなってしまいましたね。田口君は、最速１４０キロを投げる投手でしたから、この欠場は痛い。今朝、段原監督に会いましたが、苦渋の表情でしたよ」

ここに来て、まさかの展開だった。高校野球は何が起こるかわからないと聞いていたが、その通りらしい。

「あ、天王寺のオーダー表だ。先発投手の背番号、11じゃん」

「エース温存だろ。けど11番って三番手投手じゃね。新玉東、ずい分甘く見られてんだな」

画面では、バックネット裏に集まった審判と両チームの主将らしき選手が何やら話をしている。やがて解散し、二人の主将はそれぞれのダッグアウトに戻ってメンバーを整列させた。掛け声とともにそこから全員が飛び出し、ホームベースを挟んで二本の直線を形作る。審判が帽子を取り、選手たちも一礼した後、新玉東のメンバーがグラウンドに散り、シートノックが始まった。

「天王寺学院和歌山の攻撃からですね。打者は背番号３、後藤《ごとう》　純平《じゅんぺい》君」

栗林が言っていた六割五分二厘の強打者だった。その登場を、息を呑んで待つ。

「身長１８６センチ、95キロ、胸囲は十八人中トップの１１９センチだそうです。昨年夏の大会では４本塁打、14打点を挙げました。チーム打率四割五分八厘を誇る強力打線を引っぱる存在です。前川監督の話では、たとえ満塁でも敬遠されるとか」

カメラがとらえた選手は、当たれば確実に場外に飛んでいきそうな体で素振りを繰り返していた。空気を切る重い音が脳裏まで響いてくる。やがて唇が見えなくなるほどきつく引き結んで打席に踏みこんできた。

「長打力、高そう」

「けど、なんかオッサンくさくね」

ホームベース脇に立っている栗林が、いつもよりいっそう小さく見える。

「後藤君を1番打者に据えた理由を、前川監督はこう言っています。1番打者は打席が多く回るし、後藤はスラッガーだから、一発で相手投手のリズムが狂う」

「長打力を持つ後藤君が出塁して好機を作り、昨夏の甲子園を経験しているクリーンナップにつなぎたいところですね。手首の強い選手が多いから速い打球が飛んで、新玉東校としては守りにくいでしょう」

マウンドに立つ唐沢の表情は硬かった。初めて甲子園に立つ緊張に加え、ダブルエースと言われる控え投手の田口が欠けた事も影響しているのだろう。強気な性格というから、一人で投げ抜かねばならないと考え、気負っているのかも知れない。

「新玉東の投手は、唐沢隼人君。スライダーやチェンジアップなどの変化球を持ち、強気で攻める左腕のエースです。牽制《けんせい》やバント処理もうまい。捕手は、強肩で安定感バツグンの栗林君。関西浪花《なにわ》ボーイズで名を馳《は》せていましたから名前を知っている方も多いかと思います。いい勝負が期待できそうですね」

唐沢は、栗林とのサイン交換にほとんど時間を取らず、投球動作に入る。指先にまでしっかりと力の入った握りから、初球がその手を離れ、カメラが切り替わった。直後、強打されたボールが、派手な音と共に高く舞い上がる。

「初球打ちっ。これは大きい。センター下がる、下がる」

ボールを仰ぎ見ながら追っていたセンターが、背中をフェンスにぶつけた。

「入った。天王寺学院和歌山、早々と1点先取。今のはスライダーですか」

「ええ、後藤君はスライダーに張ってましたね。試合前のミーティングでは、唐沢君のスライダーを潰すというのが合言葉だったようです。唐沢君が投げる球種や配球を、皆で相当研究したんじゃないですか」

拳を突き上げながら塁を回った後藤が、ホームに戻ってくる。あっという間の1点だった。ベンチから選手が駆け寄って飛び付き、肩を叩いて喜ぶのを見ながら、天舟と龍舟が顔を見合わせる。

「どーすんだ、いきなりのこの展開」

「まだノーアウトだぜ。苦しいとしか言えない」

天王寺側アルプススタンドでメガホンが振られ、最前列に陣取った応援団が気勢を上げて士気を鼓舞する。新玉東のスタンドには、唖然とした様子の沈黙が広がっていた。

栗林がマウンドに駆け寄り、何やら話してミットで唐沢の背中を叩く。内野陣にも声をかけてから戻っていった。唐沢は無表情だったが、額にはすでに汗がにじんでいる。掌も滑りやすい状態らしく、しきりにロジンバッグを入れた後ろポケットに指先を突っ込んだ。

次の打者が打席に入ってくる。唐沢はセットポジションを取った。その手からボールが離れ、直後、打者が横倒しになる。

「おっと死球です。新玉東、デッドボールを与えました」

栗林が立ち上がり、球審もそばに寄った。

「タイムがかかるでしょうか」

球場がざわめく。皆の注視を浴びていた打者は、間もなく身を起こした。球審と何やら話しながらヘルメットやバッティングレガースを外し、一塁に向かう。

「大丈夫のようですね。天王寺学院和歌山の攻撃、ノーアウト、一塁です」

「唐沢君は、制球力のない投手ではないんですがねぇ」

いきなり打たれた本塁打が相当応えたのだろう。動揺し、自分のピッチングをできない状況に追い込まれているのかも知れない。

「走者を背負うと、どうしても気になるんで直球が多くなります。苦しい局面ですが、ここは踏ん張りどころでしょうね」

３番打者が立つ。応援の声は、いっそう大きくなった。唐沢は初球を投げようと投球動作に入る。瞬間、一塁にいた走者がスタートを切った。

「天王寺学院和歌山、盗塁です。成功するか」

捕球した栗林が噛み付かんばかりの表情で二塁に送球する。

「アウト。強肩栗林、矢のような送球、二盗を防ぎました」

知らず知らずに詰めていた息が、一気に漏れた。

「難しい体勢からでしたが、栗林君、よく刺しました」

「遠投力１２０メートルだそうですよ」

コントロールに苦しむ唐沢を助けたい一心なのだろう。天舟と龍舟が拳を握りしめた。

「よし、一塁から先に行かすな」

「あとアウト二つだ。何とか取れよ」

祈るような気持ちで見つめる中、ストライクゾーンを外れるボールが続く。唐沢は何度もユニフォームで手を拭い、ロジンバッグを握り直した。目をつぶり、深呼吸をする様子も見せる。いつもの自分を取り戻そうと必死なのだろう。通常感覚というのは漠《ばく》としたもので、何かのきっかけで突然、失われる。いったん見失ってしまうとつかみどころがないだけに、意識してそこに戻るのは至難の業と言えなくもなかった。

「フォアボールです。新玉東、出塁を許しました」

「カットボールでしたが、切れを欠いているようですね。力みがあるんでしょう」

打順は4番打者に回る。唐沢は栗林と短いサイン交換の後、投球モーションに入った。瞬間、一塁走者が飛び出す。

「天王寺学院、足で掻き回します。序盤で相手を叩くというお得意のパターン」

再び栗林が送球したが、そのボールを二塁手が後逸、カバーに入った中堅手が追いかける隙に走者は三塁に進んだ。

「ワンナウト三塁。天王寺学院和歌山、得点圏に選手を進めました」

前のめりになりながら見つめる。目の力で加勢できるものなら、したい気分だった。

「機動力全開、きびしく攻めますねぇ」

唐沢は依然、コントロールが定まらない。暴投に近いボールを含む四球を与え、打者を一塁に進ませた。

「今のはチェンジアップでしたが、球が上ずってました。先ほどバックスクリーンに運ばれてから非常にコースに気を遣っている様子ですが、それがコントロールに影響しているのかも知れませんね」

溜め息しか出ない。初回からこの調子で、いったい9回まで持つのだろうか。

「天王寺学院和歌山、ワンナウト一、三塁です。ここで一発がほしい、一方、新玉東は何としても凌《しの》ぎたいところです。次の打者は、打率五割の沖田君。秋の大会では、チームトップの10打点を挙げています」

栗林がマウンドに駆け寄った。唐沢に声をかけ、しばし話し込んでから自分のポジションに戻り、マスクを下げる。

「勝負するかな」

「俺だったら、しねーけどなぁ」

唐沢はボールを二球投げ、その後なんとかストライクを取ったものの続かず、打者がのけ反るようなボールを重ねて四球となる。

「天王子学院、満塁」

ここでホームランでも打たれれば、4点追加だった。

「場内アナウンスが選手の交代を告げます。新玉東エース唐沢隼人君、マウンドを降り、代わって背番号11、村瀬《むらせ》陸斗《りくと》君が三塁側の投球練習場からマウンドに向かっています。今、白線をまたぎました」

「さっきから肩を作ってましたからね。段原監督もタイミングを計っていたんでしょう」

立ち上がる栗林の脇を唐沢が無言で通り過ぎ、ベンチに向かう。淡々として見えたが、胸にはサイトカインストーム並みの炎症を抱えているだろう。

自分が得意とし誇りとするもの、自尊心を支えているものを打ち砕かれた気持ちは、よくわかる。和典も数学では不動のトップと言われながら、そのポジションを奪われた時期があった。自分自身を見失ったような、この先どうやって生きていけばいいのかわからない揺らぎの中で、夜と朝を繰り返していた。

「おい、この分なら文ちゃんの出番あるんじゃね」

「ん、そんな気してきたな」

「けど、この回、いつになったら終わるんだ。バッター、もう六人目じゃん」

投球練習を終えた村瀬がマウンドに立ち、内外野を見回す。皆がグラブを上げて応えた。

「ナインが声を上げています。仕切り直しという感じでしょうか」

「満塁からの登板ですからね。重圧はあるでしょうが、直球と変化球を低めに内外に散らし、打者に的を絞らせない投球を期待したいですね」

栗林のサインに頷いた村瀬が、初球を投げる。打者は踏み込み、体重を移動させながら前足を軸にしてフルスイングした。

「甘めのスライダー、とらえました」

高い音を立てて飛んだボールが、村瀬の顔を直撃、帽子を素っ飛ばす。

「ピッチャー強襲。ボールは、取ったのか」

顔を押さえ、前かがみになった村瀬のグラブから、ゆっくりとボールがこぼれ落ちた。一、三塁についていた天王寺学院のコーチャーがいっせいに腕を振り回す。二塁手がマウンドに走り寄り、ボールをつかんで本塁に投げようとするものの、三塁走者はホームベース直前だった。やむなく三塁に投げるが、三塁手がボールを捕り損ねる。左翼手が取りに行く間に、走者が駆け回った。

「走者生還、一人、二人、三人、四人目ホームイン。天王寺学院和歌山、打者走者も還って4点追加、５点」

わき上がる歓声の中、球審がタイムをかけた。四人の審判がマウンドに走り寄り、内野手やタオルを手にしたベンチの選手も集まってきて、しゃがみこんだ村瀬を囲む。アナウンスが給水タイムを告げ、各チームの選手たちにダッグアウトに戻るように知らせた。

「投手交代でしょうか」

「ここで交代となると、新玉東は非常に厳しくなりますね」

球審が両手を上げ、選手の輪が開いて、控え選手に背負われた村瀬が姿を見せる。顔に斜めに巻きつけられたタオルには血がにじんでいた。

「あの位置は、目のようですね」

「球場の外には救急車が待機してますから、すぐ病院に向かえるでしょう。大した事がないといいんですが」

天舟と龍舟が深々と溜め息を突く。

「1回表で、5点かよ」

「バスケの試合じゃねーっての」

ベンチに運ばれていく村瀬を見ながら、この場所がゲームを終えるまで閉幕しない闘技場である事を思う。9回の裏まで、ひょっとするとタイブレークで決着がつくまで何があっても終われない。球児は戦い続けるしかないのだった。

「さぁ試合再開です。投手、交代します。新玉東、三人目の投手は大木文武君、背番号17」

ゲンナリしていた天舟と龍舟の背中に、電気にでも触れたかのような緊張が走る。すっくと背筋を伸ばし、ソファに座り直して真面《まとも》にテレビと向かい合った。

「やった、文ちゃんの出番だ」

「ガチでいけ、文ちゃん、ガチで」

歩いていく文武が映る。淡々と足を進め、受け口気味の唇を時おり開いて口呼吸をする様子は、いつもと変わりがなかった。あの朝、鴨居をくぐって姿を見せ、眠いと言った時そのままの顔で、皆の注目を集めながらマウンドに立つ。

「少しは緊張してるかなぁ」

「それはない。緊張するだけの神経、持ってないし」

手には黒いグラブがあった。目ざとく見つけた応援席や天王寺ベンチがざわめく。

「大木君は昨年一月の転校生で、規定によりこれまで公式試合に出ていません。それで記録が全くないんですが、直球とスライダーを持っているようです。かなり追いつめられての登板、重圧の中でどんな投球を見せてくれるのでしょうか」

「黒いグラブですね。あれは昨年亡くなった同校の投手、ブラックサンダーと呼ばれた片山君のグラブじゃないですか」

マイクが、紙をめくる音を拾った。

「ああ片山悠飛君、新玉東の投手ですね。同校のスター的存在で、資質を謳《うた》われながら甲子園の土を踏めないまま昨年、急逝したようですが、その彼のグラブですか」

栗林が駆け寄り、文武の手からグラブを取り上げる。高々と差し上げ、球場のどこからでも見えるようにぐるりと体を回しながら八方に顕示した。新玉東のアルプススタンドからいっせいに叫びが上がる。

「ブラックサンダー、ブラックサンダー」

納得したような声がマイクから漏れた。

「やはりそうですよ。野球グラブの聖地と言われる奈良県で作られたグラブです。いやぁ私、いい選手がいるって聞いて、一度県大会を見に行った事があるんですよ。あざやかな投球ぶりでした。当時の新玉東は、水谷監督の下で自由な雰囲気で、選手たちがまるで小学生のように野球を楽しんでいた。髪型の決まりもなく、投球の間に片山君が帽子を取ったら、サラッと髪がこぼれ出たのが非常に新鮮で、印象的でした。そのグラブを持って登板したって事は、大木君は片山君の思いを託された投手なんだと思いますね。これは楽しみです」

スタンドの声は、ますます大きくなる。惜しみない声援は、生きていればそこに立っていただろう片山に注がれているのだった。文武の姿に重なるように、片山がゆっくりと立ち上がってくる。そんなふうにマウンドに甦《よみがえ》る片山を見るのは、不思議な気分だった。

「さぁ大木君、セットポジション。第一球」

以前に見た時より、上げる足の位置が格段に高くなっている。体をひねりながら目いっぱい踏み出し、腕をしならせて第一球を放った。

「ストライク。今のは直球でしたね。長身から投げ下ろす角度のある直球、膝元に食い込むような球です。１３５キロ。バットが出ませんでした」

栗林は素早くボールを返し、文武は数秒もかけずに投球動作に入る。

「速いテンポ、第二球」

これを空振りさせ、栗林はすぐ返球、文武は三球目を投げた。

「ストライク、バッターアウト」

天舟と龍舟が突っ立ち、拍手を送る。

「やった文ちゃん、メッチャすげぇ」

「生まれて初めて文ちゃんの事、尊敬した」

スタンドが湧き上がる中、バッターが首を傾げながら打席から出ていく。待っていた次のバッターに何やら声をかけ、再び首をひねった。

「なぜ打てなかったのか、わからない様子ですね」

「おそらくクセ球というヤツでしょう。手元で微妙に変化するんですよ」

テストの際、三年生二人をなで斬りにしたバックスピンのかかった直球だろう。栗林は、スライダーも妙な曲がり方をすると言っていた。この調子で天王寺打線を翻弄《ほんろう》してくれる事を願う。

「さぁ新玉東、ここで流れを変えられるか。バッター、打席に入りました」

「直球でいくなら高低の投げ分け、変化球なら低めに集めないと、甘く入れば必ず持っていかれます。天王寺打線は腰の据わった強打者が多い。切れ目なく続くという特徴もありますからね」

　配球は、経験の浅い文武には無理だろう。ここは栗林のリードに期待するしかなかった。両手を握りしめ、画面に見入る。

「空振り、ワンストライク取りました。この打者も、首を横に振っています」

「今のも直球ですね」

　打者の不調に乗じ、栗林が間髪を入れず配球を決めていく。文武もそれに応じ、迅速な投球を見せた。二つ目の直球は１４７キロを記録し、打者は手が出ない。その勢いで三球目を投げる。

「振りました、空振り。バッター三振。天王寺学院、スリーアウト。一年前まではベンチにも、グラウンドにもいなかった初登板の大木君が見事に天王寺学院打線を抑えました」

　瞬間、文武が黒いグラブを頭にかぶり、うつむいて両手を拳に握り締めた。大きく口を開く。

「叫びました、大木君、雄叫《おたけ》びです」

　おまえにはできるといつも言ってくれていた片山に向かって叫んだのだろう。励まされ続けた文武が、それにふさわしい力を自分の中に実感したのだ。

「亡き片山君のグラブを頭に、天に届けとばかりの勝鬨《かちどき》です。三塁側から射す陽の中、黒いグラブが輝いています」

もし片山に届いたなら、笑って言った事だろう。まだ早ぇよ、二人片づけただけじゃん、もっと力を見せてみろ。

「新玉東背番号17大木君、2奪三振、たったの六球で1回表を終わらせました」

「球も走ってますし、一球ごとに速くなっていて、いいですねぇ」

引き上げる内野陣が、文武の頭や腰を叩いて通り過ぎていく。ホームベース近くで栗林が待ち構え、片腕を伸ばして迎え入れるように背中を抱くのを見ながら、大きな息を突いた。長い1回表だった。

「さぁ攻守が入れ替わります。チーム打率が四割を超える新玉東、どんな攻撃を見せてくれるのでしょうか」

3

「天王寺学院和歌山の投手神原《かんばら》君は、入部当初、将来のエースと期待されていましたが、一年の夏に右肘を疲労骨折。昨年春夏の甲子園はスタンドでの応援でした。筋力トレーニングなど努力を重ね、秋からの新チームでベンチ入り、そして今日の登板です」

「会心のピッティングを見せてほしいですね」

先頭打者の栗林がバットを短く持ち、食ってかかりそうな形相で打席に入る。

「新玉東の先頭バッターは、捕手栗林君。小柄ですが勝ち気で、チーム内ではカチクリと呼ばれているそうです。関西から関東に移った当初は、チームになじもうとして関西弁を封印していたため、仲間内では無口なヤツと思われていたとか」

串刺しにせんばかりの目で投手をにらみすえ、初球の外角変化球を強振。

「打った、二遊間後方」

ライナー性の打球が地面に突き刺さり、高くバウンドする。その処理に中堅手がもたつく中、一塁に進んだ。

「フォークでしたが、狙われましたね」

「投手の神原君は、体が開き気味でした。その分、すっぽ抜けた感じですね。新玉東には今、勢いがあります。慎重に構えないと、連打を浴びかねませんよ」

次の打者は、長打力があると言われる主将峰村で、大きな体で軽々とバットを振り回しながら打席に入る。何球か選んだ後、低めの変化球を掬い上げ、引っ張って左翼フェンスの向こうに叩き込んだ。

「ホームランです。新玉東、2点」

天舟と龍舟が歓喜の声を上げながら、ソファの上を走り回る。画面には、各塁を回って本塁に戻ってくる峰村の姿が映っていた。どことなく解放された顔付きをしている。ゲーム開始直後から攻め込まれ、主将としていたたまれない思いでいたのだろう。本塁にたどり着くと、ベース上で二度ジャンプし、しっかりと踏み心地を確かめてから、ようやく笑顔を見せた。

「新玉東校、3番打者は宗方《むなかた》悠太《ゆうた》君、二塁手」

先ほど守備でもたつきを見せた宗方は、挽回《ばんかい》を期してか、慎重に球を選ぶ。ストライクを一球、ボールを二球見送った。

「宗方君のお父さんは、ここ甲子園で二十七年間、塁審を務めていたそうです。交通事故で宗方君に輸血が必要になった時には、お父さんの母校から多数の野球部員が駆けつけてくれたとか。事前の選手インタビューでは、自分はアマ野球界の友情で生かされている、それに報いたいと話していました」

四球目、わずかに高くきたスライダーを叩く。三遊間を破るヒットとなり、歓声の中、一塁を回り二塁に向かおうとした。一塁コーチャーに止められ、引き返したが、片腕を突き上げ、自分のミスを自分で取り返した事を誇示する。

「神原君の投球は悪くないんです。球は多少高めですが、走っています。が、それよりも新玉東打線に勢いがあるという事でしょうね」

トランポリンでもするかのようにソファで跳ねていた二人が、ふっと動きを止める。

「見ろ、文ちゃんが出てくる」

「次、打つんだ、集中して見ようぜ」

二人そろってしゃがみこみ、ソファの上で両足を抱えこんだ。

「文ちゃん、頑張れ」

「ホームランしか期待してないぞ」

打席に立った文武は、スタンスを大きく取り、曲げた右足に体重を溜めると、全身を使ってバットを振り抜く。

「ファール。17番大木、きれいなフォームです」

「マウンドに立っている時もそうでしたが、姿が絵になる選手ですね。すらっとしていて爽《さわ》やかで、直向《ひたむ》きな感じがして、いかにも高校球児ですよ」

的を射ているとは言い難《がた》かったが、本人が聞いたら、どれほど得意になるだろう。鼻高々で、止めどなく調子に乗る様が目に見えるようだった。

「第二球、投げた、直球」

文武はこれを強打、ライナー性のヒットを右翼線に飛ばした。

「二塁打か。いや足が速い、速い。二塁を回る。あっと右翼手、送球しようとしてこぼした。大木君は三塁を回る。捕手が返ってくるボールをジャンピングキャッチ。大木君、滑り込む。クロスプレー、判定は」

テレビを見つめたまま、三人で息を呑む。居間の空気がゼリーのように固体化した。

「セーフ。大木君、ランニングホームランです。新玉東、さらに二点を返しました」

天舟と龍舟が飛びつき、抱き合って背中を叩き合った。

「文ちゃん、よくやった」

大きく息を吐きながらサイドテーブルを振り返り、そこに陣取っているミントに目配せを送る。葉がザワッと反応した。

「新玉東の大木君、強打と足で稼ぎました。手元の資料では、大木君は五十メートル走六秒台だそうです。陸上部に所属していた事もあったとか。さぁ、1点を追う展開になりました。新玉東、ノーアウト、ランナーなし。ここは一気に攻めたいところです。あ、天王寺学院和歌山、イニングの途中ですが、投手を替えるようです。出てくるのは」

「鹿島《かじま》健《けん》人《と》君ですね」

背番号1を背負った中背の選手がマウンドに向かう。テレビ画面に表示されたその名前を、どこかで見たような気がした。

「天王寺学園和歌山の至宝、中学時代から日の丸を背負ってきたプロ注目のエースです。早い登場ですね」

「監督としては、試合が動く7、8回まで取っておきたかったんでしょうが、流れが新玉東にいってますし、一発出れば同点ですからね。早く断ち切った方がいいとの判断でしょう」

天舟も龍舟も険しい顔になり、遂に登場したエースを見つめる。せっかくの攻撃チャンスを蹴散らされるのではないかと心配している気持ちがありありと感じられた。

「鹿島君は右腕、１４０キロ後半の直球に加えて鋭い変化球を持ち、制球力も抜群で、マウンドさばきも評価されています。力でも技でも勝負でき、打率は五割六分三厘という強打者。昨年の夏秋、チームを牽引してきました」

投球練習を終える鹿島のアップを見つめる。どことなく柔らかな品のいい顔立ちで、ただ目だけに頑とした孤独な光があった。一騎当千の兵《つわもの》という感じを漂わせている。

「エースで主将、野球部自体がチーム鹿島と呼ばれているそうですが、本人はこの甲子園を最後に部活から引退、受験勉強に専念するそうですよ」

「じゃ夏は出ないんですか。勇断ですね」

「天王寺学院和歌山内外では、思い留まらせろという声が大きいようですが、本人は、ビジネス界で活躍している元甲子園球児の父親を尊敬していて、自分も同じ道を歩きたいと思っているようです」

その名前をどこで目にしたのか思い出した。昨年末、全国模試総合のトップから二十位までの名前が発表された時、中に入っていたのだった。片山と同様、飛び抜けた文武両道タイプは全国の随所にいるらしい。エースナンバーを背負いながら夏の甲子園前に野球から退くという決断は、多様な価値観を持っていてこそできるものだろう。そんな所もよく似ている。片山を見る思いで、その投球フォームを見つめた。

「セットから第一球、投げました」

手からボールが離れたとたん、うなりを上げんばかりの直球になる。捕手のミットに突き刺さるように収まった。

「ストライク、内角直球です」

「１４９キロが出ましたねぇ。スタンドがざわめいています」

厳しいコースの直球に、90キロ台のカーブを織り交ぜる巧みな投球で、二球のボールを挟み、あっさり三振を取った。中継担当者がうなる。

「新玉東、チャンスでしたが、打ちあぐねましたね」

「鹿島君は真っ直ぐも速いし、変化球にも切れがあります。直球の甘い球を待って叩くしかないでしょうが、果たして甘くくるかどうか」

次の打者も三球で仕留められ、次がフライに打ち取られて新玉東の攻撃が終わる。

「天王寺学院和歌山、1点をリードして2回表の攻撃に移ります。打席は9番中本《なかもと》君から」

「ここで塁に出て上位打線に回したいところですが、新玉東の大木君の調子が上がっていますから、慎重な球の見極めが必要でしょうね」

解説者の言葉通り、2回表は文武と栗林が、1番打者後藤を含む三人を早々に片づけた。

「新玉東のバッテリーは、投球のペースが非常に速いですね。サイン交換も短いですし」

おそらくごく簡単な事しか決めてないのだろう。複雑なサインを作っても文武が覚えられず、逆に混乱しかねない。とにかく栗林が構えた所に投げればいいという事になっているのかも知れなかった。

「栗林君の配球に、大木君が首を横に振る様子も全くありません」

そもそも文武に、自分で配球を組み立てようという気持ちがあるのだろうか。栗林のリードに従っていれば問題ないと、気楽に考えているような気がしないでもない。

「事前の話し合いが充分なんでしょうね。お互いに信頼し合っているんですよ」

天舟と龍舟が溜め息をついた。

「きれーにまとめたよな」

「さすが、しゃべりで飯食ってるアナウンサー」

２回の裏を迎え、新玉東の打者が打席に入る。先ほど文武が天王寺学院の攻撃を三人で終わらせたように、今度は鹿島が、ゴロと三振、フライで速やかに三者を打ち取った。

「最後の球は、栗林君、打たされましたねぇ。小技がうまい選手なんですが」

「あのコースに来ると、どうしても手が出てしまうんですよ。気持ちはよくわかります」

スコアボードにゼロが連なると、天舟も龍舟も退屈したらしく、ソファから立ち上がった。

「超つまんね。俺、探検してくる」

「俺も。文ちゃん出たら、呼んで」

二人で庭に出ていく。和典も立ち上がり、視界の端に画像を映しながらミントに水をやったり、テレビを見やすいように鉢の位置を変えたりした。

「上杉ぃ、ここら辺の噴水、全部ひねって水出してもいいか」

返事をする前に派手な水音が聞こえ、はしゃいだ声が響き渡る。それを耳にしていると、小学生だった頃が思い出された。水が予想外の方向に飛んだり、あふれ出たりするのを見るだけで楽しかった。毎日が刺激的で、朝がくるたびに今日は何が起こるのかとワクワクしていた気がする。流れていく時間の中で摩耗してしまったその快活さが、今かすかに立ち上ってきて胸に広がった。自分も水遊びに加わろうかという気にすらなる。

「さぁ3回表、天王寺学院和歌山の攻撃です。3番小松《こまつ》君から」

「次に強打の鹿島君が控えてますからね。天王寺学院としては、何としても塁に出ておきたいところでしょう」

急いで天舟と龍舟を呼び込む。

「大木君、セットポジションから初球、ストライク。今のはスライダー、いやカットボールですか」

「スライダーでしょう。普通、横に曲がるんですが、ほとんど縦に曲がってましたね。あれは打ちにくい」

そのまま三球三振に仕留めた。

「鹿島君が打席に入ります。両校、投手対決です」

「強打者を迎えると、投手としてはどうしても力が入ります。コントロールに狂いが出がちですね」

二人が、ブンブンと首を横に振る。

「文ちゃんに限って、それはない」

「そのくらいの神経持ってたら、俺たち家族は苦労してない」

文武が腕を大きく振り、長身から投げ下ろす。威力のあるボールが走り、これを鹿島は手許《てもと》ギリギリまで引き付け、体を後ろに残して痛打した。

「外角へのスライダー、逆らわず逆方向にはじき飛ばした、うまいっ」

一塁手と二塁手の間を抜くライナー性の打球を、右翼手が追いかけている間に、鹿島は二塁へ向かう。

「天王寺学院、ワンナウト二塁」

スタンドで、炎の色をしたメガホンが打ち鳴らされる。

「ここで追加点を入れられるか。５番打者、沖田《おきた》君。バントの構えです」

「大木君は落ち着いて、内角への直球と外角へのスライダーで緩急をつけ、的を絞らせないようにしたいところですね」

文武が、セットポジションから第一球を投げる。

「沖田君、素早くバントからヒッティングに変え、打った。高く上がりました、レフト片手を上げて前進、取った。ツーアウト」

次の打者は、外角低めのスライダーで追い込み、最後はバックスピンのかかった直球でバットに空を切らせた。

「スリーアウト、鹿島君、残塁です」

「惜しいチャンスでしたが、ここは抑え切った大木君をほめるべきでしょうね。素晴らしい投球でした」

３回裏に入る。

「打順は、１回裏にホームランを放った主将峰村君から」

「鹿島君としては内角に投げてファウルを打たせ、ストライクを先行させるのがいいでしょうね」

内角低めの直球が、二度ファールとなる。三球目は峰村が力任せに強打し、強烈なライナー性の打球となった。

「いい当たりです」

だが遊撃手の正面に飛び、ダイレクトに捕球される。

「鹿島君、正面に打たせましたね。技ありの投球ぶりです」

そういう事もできるのかと驚いた。次の打者宗方も、変化球にタイミングを崩され、右翼方向へのフライに倒れる。

「四番打者、大木君を迎えます。さぁ再びの投手対決。先ほどは鹿島君に軍配が上がりましたが、今度はどうでしょうか」

二度目の打順を迎えた文武は、誰がどう見ても打つ気満々の顔で、バットを手に打席に向かう。途中で栗林に止められ、何やら指示を受けた。頷いて打席に入ると、間もなく初球が飛んでくる。文武は構えたまま、彫像のように動かなかった。

「初球、ストライク。チェンジアップ、見逃しましたね」

「様子を見たんでしょう」

栗林の考えだろう。監督の意向かも知れなかった。

「第二球、打ち上げました。切れます、ファール。捕手がマスクを捨てて追いかけますが、捕球できません」

「大木君は、打つ気できてますからね。まともにインコースを投げて甘く入ると持っていかれます。際どく投げるか、外でしょうね」

解説者の話の間に三球目が打たれ、左翼線を割る。次も一塁側スタンドに入るファール、さらに捕手の足元にからまるファール、バックネットの一番高い所を直撃するファールと続いた。

「十二球目、これもファールです」

鹿島が汗をぬぐう。それを見ながら文武は淡々と、表情も変えずにファールを打ち続けた。マウンドに立っている時と同様のポーカーフェイス、肩から入り全身の伸びを乗せて振り飛ばす力のこもったスイングだった。

「ファール、十四球目です」

これも作戦なのだろうか。

「ファール、十六球目」

天舟と龍舟が半ば呆れたような、半ば喜んでいるような微妙な笑みを浮かべる。

「文ちゃんは、一つの事だけやらせたら強いからなぁ。どこまででもやる」

「普通、疲れたり飽きたりするんだけど、それが全然ないんだよな」

慣性の法則によれば、物体は、外からの力を受けない限り、現状を保ち続けようとする性質がある。運動方程式にすると、ｍａ＝ＦにおいてＦ＝０の場合だった。では文武は物体なのか。まぁ人間そのものが、ある意味、物体と言えなくもない。

「けど、このままファールばっか打ってても、お互いに疲れるだけで、意味なくね」

「体力勝負なら、文ちゃんが勝つ」

「狙ってる球とか、あるのかな」

「ほぼ、なんも考えてないと思う。球が来るから、全力で打ってるだけ」

いや、きっと考えている。片山に言われた言葉の中で、おそらく唯一、覚えている「おまえにはできる」を考えているはずだ。それにすがるような思いでいるのかも知れない。

「ファール、十八球目。鹿島君に球数を投げさせようという事でしょうか」

「いやファールでしのいで、甘いボールを待っているんでしょう。ファールでも続けば、タイミングが合ってきますからね」

天舟と龍舟が口をそろえて叫んだ。

「違《ちげ》ぇよ」

「おまえら、文ちゃんをわかってない。そんな事考えられる頭、ねーって」

カメラがパンし、内外野スタンドを映す。苦笑いの応援者が多く、指を折って数えている観戦客もいた。

「これだけ続くと投手の方は、かなり疲れが出ます。鹿島君は一球一球、全力で投げてますしね。どうしても球が上がってきますね」

その瞬間だった。

「打った。明らかに芯でとらえた音。大きい、伸びていく。ライトフライか、フェンスを直撃か、いや、わずかに越えました。入った、同点ホームラン」

既に二、三塁間を走っていた文武が腕を突き上げる。速度を落として三塁ベースを踏むと、ホームに向かった。

「大木君、二打席連続ホームランです。新玉東、同点っ」

「この1点の意味は、大きいですね。チームに勢いが出ますよ」

「中学の卒業文集に書いた大木君の将来の夢は、消防士だそうです。理由は、人を助けたいから。ここでチームを助けました」

マウンドから文武を見ていた鹿島が片手で帽子を取り、ホームベースを踏む背中に向かって深々と一礼する。

「ああ鹿島君、脱帽しています」

「いかにも高校球児らしいですねぇ。いい光景です、美しい」

だが文武は見ていなかった。得意満面の表情で、ベンチから飛び出してきた仲間たちに取り囲まれている。栗林に指差されて振り返ったが、その時には鹿島はもう内野手の方に向き直っており、文武は訳がわからない様子だった。

「いやぁ高校球児、甲子園、素晴らしいですね」

高校球児なら、誰もが素晴らしい訳ではない。ＳＮＳには、サインを盗んだり、ブラスバンドの爆音を相手側の選手に向けてプレーの妨害を図った高校名などが挙げられていた。ごく最近は、厚意で送ってもらった甲子園の土の入ったキーホルダーをネットオークションに出した選手も複数いる。鹿島個人に向けるべき賛辞を高校球児や甲子園にまで広げてしまうのは、解説者自身がそれを美しいと信じ切っているからだろう。昭和の匂いを感じないでもなかった。

「これで大木君の夢は、野球選手に変わるかも知れませんね。さて同点に並んだ新玉東校、ツーアウトです。ここで逆転なるか」

　期待をこめて見つめていたが、文武の後ろの下位打線三人は、最初の二人が塁に出たものの、三人目の試みたセーフティバントをキャッチした遊撃手が二塁に送り、さらに二塁手が一直線を描く送球で一塁に送った。賞賛と感嘆の拍手で、甲子園がわき返る。

「守備でも見せます、天王寺学院和歌山」

「いやぁ攻守、巧みですねぇ。甲子園常連校の実力を見せつけられた気がします」

　一瞬にして片づけられ、新玉東の誰もが衝撃を隠せなかった。ただ文武だけが、先ほどの本塁打の余韻を抱きしめているらしく、今まで以上に調子に乗っている。その勢いで天王寺学院下位打線を翻弄、三者凡退にした。

「大木君、力のこもった投球です。どこからでも攻撃可能と言われる天王寺学院の強力打線を、見事に沈黙させました」

「大木君に関するデータがなかった事も理由でしょうが、それだけでなくチームの悪い所が出ているんでしょうね。事前インタビューで天王寺学院前川監督は、春夏の甲子園ベスト４で選手たちが自信を持ちすぎ、同点での競り合いや相手のペースに持ち込まれそうな試合に我慢ができなくなっている、そういう展開ではイラついたり、あせったりして自分たちのリズムを崩し、取り戻すのが非常に難しい、これが今の一番の課題、と言っていましたからね」

甲子園を経験した主力の多くが残っているという事は、いい面ばかりではないようだった。

「しかし、まだ中盤ですし、機動力のあるチームですから、これがこのまま続くとは思われません。天王寺打線の目も大木君の球に慣れていきますし、タイミングも徐々に合ってきます。終盤は動くでしょう。特に7、8回あたりですね。疲れがたまって球威が落ちたり、緊張がゆるんで、ちょっとした感覚の狂いが出てくる回です」

カメラが映し出す天王寺学院ダッグアウトでは、選手が試合を見ながらしきりにスコア表をつけている。各打者の打球方向の傾向などを情報収集し、作戦を練って攻略にかかろうというのだろう。分析される側としては、不気味な事この上なかった。

4

文武の投球は、次第に天王寺学院のバットに当たり始める。

「またも三塁ゴロ。取りました。スリーアウト。スコアは動きません。6回表からこの7回表、天王寺打線は一塁ゴロ、三塁ゴロが多いですね」

「ボールが低くてコースを突いているからですよ。それを強振するとゴロになります。しかし確実に当たり出していますからね、一球でも浮いたら最後、打線爆発でしょう。とにかく低めに抑えていくしかないですね」

幸いなのは、文武に疲れた様子が見えない事だった。汗もほとんどかいていない。対する鹿島は、しきりに腕で額を拭っていた。攻守の交代で、カメラが映した新玉東の選手たちの顔も火照《ほて》り、汗が光っている。ただ文武だけが飄々《ひょうひょう》としていた。

攻撃に回った7回裏、新玉東の先頭打者が出塁、続く打者もセーフティバントを決め、球場内に突如、逆転ムードが漂う。

「さぁ新玉東、走者を返す事ができるか。ああ天王寺学院、投手を交代させますね。鹿島君、右脹脛《ふくらはぎ》当たりを押さえています。アイシングスプレーを持った控え選手が駆け寄っていく」

「攣《つ》ったのかも知れませんね。5回表あたりから疲れが見えていましたからねぇ。球も浮き気味でした。やはり大木君を相手にした3回裏の連続ファールがきつかったんでしょう」

新しい投手は、背番号10だった。投球練習のボールが捕手のミットで重い音を立てる。

「背番号10番、古賀《こが》良平《りょうへい》君。八種類の変化球を持っていて、中でも得意なのはカーブだそうです。彼の父親は、元ヤフルトの左腕、古賀逸樹《いつき》です。顔にも面影がありますが、カーブを得意とするという所も似ていますね」

「こういう投手が継投で出てくるところに強豪校の投手層の厚さを感じますねぇ。投球練習場には、次の投手の姿も見られますし」

打順は一番に戻り、栗林だった。新玉東も、ソフトやギガソードを使って天王寺学院投手の球種を分析、対策を練ってきているはずで、栗林は外角低めのカーブを見送り、ファールをいくつか打って追い込まれてから内角直球をさばいて右翼手前へのヒットとした。なんとしても出塁しようとの強い意志の感じられる一打だった。

「新玉東、ノーアウト満塁です」

　球場内の空気が張りつめ、三塁側のアルプススタンドで流汗淋漓《りゅうかんりんり》の応援団が声を張り上げる。

「打席には、初回にホームランを放った主将峰村君が入りました。古賀君、セットポジションから投げた。初球打ち」

　遊撃手が飛び付いて取ると即、三塁に送球、戻ろうとしていた三塁走者を仕留めた。

「ダブルプレー、新玉東ツーアウト、一、二塁」

「難しい打球でしたが、よく取りましたね」

　次の打者、宗方が打席に入る。天王寺学院の新バッテリーは、慎重なサイン交換を行った。それを見ながら内外野が守備位置を変えていく。遊撃手が前進、二塁手が下がってベース寄りに歩み寄った。

「外角に来る球を左に打たせて得点を阻止しようとする構えですね」

　緊張感の中で静かにジリジリと守備全体が動いていく。まるで獲物を狙って身構える一匹の大きな獣のようだった。

「初球、空振り。今のは、手元で小さく曲がりましたね」

「少し内側に食い込みましたからカットボールでしょう。宗方君としては低い変化球に手を出さず、甘めの直球を待った方がいいでしょうね」

　その話が聞こえるはずもなく、宗方は低いチェンジアップに誘われてバットを振り、さらにカーブで空振りして三振に倒れた。新玉東のスタンドに失意が走り、期待と緊張を切り崩す。

「スリーアウト、新玉東、逆転のチャンスを逃しました。いやぁ古賀君、素晴らしいカーブでしたね」

「ゆるいんですが、あの球にタイミングを合わせるのは難しい。古賀君の腕の振りが大きいんで、球も少し遅れて出てくる感じになりますし、投球に踏み出す時に独特の間があって合わせづらいんです。これまで同じ球種の球を一つも投げず、打者に狙いを絞らせない配球も素晴らしい」

イニングが変わる。8回表となり、新玉東が守備位置に着いた。打者を迎えようとしたその時、突如、雪崩れ落ちるような大音響が球場の空気を突き動かす。

「ああ天王寺学院和歌山の名物、勝利太鼓が始まりました」

大写しになった応援席で、並べられた十数個の樽《たる》形の和太鼓が連打されている。それぞれがひと抱えほどもある大きさだった。打音が共鳴し、雷のように響き渡る。観客はもちろん選手たちまで気を呑まれ、目を奪われていた。

その音が一瞬止まり、直後、地の底から這《は》い上がるような低く重い低音に変わる。応援席の上部、グラウンドを睥睨する位置に置かれた二メートルほどもある大太鼓が、ゆっくりと打たれ始めていた。

「南北朝時代、合戦時に打ち鳴らされた太鼓を復元したものだそうです。神通力《じんずうりき》を持つといわれ、猛攻の合図だとか」

ゆっくりとしたリズムが次第に間合いを詰め、速くなっていく。体を揺るがすようなその重い響きを聞いていると、自分の内の気力が根こそぎ誘い出され、音の中に吸収されて持ち去られていくかのようだった。

「勝利太鼓は、その伝説通り、天王寺学院和歌山に勝利をもたらすのでしょうか。さぁ攻撃開始です」

初めの打者が文武の直球を狙い打ちし、一塁に出る。次の打者が空振りをしている間に盗塁した。これを見て勢いづいた打者は、左中間を破るツーベースヒットを打ち、またたく間に二塁、三塁となる。太鼓の音がしきりに気炎を揚げた。

「当たり出しましたね。天王寺学院和歌山は、大木君の直球に狙いを絞ったようです」

「当初、大木君はデータのない投手でした。天王寺学院和歌山側は、この試合中に情報を集め、分析したんでしょう。全員、本塁ベースのギリギリに立っていますよ。これでは大木君もインコースに投げにくい。どうしても真ん中か外になります。内角潰しですね」

天舟と龍舟が、たまらないといったような声を上げる。

「文ちゃん負けるな。体に当たってもいい、許す。気にせずに投げろ」

「そうだ、気にしないのは超得意じゃないか」

次の打者が直球を芯でとらえ、三遊間に流し打った。

「天王寺学院、猛攻。三連打」

左翼手がボールを取っている間に、走者はホームへ。栗林が両手を上げ、叫びたててボールを要求したが、悠々とホームインされた。

「1点勝ち越し。天王寺学院、6点。均衡を破って先行しました。すでに8回表、これが勝利への大きな一歩となるか」

太鼓の音がひときわ高まる。けたたましく空気を振動させ、球場に満ちあふれた。震撼《しんかん》する動物の体内に呑み込まれたかのような、落ち着かない気分になる。

「なおノーアウト一、三塁、攻撃のチャンスが続きます」

瞬間、マウンド上で文武がしゃがみこんだ。頭を抱え込み、丸くなる。以前、能力テストの際に見せたと同じ奇態だった。

「あ、ダンゴ虫化した」

「出たっ、文ちゃんの逃避行動」

二度目といえども、自分の目が信じられない。全国大会の真っ最中に、こうなるとは思いもしなかった。

「初めてみる人は、驚くだろうなぁ」

頼ってきた直球が三球続けて痛打され、自分自身が打ち崩されてしまったかのように感じたのだろう。ここまで培ってきた自信が、一気に崩壊したのに違いない。

この姿がテレビを通じ全国に流れていると思うと、こちらも頭を抱えたくなった。そればかりではない。このままでは試合続行の意思がないと判断される。投手がいなければ没収試合となり、9対0のスコアで敗北が決定するのだった。

「大木君、体調不良でしょうか」

「丸まっていますから、背中でも攣ったのかも知れませんね」

太鼓の音が殷々《いんいん》と続く中、栗林が文武に駆け寄る。その手から黒いグラブを取り上げ、頭にかぶせた。何やら話しかけ、天に向けて親指を突き上げる。文武もおずおずと顔を上げ、大空に視線をさ迷わせた。その顔をカメラが大写しにする。親にはぐれた幼児のようだった。取りすがるものを捜している。

哀しくなるほど必死なその目に胸を突かれ、言葉が出なかった。ここまで文武を引っ張り出してきたのは間違いだったのではないかと思えてくる。片山は言っていた、それにはそれなりの楽しみがあると。では文武にどんな楽しみがあったというのか。

部内でオミットされ、辛《かろ》うじて認められてからもきつい練習で毎日眠い思いをし、やっと持てた自信もここで打ち砕かれ、こんな目をしてしゃがみこんでいる。

それに加担してきた責任を感じ、息が詰まった。片山が望んでいたのは、本当にこれだったのか。自分はどこかで考え違いをしたのではないか。

太鼓の連打に対峙《たいじ》するようにアルプススタンドから声が上がる。最初ははっきりしなかった言葉が、やがて合唱のようにまとまって大きくなった。

「頑張れ、ブラックサンダー、復活復活ブラックサンダー」

球審が走り寄っていく。試合の中断を咎《とが》めてか、あるいは投手の体調を心配してか。二人でしばし顔を突き合わせていたが、やがてグラブを頭から引きずり下ろした文武が立ち上がった。

「大木君、立ちました。大丈夫のようです。グラブをはめています」

拍手が起こり、それが手拍子に変わる。スタンドで湧いていたブラックサンダーコールが勢いを増し、外野席の方にまで広がっていった。先ほど紹介された片山の名前や投球振りを知っている人々が追悼の気持ちを込めているのだろうか。あるいは甲子園常連校にリードされている初出場校への贔屓か。

膝の上で、両指を祈りの形に組み合わせる。幼稚園の時に通っていた日曜学校以来の事だった。神通力の太鼓vs.カソリックの祈禱《きとう》というのは、いい勝負かも知れない。そう考えながら片山の魂に、文武への助力を願おうとした。

その寸前で、思い止《とど》まる。自分自身も助けられなかった片山に、そんな力はないだろう。それがあるとすれば、片山が心血を注いだ文武自身の中に、既に植え付けられているはずだ。文武がその力に気付く事を願い、両手に力をこめる。

球審と栗林がそれぞれの位置に戻り、合唱はますます大きくなった。球場を包んで太鼓の音ともつれ合う。

「さぁ試合再開のようです。天王寺学院、突き放せるか。打者、打席に入りました。大木君、セットポジションから、投げた」

力のこもったバットが空を切る。栗林がボールを受け損ね、あわてて両膝を突いて腿《もも》で押さえた。

「栗林君、驚いた様子ですね。ミットを構えた所に来なかったようです。逆でしたか」

「いえ、そうじゃありません。けど、なぜか取れませんでしたね」

「こちらからは落ちたように見えましたが」

「スライダーでした。直球を狙われていましたから、スライダー中心に組み立てようという話がバッテリー間で決まったんでしょう。それにしてもこれまで大木君のスライダーは縦でした。今のは横ですよ。二種持っていたんですかね」

栗林が取り損ねそうになったのだから、予想外の変化だったのだろう。

「大木君、二球目。打者これも空振り。あ、栗林君、後逸しました。三塁ランナー、ホームに走る。追加点入るか」

あわててボールを拾った栗林が、ランナーに手を伸ばす。

「判定は」

時間が止まったかのような球場に、球審の声が響いた。

「アウト」

スタンドや観客席から、いっせいに溜め息が漏れる。新玉東の応援団が声を張り上げ始めた。

「大木君、三球目、投げました。打者またも空振り三振。おっと二塁走者、飛び出している。三塁送球。走者、あわてて戻る。ボールは二塁に。挟まれた、タッチアウト。ダブルプレー、天王寺学院和歌山、追加点ならず」

どよめきが球場を揺らした。

「新玉東、しのぎました。捕手の栗林君まで処理に戸惑うようなボールでしたが」

「これまで見せた事のない球種ですね。基本的には横のスライダーなんですが、ストライクゾーン高めを進んできて、打者の手元で鋭く沈み、一気にボールゾーンに突っ込むボールです。ストライクに見えているから、どうしてもバットが出てしまうんですが、あれに手を出してはダメです。絶対に当たらない。魔のスライダーですよ」

　天舟と龍舟が感極まった声を出す。

「ガチすげぇ、文ちゃん、魔球使いになった」

「ヘンゲだ、追いつめられてヘンゲした」

　カメラは、ダッグアウトに入っていく文武をとらえている。控え選手たちから肩を叩かれ、段原に握手を求められていい笑顔を見せた。自信を取り戻したらしく口笛でも吹きそうな所《ところ》得《え》顔《がお》で、渡されたペットボトルの蓋をねじ切っている。胸をなで下ろしつつ、硬く握りしめていた両手を解いた。

　栗林がそばに寄って話しかけ、文武は片手を出してボールの握りを説明している。自分でも首を傾げている所を見ると、投げたボールを正確に把握できていないのだろう。栗林は文武の手首をつかみ、掌をあちらこちらに向けたり、指の開き方を変えたりしてしきりに何か教えていた。やがて立ち上がり、左右に体重を移動させて見せる。文武は頷き、熱心に聞き入っていた。

「8回裏、新玉東、1点を追っての攻撃です」

　ダッグアウトで段原が腕を開いて選手たちの注意を引き、人指し指を立てる。手首を叩き、指先をグラウンドの中央に向けてそれを地面近くまで下げた。

「段原監督、どういう指示でしょうか」

「手元まで引き付けてからセンターに低く打てという事でしょう。二遊間は一番広く空いていますから、ヒットになりやすい。大振りを避け、低い打球でつなげば確実に点に結び付けられます。初めの一本指は、何を指しているのかわかりませんが」

それは、新玉東の攻撃が始まるとすぐ明らかになった。打席に立つ選手が皆、一球目を見送る。二球目から積極的に打って出た。

「一球目をウェイティングして、球筋をよく見ろ、という指示ですね。古賀君の投球が非常にいいですから、これを攻略しないと動きが取れないとの判断でしょう。この回と最終回裏の攻撃を確実に実らせようとのゲームプランだと思います」

解説者の最初の読み通り、皆がとにかく正面に打った。明らかなボール球を除き、どんな球種も引き付けて打ち返す。走者を二塁まで進めたが、得点には結びつかず、攻撃は四人で終わった。

「さぁ最終イニング、9回の表に入ります。天王寺学院和歌山、1点をリードしたまま最後の攻撃」

守備に散っていく誰の顔にも、焦《あせ》りが見える。ただ文武だけが恬然《てんぜん》としていた。

「文ちゃん、意外に落ち着いてるよな」

「なんも考えてないだけだって」

栗林と話し、再びボールの握りを確認してからマウンドに向かう。

「事前の前川監督の談話では、先行逃げ切りという事でしたが、その通りの展開になってきましたね。できればここで追加点を入れ、安心したいところです」

　投球は狙われている直球を避け、スライダー中心だった。先ほどの栗林の指導によってか、解説者に魔のスライダーと呼ばれた球の逆も投げる。アウトコース高めの軌道を走り、ボール球のように見えながら打者の手元でスッと落ちてストライクゾーンに収まった。

「１３５キロのスライダー。うーん、バットが出ない。打てません」

　天舟と龍舟が、手を打って大喜びする。

「よっしゃぁ、文ちゃん、そのままいけ」

「抑え込んで、裏で反撃だ」

　同じコースを二度投げ、三球目を魔のスライダーで空振りさせてワンナウトを取った。

「大木君、三球で終わらせました」

「素晴らしいペースですね。ただ天王寺打線は、数球見ればタイミングを合わせてきます。栗林君の配球に期待したいところです」

　打ち取られた打者がダッグアウトに引き上げていく。途中ですれ違った二人目の打者の足を止め、素早く言葉をかけた。打者は深く頷き、打席に入る。

「大木君、第一球」

　同じスライダーを投げ、今度はバットに当たってファールとなる。

「当ててきましたね」

「タイミングを計っているところでしょう。これがきちんと当たるようになると恐いですよ」

栗林も同じ事を考えていたらしく、何度かファールを打たれた後、球種を変えた。

「大木君、投げた、直球です、打った。痛烈な当たり、二遊間」

遊撃手が飛びつき、送球するものの、わずかに間に合わなかった。

「変化球を見せた後の角度のある直球でしたが、天王寺打線、見逃しません。速い球に振り負けない見事なヒット」

三人目の打者が立つ。ストライクゾーンに収まるスライダーには積極的にバットを出し、しきりにファールを打ち上げた。ボールゾーンに落ちる魔のスライダーに対しては微動もせずに無視、振らなくなっていく。栗林は直球を打たれるのを恐れているらしく、それを避けた配球で、結局四球を与えた。

「ワンナウト、一塁二塁です」

打席に立った四人目に、二球目を投げたとたん、走者二人が同時に盗塁した。

「ダブルスティール。天王寺学院和歌山、機動力全開です。得点圏に走者を置き、一死二塁三塁。ここで追加点を挙げ、突き放せるか。打席に入るのは、初回にホームランを打った強打者、後藤純平君」

これ以上ないほどの好タイミングに、舌打ちする。

「ホームラン出たら、3点追加だぜ」

「いや、それだけじゃすまんだろ。まだワンナウトだ」

ただただ文武の強運を心頼みにするしかない。

「大木君、投げました、打った、強い当たり。大木君の足元を抜けた」

とっさに文武が飛び付く。横倒れになりながらグラブの中に収めた。

「いや取った、大木君、ワンバウンドで取りました」

その体勢のままホームに投げようとしたが、三塁ランナーは栗林のすぐ前まで迫っていた。文武は間髪を入れず振り向き、一塁に投げる。

「一塁アウト」

拳を握り、しゃぁと叫んでいる文武の顔が映った。味方のベンチに向かい、片手を突き出して誰かを指さす。カメラがとらえたのは、エースナンバーを背負う唐沢だった。最初の一球を後藤純平にフィールド外に運ばれ、すっかりペースを崩した唐沢に、打ち取ったぞと伝えたかったのだろう。

「遊撃手も出ていましたが、大木君、好プレーで処理しました」

気分を良くしたらしく、余裕の素振りでロジンバッグを握っている。自分の防戦に満足するあまり、一人が生還してリードを広げられた事に注意が向いていないようだった。こんな太平楽状態で最後まで締められるのかと不安になる。

「次の打者金沢君、打席に入ります。大木君、投げた。初球打ち。上がりました。大きい、左中間、伸びていく。前進していた左翼手矢野君、追っていく。ボールを仰ぎつつ、足を止めた」

大写しになったのは、片山の葬儀の日に栗林をなだめていた顔だった。

「矢野君の頭上をボールが通過、見送りか。いや矢野君、背走、なお打球を追います。グラブを伸ばしながらフェンスに激突、はね返され、よろけて顔からグラウンドに突っ込んだ。ボールは」

　息を呑み、画面のどこかに転がっているのかも知れないボールを捜す。

「つかんでいます、グラブの中。今、その手を高々と上げました」

　大歓声が上がった。

「これ以上1点もやらん、という気持ちがほとばしるようなプレーでした。矢野君は、捕手の栗林君と仲がいいそうです。栗林君の激闘ぶりを見ていて、自分も全力でいかねばと思っていたんでしょう」

「いかにも高校野球らしい素晴らしい捕球でしたね」

「この勢いは、次の攻撃につながっていきますか」

「もちろんですよ。前川監督の戦術通り、逃げ切れるか、段原監督の作戦が実を結び逆転なるか。面白くなってきましたね」

5

「9回表を終わり、天王寺学院和歌山1点を追加、新玉東、2点を追う最後の攻撃に移ります」

　打順は8番、先ほど好守備を見せた矢野からだった。満場の期待を集めつつ打席に入り、ひたすらセンターを狙う。コンパクトに振り抜いてセンター前ヒットとし、一塁に出た。

「よし、これで上位打線まで回る」

「うまくいけば、文ちゃんまでいけるぞ」

逆転を図るのなら、三人がホームを踏まなければならない。長打か、それとも単打を積み重ねるか。

「打者、9番岩崎《いわさき》君、三塁手です」

初球は、内角に食い込むスプリットだった。出したバットの上をかする。

「チップ、ファールです」

ファールを連発して粘《ねば》りつつ、仕留めに来た直球をセンターに弾き返した。きれいなヒットとは言い難かったが、それでも塁に出る。

「ノーアウト一、二塁。新玉東、同点のランナーを出しました」

打順は1番に戻り、栗林がバットを振り回しながら打席に入る。バントの構えを見せたが、ボールが来るとヒッティングに切り替え、低めの球を掬い上げるように引っ張った。高く上がったボールは右中間の一番深い所まで飛び、右翼手のグラブに収まる。それを見て二人の走者がそれぞれ進塁した。

「犠牲フライ。新玉東校ワンナウト、二塁三塁。ここで主将峰村君に打席が回ります」

「いい形ですね。スコアリングポジションに走者を置いて攻められるかどうかが勝敗の分かれ目になりますから」

皆の注目を集めた峰村は、肩に力が入ったのか、カットボールで空振りし、それを気にしたようで慎重を期し、次の球を見送ったが、これがストライクになった。

「あーあ、何やってんだよ」

「キャプテンだろ、トロトロしてんじゃねーよ」

気ままに吐き散らす二人を見ながら、張子の虎だの、ノミの心臓だのと言っていた文武の言葉を思い出す。なまじ体が大きいだけに、勝手に期待され、それが外れると余計な非難を受けるのは気の毒というしかなかった。これまでも、そしてこれからの人生も同様の目に遭うのかも知れない。

「古賀君、投げました。外寄りのツーシーム、打った、シャープな当たり、三遊間。ショート深いところから一塁に投げる。ふくらみのない弾丸送球、一塁手、大きく踏み出してキャッチ。塁審の判定は」

その腕の動きを見定めようとし、肩に力が入る。ここで塁審が両腕を開き、セーフの判定を下せば満塁だった。得点チャンスが広がり、選手の意気も半端なく上がる。大きくなっていく鼓動を聞きながら、セーフであれと念じた。

「セーフ」

天舟と龍舟が、しっかと両手を握り合う。

「よっしゃぁ」

「これで文ちゃんまで回るぞ」

勢いよく背筋を立て直し、二人揃ってテレビと向かい合う。

「今のボールは、ちょっと上がりぎみだったんじゃないですか。力みが入っているんでしょうか」

「古賀君、バランスが悪くなってるんですよ。投球時に腕の振りが遅れ、背中が後ろにもたれかかるような形で、体が一塁側方向に流れていく。それで球が浮くんです」

浮いたそのボールをとらえ、一発長打を狙いたいところだった。そうすれば一気に逆転できる。

「早くバランスを修正しないと、球が高くなるばかりです。打ち込まれますよ」

打席に宗方が入る。よくボールを見極め、ファールで粘りに粘って四球を選び、塁に出た。

「新玉東、満塁。今の出塁は、もったいなかったですね」

「体に入っている力を抜き、指先だけに力を入れる投球を心がけてほしいですね」

打席に文武が姿を見せる。瞬間、アナウンスが流れ、投手の交代を告げた。古賀がマウンドを降り、代わって鹿島が入ってくる。

「天王寺学院、再びエース投入ですね」

「鹿島君にしてみれば、先ほどのリベンジ戦でしょう。今度はどちらが脱帽するんでしょうか」

鹿島はセットポジション、文武はバットを振り上げた。

「鹿島君、力が入っているようですね。最後の春です、ここを突破して優勝まで行きたいでしょう」

18メートル強の距離を置き、四つの瞳が見つめ合う。

「鹿島君、投げた、大木君、動かない。低いスライダー、ワンボール」

「よく見てますね」

段原がしきりにサインを送る。文武は振り返ってそれを確認、再びバットを上げた。

「構えはヒッティングですが、ワンナウト満塁です。ボールが来たら、切り替えてバントでしょうか」

「段原監督は、そう考えているでしょうね」

鹿島が投げる。文武はバントの構えを取らず、全力でバットを振り下ろした。かすったボールが高く上がる。

「ファール。バントの様子を見せません」

「ああ段原監督、出てきましたね」

カメラがダッグアウト前を写した。段原が憤った表情で何やら叫び、その前に立ちはだかった峰村が懸命に押し留めている。

「段原監督、タイムの要請です。16番伝令山田君、大木君に走り寄りました。監督の指示を伝えているようですが、大木君、しきりに首を横に振っています」

「察するに監督の指示は、バントなんでしょう。けれど大木君の方は、勝負に出たいんじゃないですか」

天舟と龍舟が、たまらないといったように叫んだ。

「文ちゃん、ダメだ、監督に逆らうんじゃない」

「そうだ、後でシバかれるぞ」

タイムを計っていた塁審から声が上がり、伝令がしかたなさそうに引き上げていく。文武は再び鹿島と向かい合った。バットを高々と振りかざし、手元をわずかに回しながら待つ。

「あーあ、ダメだ、メッチャ打つ気満々」

文武がそれほど強い意志を持ち、かつ敢行できる事に驚いた。その強さは、今芽生《めば》えたのか。それとも以前から心の奥に埋もれていたのか。片山はそれを知っていたのだろうか。

「鹿島君、三球目投げた。速いスライダー」

文武は大きく空振りする。バットが回った後、体がふらつくほどのフルスイングだった。

「打てる気が全然せんな」

「だから大人しく監督の言う事を聞いてろっちゅうに」

言葉の途中で天舟が、両手で口をおおう。

「俺、今、超重大な事に気が付いた」

目を見開き、強張らせた顔を龍舟に向ける。

「ここで文ちゃんが打って、勝ってみろ。一回戦勝利投手だぞ。家に帰って、どれほど威張るか知れやしない。俺ら当分、奴隷だ。こき使われるぞ。文ちゃんの分の配達はもちろん、風呂掃除とか窓拭きとか食器洗いとか」

龍舟は一瞬、沈黙していたが、すぐに力のこもった目をテレビに向けた。

「頑張れ、天王寺、文ちゃん打つな」

「そうだ、文ちゃん負けろ」

それまで応援していた兄の足を、いきなりすくいにかかった二人に苦笑する。おそらくこれまでに苦い思いをしてきたのだろう。

「鹿島君セットポジションから第四球、投げた。直球１５２キロ」

うなりを上げんばかりに球威のあるそのボールを、文武は手元まで引き付け、踏み込んだ左足に体重を乗せると、全身を使ってバットを振り抜いた。

「打ちました、鋭い当たり。ライト、飛びつく、あっと取れない。転がった。三塁コーチャー、手を振り回す。カバーに入ったセンター、ボールを拾いすぐさまホームに送球、ああ暴投、バックネットを直撃、ゆっくりと落ちてくる。走者一人、二人、三人生還、打った大木君は二塁。新玉東、逆転サヨナラ二塁打、ゲーム終了」

マウンド上で鹿島が、糸の切れたマリオネットのように両膝を突き、そのまま前屈して顔を土に押し付けた。グラブをはめたままの手で頭を抱え込む。うずくまるその体中から、無念さがほとばしった。

「鹿島君、泣き崩れました。立ち上がれません」

新玉東の選手たちは口々に叫び、拳を突き上げながらダッグアウトから飛び出してきて文武に殺到する。もみくちゃにされている文武の両腕を栗林がつかみ、ダッグアウトの方に向けた。そこで段原が仁王立ちになっている。

文武の笑顔に、おびえるような影が広がった。栗林が背中を抱き、否応《いやおう》なく段原の方に連れていく。サインを無視した事を早めに謝らせた方がいいと判断したのだろう。選手たちは誰も、息を詰めて見つめ入った。

段原は、近づいてくる文武と栗林を見ている。緊張した沈黙があたりに満ち、どうなるのかと皆が気を揉《も》んでいた。やがて二人が段原の前に立つ。

段原は無言で両手を上げ、頭上に大きな丸を作って見せた。結果オーライという事らしい。空気が一気にゆるみ、文武は気が抜けたらしくその場にしゃがみ込んだ。それを見ていた選手たちが噴き出す。朗笑が広がっていき、まるでたくさんの花が次々と開いていくかのようだった。

「新玉東、初戦突破。天王寺学院和歌山、春夏春の四強の夢、破れました」泣いている顔が映る。二ノ腕で涙を拭いつつ仲間の肩を抱き、重そうな足取りで本塁に向かっていった。しゃがみこんでいた鹿島に古賀が歩み寄り、抱き起こす。新玉東の選手たちもホームベースを目指して駆け出した。

「新玉東、一回戦突破です。亡き片山選手も喜んでいる事でしょう。両校の選手、最後の整列です」

ホームベースを挟んで並んだ選手たちに、球審が帽子を取り、短く話して一礼する。それに応じて全員が頭を下げた。

「あざっす」

サイレンが鳴り渡る中、応援席に挨拶するために列を崩し、それぞれのアルプススタンドに向かう。鹿島が文武に歩み寄り、声をかけて両手を出した。しっかりと手を握り締める様子をカメラがとらえる。

「鹿島君の春が終わりました。いい顔ですね」

「やり切ったという感じなのでしょう。爽やかですねぇ。野球というスポーツを通し、様々な青春を見る事ができる甲子園は素晴らしい。それに立ち会える我々も、幸せというよりありませんね」


選手の挨拶を受けた双方のアルプススタンドでは、応援団がメガホンを打ち鳴らし、あるいは友人同士が抱き合って涙している。一般席からも健闘を称える拍手が止まなかった。残り火のようなそれらを映し出す画面を見ながら、すっかり夢中になって勝利を追いかけていた自分に気付く。

闘争心を掻き立てられたのだろうか、あるいは勝負事の魔力に引き込まれたのか。いつの間にか心に燃え広がり、他のすべてを焼きつくして忘れさせてしまうような熱い力だった。見ているだけでもそうなのだから、日々練習を重ねる球児がとらわれ、後先考えずに自分の人生を注ぎ込んでしまうのも当たり前かも知れない。


十代で生涯を決定づける刻印を押されるのだ。それは幸せなのだろうか。野球と幸福の関係を数式にしてみる。必要十分条件は、成り立ちそうもなかった。

「あーあ勝っちゃったよ」

「奴隷、決定だな」

床に放り出されていた龍舟のナップザックで着信音が鳴り出す。急いで探り出し、対応してからこちらを見た。

「美香からなんだけど、もうすぐ帰りのバスが出るっていうのに、勝っちゃったからお祖母ちゃんが、このままじゃ帰れない、次の試合も応援する、って言い張ってるんだって。けど金がないから泊まれないし、困ってるみたいなんだ」

ここの部屋は空いている。大木一家と轡小路の何人かなら受け入れられるだろう。皆で手分けして食事を作れば、ケータリングの費用がかさんで伯父に迷惑をかける事もなかった。

「ここに来れば、って言えよ。自炊でよければ、だけど」

龍舟がピースサインを出す。それを見ながら天舟が顔を曇らせた。

「あーあ、うぜ。せっかく静かなのに」

和典自身も中学時代は、家族や親族を鬱陶《うっとう》しく思う事がよくあった。

「庭の奥に離れ屋がある。そこ、一人で使っていいよ」

天舟は顔を輝かせた。

「スペシャルサンクス」

十代半ばは、誰も微妙としか表現できない精神状態なのに違いない。

「食事だけは、一緒にしろよ」

天舟が頷くのを確認し、ミントに目をやった。空調の風を浴び、葉を揺すっている。喜びの表現ととらえておこうと思いつつスマートフォンで画像を取り、小塚に送った。勝利の喜びに打ち震えるミント、と書き添える。すぐに返信があった。

「上杉が植物に思い入れてるなんて珍しいね。サイズと鉢の大きさからして、そろそろ窮屈になってきてるんじゃないかな。植え替えてやった方がいいと思うよ。庭に下ろすとかね」

　庭に植えたら、母の餌食《えじき》だろう。既に動植物園状態となっている小塚邸を思う。ミントが一株増えたとしても、大勢に影響はないだろう。

「おまえんちに、嫁にやろうか」

　快い返事が返ってきた。どこに取りに行けばいいのかを聞かれたが、神戸まで来てもらうのは、さすがに気が引ける。届ける約束をし、メールを閉じた。テレビでは、監督や勝利投手の談話が流れている。

「では最後に天王寺学院和歌山主将、鹿島君、ひと言お願いします」

　壇上に立った鹿島が、静かに口を開く。

「春夏春の連続ベスト４への道が絶たれ、残念であると同時に、ここまで指導してきてくれた監督には申し訳ない気がしています。けれどもこの敗北で、原点に戻れたようにも感じている所です。後輩たちには、今までと同じように切磋琢磨《せっさたくま》し、僕たちが届かなかった景色を見てほしい。協力および応援してくださった方々、ありがとうございました」

　激戦で疲れている選手たちを考えて短く、かつ各方面に配慮の行き届いたいかにも優等生らしいコメントだった。もし大学受験の会場で出会うような事があったら、ほめてやろう。

「破れた天王寺学院和歌山の主将、鹿島君のコメントでした。試合は明日も行われ、十六強が出そろうのは、来週となります」

テレビからミントへと視線を移す。ザワザワと葉を揺すっているのは、思いがけず他家に嫁《とつ》がされる事になったからか。家に置いて母にむしられるよりましだろうと思いながら、急に疑問になる。ここまで世話をしてきたというのに果たして手放せるのか。水や肥料をやる手間もはぶけ、葉の様子に気を配る必要もない毎日は、煩わしさから解放される分、穴が開いたような空白も覚えるだろう。

小塚が言っていたもう一つの方法、植え替えを考えてみようか。今より大きな鉢に移せばそれですむ。まぁ当面はしのげるだろう。

「嫁、行かなくてもいいよ」

そう言いながらふと思う。こいつに性別、あるのか。

6

「おぅ、ご大層な家じゃねーか」

文武の父親と祖母、轡小路の浅田、それに花屋の駒井がやってきたのは、昼が過ぎてからだった。

「おまえの伯父貴って金持ちなんだな。仕事、何してんだ」

会社勤めと会社経営を兼業していると答えると、舌打ちが聞こえた。

「器用なヤツだ。要領がよくて目から鼻に抜けるタイプだな。信用ならん」

駒井は、玄関ホール正面にかかっている壁一面をおおう狩猟の絵の前で立ち止まり、つくづくと見入っている。

「前の家にも、こんな絵があったわ。ラファエロ前派よね」

ダイニングからは美香の声が聞こえてきた。

「広ぉい。暖炉《だんろ》なんかある。ブタの丸焼きとかできそう。料理する気、メチャクチャ出るかも」

大会が終わるまで騒がしい日々になりそうだった。その喧噪《けんそう》の中に、奇妙な安らぎが混じっている。相反するものを同時に感じている自分が不思議だった。

「いつまでここに泊まるの」

「負けるまでだ。それまでは応援せにゃならんから帰れん」

「決勝戦も含めて、あと四試合だな」

「そこまでいけるかよ。今日だって、やっとこさだったじゃん」

「いーや、文武は優勝する。長年、培った私の勘だ。間違いない」

まさか祖母の勘が当たるとは、この時は誰も思っていなかった。その日の第二試合で、竜ケ崎大熊本が敗退、翌日には薬丸国際も惜敗するという大番狂わせが起こり、天王寺学院和歌山を含む優勝候補三校は、いずれも旗を巻いたのだった。残ったのは知名度がそこそこの中堅校ばかりで、優勝の行方は全くわからなくなった。

「ドングリの背ぇ比べってとこだな」

「だったら新玉東、いけそうかも」

文武は、ついに先発の投手となり、二回戦を危なげなく勝ち抜いた。準々決勝は、竜ケ崎大熊本を破った四国勢と当たり、多少ハラハラしたものの何とか勝利を手に入れる。

「やった。次は準決勝だよ。文武、頑張れ」

祖母は、せっせと新聞記事を切り抜いていた。勝つたびに祝杯を挙げる父親は、テーブルについたまま眠り込んだり目覚めたりを繰り返す。浅田もひたすら気炎を上げながら試合前から飲み始めていた。

試合が終わると、駒井は庭に出て樹や草花を観察、食材になりそうな植物を見つけるたびに、うれしそうな声で美香を呼び寄せた。天舟と龍舟が螺旋階段や廊下を走り回り、はしゃいだ足音が響き渡る。

その騒がしさの中に片山が交じっているような気配を感じながら、ミントに水をやった。小塚には、やはり手許に置くとメールする。少し経ってから返事の電話があった。

「じゃ今後の生育ポイントをまとめて送っとくね。でも、ちょっと時間をくれないか。今、亀の捜索中なんだ。外来種で気の荒いヤツが公園の池にいるのを見つけて、人に噛みつくといけないから保護してきたんだけど、水槽の水を替えてる時にトンズラされた。家の敷地内にいるとは思うけど、万が一、道路にでも出ると近隣の人に迷惑をかけるからさ」

健闘を祈って電話を切る。小塚の家では、保護した動物が我が物顔で歩き回り、飛び回っていた。家主の小塚の方が遠慮しているくらいだが、苦にしている様子はない。将来は生物学をやりたいと言いつつ、動物園か水族館に勤めるのも悪くないと思っているらしかった。

「駒井さんが庭で薬草を見つけて、イースターのお菓子を作ってくれたの。皆で食べよう」

イースターは、今年は何日だろう。毎年変わる上に、春分の後の最初の満月の次の日曜日という不確定要素満載の設定で、覚えにくかった。

ダイニングの大きなテーブルを皆で囲む。なんだか大家族の一員になったような気がした。甲子園の話で盛り上がる。決勝戦の相手は、三十五年ぶりにこの最終戦に残ったという東北の公立校だった。

当日、高校の成り立ちや選手のエピソードが放送され、グラウンドが使えない長い冬の間の懸命なトレーニングなどが紹介されると、胸を打たれた観客は一気に応援団と化した。

「新玉東、完全アウェーじゃん。文ちゃん、大丈夫かな」

「大丈夫、文ちゃんのメンタルは鉄壁」

「そもそもメンタル自体がない」

居間のソファに並び、息を詰めるようにして観戦する。先制点を取られ、リードされた時には、祖母が眩暈《めまい》を起こしそうになったが、間もなく逆転、そのまま最終回に持ち込み、逃げ切って試合を終えた。

「やった、信じられんけど、優勝した」

優勝旗を手にグラウンドを行進する峰村や選手たちの姿に、居間にいた全員が釘付けになる。

「あ、文ちゃん、映った」

「ガタイがいいから、こういう時は意外にも立派に見えるなぁ」

「よくやったよくやった、お祖父《じい》さん、あなたの孫は日本一になりましたよ」

拍手を送る観客をカメラが映していく。その中に水谷の顔があった。新玉東の応援団がいるアルプススタンドではなく、一般席の中でうれしそうな笑みを浮かべている。決勝戦のために足を運んだのか、それとも初戦から見ていたのか。水谷もきっと甲子園が好きなのだろう。だからこそシステムを変更し、勝者でなくても楽しめる甲子園にしたいのだ。

「酒だ、酒だ、祝い酒だ」

「ここまで来てるんだから、今夜は灘《なだ》五《ご》郷《ごう》の酒を飲もうか」

「お、いいな。ひとっ走り行って買ってこよう」

大酒宴となったその夜のテレビでは、優勝投手の文武に取材陣が殺到している様子が流された。優勝に加え、プロ注目だった天王寺学院和歌山の鹿島を攻略した事で、それを超える可能性のある大器と見なされたのだった。

翌朝の各新聞の写真も、全国紙から関西地元紙まで文武の投球や打撃フォームに大きく紙面を割いた。もちろんブラックサンダーや片山の悲劇に触れていない記事はない。この一年間、公式戦にすら出た事のなかった文武が突如、日本中の注目を集めたのだった。

これだけ脚光を浴びれば、文武もかなり自信が付いただろう。一生懸命やってもいつもうまくいかず、バカにされ、それを受け入れてくるしかなかった文武を、片山は野球の中に吸い上げ、適応させ、定着させようとした。その成果が今、こういう形で結晶したのだった。

これから夏の甲子園に向けての練習が始まるだろう。それを通して文武も、いっそう自分自身の中に野球を染み込ませ、自己表現の核としていくに違いない。片山の悲願は、実を結んだのだ。

「文ちゃん、ヒーロー状態だ」

「俺らの奴隷度、超増したな」

「戦勝報告と祝賀会、新玉市民会館で午後からだって。急いで帰って参加しよう」

帰り支度を始めている所に、計ったかのように伯父が顔を出し、フランスから買ってきたというブランディを差し出して、浅田の悪印象を一挙に好転させた。

「うわっ」

美香がスマートフォンを見ながら大声を上げる。

「母さんからだ。カッコいい文ちゃん見てたら会いたくなったし、家も懐かしくなったって。帰ってもいいかって聞いてきてるけど」

父親がうれしそうな笑みを浮かべた。

「そりゃいいに決まってる」

祖母も、くり返し頷く。

「誰も反対しないって言っておやりよ」

「おい、母ちゃん帰ってくるらしいぞ」

「ちぇっ、テストのチェック、厳しくなるよな」

流されるように生きていても、行きつく先は必死に泳いでいるのとさほど変わらず、世の中の物事は自然と丸く収まっていくのかも知れない。別荘の鍵《かぎ》を閉め、降り注ぐ春の光の中、伯父の運転する車に乗り込んだ。皆で、ワイワイと騒ぎながら帰路につく。何もかもがうまくいっているかに見えた。

終章　真実

1

片山に報告に行こう。そう思いついたのは、帰りの車の中でだった。黒木にメールを打ち、片山家の墓の場所を調べてほしいと頼む。片山について黒木の手を借りるのも、これが最後になるだろう。どこかで感謝の気持ちを伝えておきたかったが、真正面から切り出すのは極まりが悪かった。スラッと話せるようなチャンスが来るのを待つ事にする。

やるべき事をやり終えた安堵感に浸りながら久しぶりに塾に行き、二月から始まっていた高三生のための講座に参加した。まだ風は吹かず、進路は見えない。

数日後、黒木から返信があり、自転車に乗った。市の北側に位置するまだ新しい霊園で、丘状の敷地が三段に分かれており、所々に菩提樹《ぼだいじゅ》が植えてある他はさえぎるものもなく、どこまでも見渡せた。管理事務所で片山家の墓の位置を調べてもらい、窓口で売っていた花と線香を買う。

あふれるような陽射しに満たされ、穏やかな静寂が広がる墓地を歩き、教えられた白い御影石《みかげいし》の墓碑を見つけた。横書きで片山家の墓と彫られていたが、墓誌には悠飛の名前しかない。

墓の前には先客がいた。花を供え、線香の煙を浴びながら手を合わせている。縁なしの眼鏡をかけた三十代半ばの男性で、黒に近い濃紫《こむらさき》のジャケットに灰桜《はいざくら》のボタンダウンを合わせ、ノーネクタイで襟元を開けていた。

やがて気配を感じたのか、こちらを振り向く。

「ああ失礼。終わったよ。どうぞ」

立ち上がり、身を引くようにして墓石の前を譲った。軽く会釈して歩み寄り、手にしていた花を二つに分けて花立てに押し込むと、焚かれている線香台の上に自分が持ってきた線香を重ねた。勢いを増す煙を見ながら膝を折って合掌する。文武について詳しい報告をし、安心してくれと言い添えた。

手を解き、頭を上げて墓石を見上げる。訃報を聞いてからずっと心に抱え込んできた片山が、陽光を反射するこの白い石の下にいると考えると、妙な気がした。自分の胸の中の片山、この下に埋もれている片山、どちらが生きていた時の片山に近いのだろう。

「君は、悠飛の友人か」

下の名前で呼んでいる。年齢を加味して察すれば、学校か塾の教師、あるいは親戚といったところか。どちらにしてもあまり興味を持てなかった。受け流していると、それがわかったらしく男性は笑うような息をもらす。

「僕は、片山の主治医だった高木《たかぎ》だ」

死に際を知っている数少ない人間の一人だった。急にかけがえのない人物に思えてきて、急いで向き直る。片山がどんなふうに死んでいったのか、知りたかった。

「上杉と言います。片山君の知り合いです。彼は、死に際してどんなふうでしたか」

高木は視線を墓石に投げた。

「僕は、臨終には立ち合っていない。うちの病院では専門の医師がするんだ。悠飛とは、自分が死んだら投函してほしいと封筒を渡されたのが最後だった」

文武に届いていたオリーブグリーンの封筒、あれはこの男性の手を介して届けられたのだった。

「色んな患者を診てきたけれど、悠飛は飛び抜けてあざやかなヤツだった。何でも際立っていた、理解力も精神力も身体能力も。だから死ぬ時も、おそらくカッコよかっただろう。治してやりたかったよ。力が及ばなくて無念だ。今、悠飛の生化学データを分析している。悠飛が命と引き換えに残していった治療の記録を洗い直し、研究しているんだ。この病気の根治につなげたい。それに生涯を注ぎ込むつもりだ」

きっと風が吹いたのだろう。片山が吹かせたのかも知れなかった。

「悠飛と一緒に研究しているような気がしてならないよ。あいつも医者になるつもりでいたから、僕らは共同研究者みたいなものだ。人間は死んでも、様々な形で生きている者に働きかけ、共に生きていくんだろうな」

確かにそうだろうと思う。これまでの自分の言動を顧みても、片山がずっとそばにいた。

「医学雑誌に発表する時には、悠飛の名前も入れるよ」

ズボンの後ろポケットでスマートフォンが鳴り出す。一瞬、気を取られていると、高木がうながすように頷いた。

「それじゃ」

手桶《ておけ》を持ち上げ、引き返していく。後ろ姿を見送りながらスマートフォンを抜き出した。待ち受け画面で栗が踊っている。耳に当てると、聞こえてきたのは重い声だった。

「いちお、報告しとく」

果てもなく沈んでいきそうな雰囲気があり、栗林にしては珍しい。

「大木、部活、辞めたから」

瞬時に意味がわからないほど唐突だった。

「どうしようもなかったんだ」

脳裏で、その事実がはっきりとした像を結ぶ。何かが一気にはじけ散るような音が聞こえた。

動揺し、混乱しながら片山の墓石を振り返る。

「甲子園から帰ってきた日、駅に着いたら、歓迎の人だかりができてた。すっごい人数で、駅前の広場が埋め尽くされてたんだ。僕たちが改札を出ていくと、いっせいに拍手が起こって、声もかかって、特に大木は何度も名前を呼ばれたし、女の子からキャーキャー言われて、花束やプレゼントを山ほど押し付けられた。もみくちゃになりながらバスに乗り込んだんだけど、初めての経験で、誰もがすごく気持ちが高ぶってた。大木は逆上《のぼ》せ上がった感じで、声は上ずるし、手は震えるしで、皆にからかわれたんだ。でも、その時は何の問題もなかった。次の日、監督が、勝って兜《かぶと》の緒を締めよ、夏を目指すぞって檄を飛ばして、すぐ全体練習が始まったんだけど、ピッチングマシンのとこで大木と唐沢が顔を合わせた。その時いきなり、大木が皆に聞こえるような声で言ったんだ。おまえってエースナンバー背負ってたくせに、甲子園では大した事なかったよなって」

全身から血の気が引くような気分になる。

「聞きとがめた峰村が、チームメイトにそういう言い方はないだろって怒った。大木は信じられないというような顔になって、峰村とマジでやり合ったんだ。誰のおかげで優勝できたと思ってんだよ、ボロボロに打たれたチームを支えて勝たせてやったのは俺じゃないか、その俺に文句つける気かよ」

耳どころか、頭まで痛くなるような発言だった。

「で、皆が猛反発してケンカになってさ。僕が火消しに回ったんだけど、皆、勢いがついちまっててどうにも止まらなかった。一緒にやれない、だったら辞めろよ、って流れになって、皆が次々と辞めるって言い出し、大木が孤立したんだ。おまえ一人で野球するんだなって言われて、大木は片山のグラブを地面に叩き付けて、辞めてやるよって叫んで出ていった」

それは、グラウンドで初めて文武と出会った時に見た光景だった。そっくり反復されている。時間が流れ、すべてがうまく積み上がっていき、片山の思いが結実したと思ったばかりなのに、固定していたバネでも外れるかのようにいきなり元に戻ってしまったのだった。

つい声を上げそうになる。何やってるんだ、なんで繰り返す、いい加減にしろよ。

「それ以降、メールの返信もないし、電話も出ない」

溜め込んだ憂鬱を吐き出すような大きな息が耳に触れる。

「もっとも連絡が取れても、もうどうしようもないと思う。甲子園にいる時から唐沢は、自分の不甲斐なさにひどく傷ついてた。そこに追い打ちをかけるようにあんな事を言うなんて、人間として最低だ。もう誰も大木を受け入れないよ」

それは片山の願いが破綻《はたん》してしまう事だった。ここまで来てそんな事を許してたまるかという気になる。

「栗林さぁ、おまえ自身は、どう思ってんの。このままでいいのか、それとも元に戻したいのか」

再び溜め息が聞こえた。

「片山の気持ちを考えれば、元に戻したいよ。けど、たぶんもう無理だと思う。僕自身も、あいつに苛立《いらだ》ってるとこがあるし。面倒見切れないって感じがしてるんだ」

スマートフォンを持つ手に力が入る。

「大木に謝らせるよ。反省させて、必ず皆や唐沢に頭を下げさせる。二度と同じ事はさせない。だから部員たちを説得してくれ。もう一度、大木を受け入れてくれるように部員たちに話してくれ。頼む」

不承不承の同意を引き出し、即、大木家に向かう。瓦解《がかい》を止めようとして必死だった。

2

優勝で、文武は自分の力を確信した。それで増長し、図に乗ったのだ。バカと言うしかなかったが、それが文武なのだろう。野球をしていてこそ認められる力だというのに、そこを離れて何ができるのか。説得して元に戻さなければならないと思い詰め、自転車を飛ばして駆けつける。

大木家の玄関扉に手をかけ、それを開けるのと、狭い店内で大きな音が上がるのが同時だった。衣類のかかった二つのハンガーラックの間に突っ込んだ美香が、それらを引き倒しながら床に倒れ込む。上がり框の上では、文武が突っ立っていた。

「うぜぇ。俺にゴチャゴチャ言うんじゃねーよ」

美香は負けじと体を起こす。

「ほざいてんじゃない。一人で勝ったとでも思ってんのか、バカ。いい気になるんじゃないよ」

文武は框から身を躍らせ、美香に歩み寄るとその髪を鷲づかみにした。

「いい気になってんのは、どっちだ」

もう一方の手を振り上げる。あわててそばに寄り、後ろから手首をつかんだ。

「何やってんだ。やめろよ」

文武はこちらに視線を流す。目の中には落ち着きのない強い光があり、荒々しい渦を巻いていた。

「おまえも説教する気か。俺は日本一になったんだぞ。球児の頂点に立ったんだ。その俺に向かって、おまえに言える事なんかあるのか」

奇妙な理屈に、つい笑いそうになる。そのとたん、襟元をつかみ寄せられた。眼底の光は凶暴なほど力を増し、荒れ狂っている。今にもそこを破壊し、ほとばしり出てきそうだった。落ち着かない気持ちが胸に広がる。ただ思い上がっているだけにしては、激しすぎないか。

「俺は、もう今までの俺じゃない。皆にバカにされてきた俺じゃないんだ。今度は、俺がバカにする番だ」

にじみ出るような笑いを浮かべる。その奥に、長年にわたって培われてきた憎悪と怨嗟《えんさ》が横たわっていた。水底に埋もれる炎のように揺れながら熱を高め、立ち上がって穂先もあらわに燃え広がっていく。その凄《すさ》まじさに息が詰まった。

これは復讐《ふくしゅう》なのだ。文武が意識しているかどうかはともかく、自分に与えられている人生が恐ろしく不当なものだと感じながら耐え続け、すべてを引っくり返すチャンスが与えられたらどんなにいいだろうと夢見てきた人間が、生まれて初めて誰もを圧倒する力を手に入れ、それを振るう喜びに陶酔しているのだった。

「俺に向かって偉そうな口を叩くな。俺はもう誰にも命令されん。好きにやるんだ。わかったら帰れよ」

アッパーカットでも打つように突き放され、よろけながらなんとか踏み止まる。ここで引き下がれば、綱の切れた暴れ馬のような文武は、今後どうなっていくかわからなかった。部活を辞めた事自体、自分を支えている土台を突き崩したも同然だというのに、それに気付いている様子もない。

文武がこれまで背負ってきた苦痛が放つ腐乱したような怒りを受け止め、消失させるだけの言葉をここで急に見つける事はできそうもなかったが、何が何でも説得しなければという思いに取り憑《つ》かれ、我武者羅《がむしゃら》にそれを捜した。

「上杉さんは、文ちゃんをバカにした事なんか一度もないじゃん」

立ち上がった美香が猛然と言い放つ。

「ずっと親切にしてくれてたよ、忘れたの」

文武は、うっすらと笑った。

「いいや、バカにしてた。初めっから俺に嘘をついてたんだ。俺が気づかないとでも思ってたんだろう。ちゃんとわかってる」

思い当たるところがなく反応できずにいると、文武はいっそう猛《たけ》り狂《くる》った。

「とぼけんなよ。おまえ、美香の中学のクラスメートで、熊本から転校してきたって言ってたじゃないか」

初めて接触した日の事だと思い出す。

「俺の部活に、中一の初めからおまえと同じ塾に行ってるってヤツがいたぞ。ロッカールームでおまえの噂をしてた。転校してきたなんて嘘だったんだ」

美香との関係を説明するのに窮し、ごまかそうとして文武の言葉に乗ったのだった。嘘には違いない。だがこれほど怒られるような事だとは思っていなかった。

「それって、そんな深刻に」

そこまで言いかけて口をつぐむ。他人から絶えずバカにされていると感じてきた文武にとって、それは見逃せないものだったのだろう。心の傷を大きくしながら、いつも通りに黙って呑み込み、積み重ねてきた宿怨《しゅくえん》をさらに色濃いものにしたのだ。

自分もまた文武を虐げた人間の列の中に並んでいるのだと、初めて知った。体が冷たくなっていくような気分で、目の前に立つ文武を見つめる。この状況では、何を言っても心に届かないように思えた。

「数の上杉って言われてて、いつでもトップなんだってな。数学の星だとか。何が星だよ、超笑わせる。おまえが星なら、俺はマジ球児の星だぜ」

無力感を噛みしめながら、出直すしかないと心を決めた。

「嘘をついたのは悪かったよ。今日のところは帰る」

作戦を練り、巻き直しを図ろうと考えながら店を出た。美香が追いかけてくる。

「ごめん。あんな文ちゃんで、ほんとにごめん」

両の掌を膝に当て、突っ支い棒のようにして頭を下げた。

「でも、お願いだから見捨てないで」

うつむいたまま泣き出す美香に、何と答えていいのかわからない。決して見限らないと約束し、励ましてやればいいのだろうが、これほど近くで面と向かってそんな事を口にするのは恥ずかしかった。

「また来るから」

それだけ言い、自転車を転がして小路の出口に向かう。先の見通しが全く立たず気持ちが重かった。どうすればいいのだろう。文武と接していた片山は、こういう事態に直面しなかったのか。

「確か、この奥だ」

出口付近で数人のグループとすれ違う。

「行ってみりゃわかるよ、行こうぜ」

高校生と専門学校生が交じったような集団だったが、金色に染めた髪や、いくつも連ねたピアス、チェーンをぶら下げた腰パンというスタイルで、どう見てもまともな学生とは思われなかった。

「布団屋だったよな」

思わず足が止まる。

「もう有名人になっちまったから、シカトかもな」

「思い出させてやりゃいい、俺たちのパシリをしてた頃をさ」

駒井が恐れていた不良グループらしかった。甲子園中継を見て、文武と接触を図る気になったのだろう。何のためかはわからなかったが、優勝投手となった今、文武は血気盛んだったし、部活を辞めて時間が空いている。何か持ちかけられれば、応じるかも知れなかった。

日本中に顔が知られているというのに、妙な連中との付き合いは好ましくない。だが今、注意しても、素直に聞くとは思えなかった。だからといって放ってもおけない。

　こんな時、片山ならどうしただろう。片山家の電話や母親のスマートフォンを黒木が調べてくれていた事を思い出す。接触してみれば、片山のやり方が見えてくるかも知れなかった。

　家電にかけたが誰も出ず、スマートフォンにかけ直してようやく母親の声を聞く。

「僕は悠飛君の友人で、上杉と言います。昨年は葬儀にも参列させていただきました。お気の毒でした。電話をしたのは、生前の様子を少しでもいいから知りたいと思っての事です」

　どんな答えが返ってくるか予想もつかなかった。葬儀場での母親の様子を思い出しながら耳を澄ませる。やがて低い笑い声がした。

「いいわよ、家にいらっしゃい。何もかも生きていた時のままにしてあるのよ、片付ける気になれなくてね。あなたで何人目かしら。悠飛は皆から好かれていたのね。短かったけれど楽しい人生だったのかも知れないって気がして、心が慰められるわ」

3

　片山の家は、聞いていた通り、駅に直結した高級マンションだった。セキュリティが厳しく、正面玄関やエレベーター、駐輪場まで母親の手で部屋から操作してもらって住居スペースにたどり着く。

「どうぞ」

開けられたドアから踏み込むと、玄関にかかったカレンダーは去年の十二月のままだった。靴棚の上には、処方された薬が袋ごと置いてある。

「入院してても体調が回復すると、外泊できるの。喜んで帰ってきたものよ。数日ここで過ごして、また入院して抗癌剤を使う。その繰り返しだったわ。治療は辛かっただろうし、十七歳になったばかりで人生の終わりを見つめなければならない毎日だったのに、いつも明るかった。私の方が励まされたくらいよ」

母親とはうまくいっていないと聞いていたが、最後の日々はそうでもなかったらしい。その思い出が、どれほど母親を支えているだろう。

「ここが悠飛の部屋」

廊下の突き当たりで、三方に配された窓から午後の光が射しこんでいた。象牙《ぞうげ》色の毛足の長い絨毯《じゅうたん》が敷かれ、壁にそって机と書棚、ベッド、ワードローブが置かれている。それらから離れた中央部にクリーム色の柔らかそうな革を張ったソファとオットマンがあった。広がっている空間は、主人が戻ってくるのを待っているかのように静まり返っている。

「私、よくここに来て悠飛と話すの。空気の中に悠飛がいるような気がするのよ。色んな事を話すわ」

そう言われて初めて気が付いた。あの公園で出会った時の悠飛の気配が、確かにこの部屋に立ち込めている。それがいつ集結し、悠飛の姿を取って立ち現れてきても不思議ではないように思われた。

「引き出しとかワードローブとか、自由に開けて構わないわよ。パソコンがあったんだけれど、本人が始末してしまったみたい。スマホもね。見られたら困るようなものでも入ってたんだわ、きっと」

冗談交じりの笑いは、やるせなさそうだった。本人がこの世から立ち去ってしまった今、その足跡をたどり愛おしむためには、思い出に頼るしかない。パソコンやスマートフォンが残っていたら、もっと色濃く、多彩な追想ができただろう。もう新たに作る事もできず、増える事もない貴重なものをさっさと処分してしまった本人が恨めしいに違いなかった。

「私は居間にいます。何かあったら声をかけてください」

礼を言い、母親が立ち去るのを見届けて部屋に踏み込む。無駄な物が何もなく、きちんと整頓《せいとん》されていた。机の上には、インバーターランプと大理石のブックエンドで挟んだ数冊の本以外、何も置かれていない。いかにも機能的だったが、ちらっと引き出しを開けてみると、いく種類もの爪用のヤスリや保湿剤が雑然と突っ込まれていた。こういう部分があってこそ、清濁併せ呑む事ができたのだろう。

壁に貼ってある一枚だけのポスターは、投球モーションに入ろうとしている野球選手だった。日本人だが体格がよく、胸元のロゴはマリナーズ、その下に番号が付いていた。スマートフォンを出し、球団名と番号、日本人と打ち込んで検索してみる。

二十五年前、メジャーリーグのマウンドに立っていた人物だった。小二で野球を始め、プロを目指していたが、ケンカで高校を中退、荒れた生活をし、その後、単身カリフォルニアに渡ったとある。マイナーリーグの球団の掃除・洗濯係となり、球場に寝泊まりして選手たちの食事の残りを食べて日々を送るうちに、再び野球をやりたくなり、メジャー経験のある選手の野球教室に入って、１５３キロの直球を投げるまでになった。渡米から五年でマリナーズに選手登録された日本人三人目のメジャーリーガー、とある。高校野球を経験せず、不良からメジャーリーグの選手になった初めての人物だった。

片山がその姿を常に目に映せるように壁に貼っていたのは、不良から野球へとシフトした自分自身を、そして同じ経過をたどろうとしている文武を鼓舞したかったからだろう。野球につぎ込む努力は決して無駄にならない、野球は必ず報いてくれると信じるためのアイテムだったのかも知れない。

本人が書き残したものがないだろうか。日記でもいい。今を切り抜けるヒントを片山の経験から手に入れたかった。

だが実際に本人の部屋に立ってみると、あちこちを漁《あさ》るような真似は気が咎めた。もし日記を見つけたとしても、後ろめたくて読めそうもない。パソコンやスマートフォンを処分したというから、日記を書いていたとしても同様だろうとも思えた。

文武の言っていた野球ノートに、何か書かれていないだろうか。スコアブックや練習の記録なら、読むのにさほど抵抗がない。しかし部活での事を書き留めたノートなら、普通、部室に置くだろう。ここにある可能性は低かった。

本棚には野球関係の本が多く、ノートやバインダー類は見当たらない。やはりないのか、それとも引き出しの中か。机に歩み寄り、ブックエンドに挟まれている数冊が、本ではなくバインダーだと気が付く。

全部を出し、机の上に並べてみた。各表紙に最初と最後の日付が明記され、大木との練習というタイトルがついている。文武が、ないと思うと言っていた自主練の記録だった。

部内で行った紅白試合のスコアブックや、毎日の練習時の文武の動作や表情、本人から聞いた感覚、指導した事などが細かく書かれている。どう伸ばしたいか、どんな文武像を思い描いているか、そのために何が必要か、それを具体的にするとどうなるか、うまくいかない原因は何か、今後どう変えていくか、などで紙面が埋め尽くされ、個人的な感想は一切記されていなかった。

途中で、いきなりエクスクラメーションマークが出てくる。その日はそれのみで他の記述はなかった。以降、時折、それが現れる。何を意味しているのだろう、感嘆か驚愕《きょうがく》か。

何の説明もなく、わからないまま一冊目を読み終える。二冊目を取り上げた時、その間からペーパーファスナーでまとめられた数枚の紙が滑り落ちた。拾い上げようとして身をかがめ、目を見張る。

ＷＡＩＳ－Ⅲによる知能検査の結果と、所見、今後の指針などが書かれたレポートだった。民間のカウンセリング機関が発行したもので、調査対象者名は大木文武、その下の欄に、全検査ＩＱ、75とある。

見た瞬間、今までそこはかとなく胸に立ち込めていた靄《もや》のような疑問が一気に四散、消失した。文武がキレやすく、覚えが悪く、すぐ調子に乗り、時折は妙に子供っぽく、他者の気持ちに配慮しないのは、なぜなのか。そういう個性なのだと考えるしかなかったのだが、その本当のところはこれだったのだ。

ＩＱ70から84は、境界知能と呼ばれている。見て取る、聞いて判断する、記憶する、理解する、感じる、想像するなどの機能が脆弱《ぜいじゃく》で、同年齢に比べ、その能力は八割ほどと言われていた。

それにもかかわらず障害者とは認定されず、健常者と同じように扱われている。知的障害者として認められ保護を受けるためには、ＩＱが70未満でなければならないからだった。もちろん病気という扱いもされていない。

健常者の体の八割しか持っていない人間がいたら、誰がそれを論《あげつら》うだろう。現代社会は障害を認知し、共に生きていく方向に動いている。だが知能の八割しか持っていない人間は、その流れから除外されて健常者と同じ言動を求められ、できなければ責任を取らされ、文武がよく言っていたように、バカにされるのだった。

三冊目、四冊目のバインダーには、認知機能強化トレーニングのワーキングシートが挟まっていた。文武のサインがあり、トレーニングの痕跡《こんせき》が残されている。面倒くせートレーニングと聞いた時には、野球の練習の事かと思っていたが、これだったらしい。

片山は、文武を更生させようと関わるうちにその言動に懸念を持ち、検査を受けさせたのだろう。健常者のＩＱ平均値１００と、文武のＩＱ値75の間に横たわる25の落差を知ったのだ。本人にも親にも言いにくい事実、たとえ伝えたとしても何の解決にもつながらない真実、社会や福祉の手も救ってくれない現実に、片山は突き当たったのだった。

あの夜、公園のベンチで片山は、それと向き合っていたのかも知れない。周囲の誤解を招き、本人に生きづらさを感じさせ、生涯にわたって道を踏み違える原因になりうるそれを放置できず、25の差異を埋める方法を探し求めていたのだろう。

教育委員会に連絡を取ったり、高校生でも通える特別支援学校を検索したり、父親に検査結果を見せた事もあったかも知れない。だが知的障害者と認定されない現状では、公共機関が保護したり、芳《かんば》しい動きを見せたりしてくれるはずもなく、父親はたぶん、ひたすら困っていただけだろう。

片山は、文武を任せられるようなセーフティネットをどこにも見出《みいだ》せなかった。一人で抱え込み、葛藤《かっとう》し、行き付いたのが文武の野球技術を磨《みが》き上げる事だったのだ。

それによって特出した存在になれば、周囲に認知される。多少のトラブルは大目に見てもらえるだろうし、高卒後はプロとして生計を立ててもいける。それだけが、進行しつつある病気を抱えた片山にできる唯一つの事だったのだ。当初は不良から更生させるための野球が、それ以上の意味を帯びたのだった。

死に至る前に徹底して鍛え上げようと考えて捕手にし、そばに置いた。並行して認知機能強化トレーニングを行い、少しでも学力を伸ばそうと図る。

文武を特別扱いする事が部内に不協和音を生んでもなお押し通したのは、段原監督が打ち立てた甲子園という輝かしい夢が砕けても、文武の人生が砕けない事の方が価値があり、意味もあると考えたからだ。

　病室の天井や壁に囲まれながら片山が脳裏に思い浮かべていたのは、文武の野球選手としての成功と、幸せな人生だったに違いない。それは片山にとって、希望だったのだろう。自分がこの世から消える日が近いと考えつつ毎日を送る中での、心の支えだったのだ。だから片山は、最後の時間を文武に注ぎ込み続けた。

　有り余る才能に恵まれていたのだから、生きてさえいれば素晴らしい人生を歩めただろう。それはどんなものだったのか。高卒までは野球に没頭し、医大に進み、卒業後はおそらく社会に多大な貢献をしただろう。そんな片山を見たかった。たった十七年で死ぬのは早すぎる。どうしてもっと生きられなかったのか。薬や治療方法があれば、それは可能だったはずだ。治す薬はなかったのか、救う手立ては本当に皆無だったのだろうか。

　自分の無力さに苛立《いらだ》ちながら、急《せ》き立てるように鳴り出す電話の呼び出し音を聞く。取り出してみると、美香からだった。切羽詰まった声があふれ出す。

「文ちゃん、ヤンキー連中に誘われて一緒に出ていった。優勝祝いをしてやるって言われてたけど、嫌な予感がする。後をつけてったら、見つかってビンタ張られた」

　スマートフォンを持つ手に力が入った。女子を殴るようなヤツが、まともな優勝祝いを考えているとは思えない。

「こっちも張り返してつかみ合いになってたら、その間に姿が見えなくなっちゃったんだ。どこに行ったかわからない。スマホにかけても通じないし。どうしよう」

ここで不祥事を起こせば、野球部復帰は望めない。なんとか見つけて引き戻すよりなかった。

「わかった。俺に任せて家に帰ってろ」

電話を切り、部屋の中を見回す。そこに漂っている気配、こちらに語りかけてくるような奥深い静けさに向かって、強く頷いた。

「必ず連れ戻す」

4

文武が入っていたのは、確か駅の北口あたりを拠点にする不良グループだった。マンションを出た所で、黒木に連絡を取る。

「駅周辺をショバにしてるヤンキーグループの根城、調べてくれないか。仕切ってるヤツの名前も」

吐息のような笑い声が鼓膜を揺すった。

「俺って、おまえの何。無料の情報係か」

今まで礼も言わずにコキ使ってきている事に思いをはせる。小・中学生の頃は個人の境界が曖昧で、思いつくままに深く踏み込み、お互いを出入りしてきた。今もその延長線上の感覚なのだが、向こうからそういう指摘があったとなると、適切な距離を取らねばならない時期がきているのだろう。

まずこれまでの事に対する感謝の気持ちを伝えるべきか。そうは思ったものの、改まって切り出すとなると決まりが悪く、素直に言葉が出なかった。

「労働奉仕させるつもりはないよ。対価は払う」

そんな言い方しかできない自分の不器用さを呪う。

「何がほしいのか、どういう形を望んでいるのか聞かせてくれ」

そう言われるのを待っていたらしく、即座に答えが返ってきた。

「俺がほしいのは」

そこで言葉を切り、こちらが苛立つほど長い間合いを取ってからポソッと言った。

「友情」

直後に笑い出す。どうやら、からかわれたらしかった。

「駅のグループなら、仕切ってるのは成瀬《なるせ》ってヤンキーだ。反シャとのつながりも噂されてる有名な奴だよ。たぶんヤツの家に集まってるんじゃないかな。調べとくよ。じゃね」

サッサと電話を切る。いまいましかったが、昔のような空気が再びあたりに広がり、ホッとしないでもなかった。ふと若武を思い出す。あれ以降、連絡を取っていなかった。馬が合うとは言いがたい相手だが、黒木同様、古い友人には違いない。時間を見つけて接触しておこうと思いながら、文武に電話をかけた。

美香が言っていた通り、電源が入っていないとのアナウンスが流れる。不良連中からそうするように言われたか、あるいは取り上げられているのかも知れない。状況は、かなり深刻になっている可能性があった。

不安を大きくしながら、文武がスマートフォンをアップデートし、電源がオフでも位置情報を発信する設定にしている事を願う。

番号を入力し、操作しながら祈るような思いで画面を見つめていると、反応があった。駅の東側にある住宅地の中で点滅している。急いでそちらにハンドルを向けた。自転車を走らせている途中で、黒木から電話がかかってくる。

「接触は、やめといた方がいいぜ。今、かなりヤバい状態らしい」

それなら余計に放置しておけなかった。

「地境をめぐって他県のヤンキーグループと抗争中だ。兵隊を集めるのに金が必要らしくて、かなりの事まで手を出してるって話だ」

顔も名前も全国に知れ渡っている文武は、広告塔として利用されようとしているのだろうか。

「とにかく集まってる場所、教えてくれ。急いでるんだ」

黒木から聞き出した住所は、スマートフォンが表示している文武の現在地と同じだった。取り返しがつかないような事態に突入していない事を祈りながら自転車を飛ばす。

小さな神社があり、それを囲む杜《もり》の裏手にまだ新しい一戸建ての二階家ばかりが十軒ほど建ち並んでいた。どれも百平方メートルに満たない敷地で、家の造りはそれぞれ違うもののレゴブロックのように似た雰囲気がある。

セダンやワンボックスが停めてある駐車スペースもあったが、人の気配は全くなかった。どこの住人も、仕事か所用で出かけているのだろう。

中ほどの青い屋根を掲げた家のポストボックスに、ローマ字で成瀬と書かれている。フェンスや門はなく、敷石《しきいし》が何枚か敷いてあるだけのアプローチの向こうに玄関ドアが見えた。脇にはコンクリートを張った駐車場があり、スクーターや原付きバイクが七、八台停まっている。車一台ほどのスペースに、単車ばかり所狭しと突っこんであるのは異様な感じがした。

低いモーター音が響いてくる。敷地に沿って入ってみると、壁に付いた換気扇が回っていた。隣家との間の一、二メートルほどの空間に異臭が漂っている。壁の内側がキッチンなのだろうが、料理を作っているにしては妙な臭いだった。

さて、どうするか。文武と電話が通じれば、説得するという手もあったが、それができないとなると、乗り込んで奪還するよりなかった。向こうが複数である事を考えれば、急襲するのがベストだろう。

スマートフォンの着信音を切り、玄関に回ってドアノブに手をかける。鍵はかかっておらず、スッと動いた。換気扇の外に立ち込めていた妙な臭いが流れ出る。無機質な感じから察し、薬品臭らしかった。

三和土《たたき》には、脱ぎ棄てられた多くの靴が散乱している。踵《かかと》を踏みつぶしたり、靴紐の片方だけを長く引きずっていたり、いつのものかわからない汚れを付けたままのそれらからは、きちんと生きていない人間の荒《すさ》んだ空気が立ち上っていた。

「やっていいのか」

玄関脇にある階段の上から文武の声が聞こえてくる。

「マジで、いいのかよ」

「いいって。優勝祝いだって言ったろ」

そっと足をかけ、狭い階段を上った。

「けど、この女、寝てんじゃん。起きたら怒るんじゃね」

「かまやしねーって。思う存分やれよ。じゃ俺、下行ってるから」

ドアの開く音がした。あわてて飛び降り、靴箱の隣りの窪《くぼ》みに貼り付くように身をひそめる。こちらを振り向かれたら丸見えの状態だったが、そうなったらそうなった時の事だと覚悟を決め、息を凝らす。足音が通りすぎていき、廊下の奥に消えた。

大きく深呼吸し、再び階段に足をかける。上り切った所にあるドアを開くと、部屋を占領している大きなベッドが見えた。かぶせてある布団がこんもりと盛り上がっており、枕元で文武が困惑した様子で座り込んでいる。

踏み込もうとした瞬間、クローゼットの扉の間で何かが光った。よく見れば、半ば開いたドアの間からスマートフォンを持った手が出ている。撮影しているのだった。

現場を写真か動画に残し、脅しの材料に使うつもりか、あるいは甲子園投手のスキャンダラスな側面を週刊誌にでも持ち込むのかも知れなかった。

カメラのレンズにとらえられないようにしゃがみ込む。床をはってクローゼットに近づき、スマートフォンを持っている手に飛び付くと、引っ張りながら素早く足で扉を閉めた。スマートフォンが転がり、挟まれた手の主が中でうめく。体重をかけた膝で扉を押さえながら文武を振り向き、唇の前に人指し指を立てた。耳をすませば、下から笑い声が聞こえてくる。

「今、うめき声したよな」

「ビビッてた割には、ガチ派手じゃん」

文武に、窓のカーテンを外すように指示し、それを持って来させてクローゼットを開ける。中にいた仲間を引き出し、手足が動かせないように包んで転がした。骨が折れている様子もなく出血もしていなかったが、かなり痛いらしく泣き出している。

「悪いな。すぐ引き上げるから、ちょっと静かにしててくれ」

なだめておいて文武に向き直った。こんな所に長居していれば、何が起こるかわからない。相手は複数だし、道徳的言動は期待できそうもなかった。

だが文武を担いでいく訳にもいかない。ともかくここを出る気になってもらう事だった。

「うまくやれなかった唐沢をバカにしたんだってな。ダメだろ。誰にだって波はある。おまえにだって、だ」

文武は、すねるように横を向く。むずかり、駄々をこねている子供さながらだった。

「おまえは、もう昔のおまえじゃない。甲子園のヒーローなんだ。ヒーローは、普段でもカッコよくなくちゃいけないだろ。他人の失敗を攻撃するんじゃない、かばってやるんだ。それでこそヒーローだって。こんな連中とツルんでるのもマズいな。他にやる事あるだろうが」

文武は後ろめたそうに目を伏せる。

「ねーよ。部活、辞めちまったもん。俺の事なんか、もう誰も相手にしてくれねーし」

声が暗いのは、後悔しているからだろう。うまくいけば即、絶頂、いかなければ瞬時に絶望という大きな波に揺られている。顔をのぞきこめば、二つの目にうっすらと涙がにじんでいた。

「ああ片山がいたらなぁ、きっとなんとかしてくれたのに。俺は今度こそ、もう終わった」

どうする事もできない自分の不器用さの前に立ち尽くし、途方に暮れている。痛々しく思いながら水を向けた。

「甲子園は、どうだった」

文武は、不意に背筋を伸ばす。うなだれていた頭を上げ、どこか遠くに存在している異世界でも捜すような目付きになった。

「メッチャ楽しかった。俺、全開だった。自分の中にあったものが全部、一気に外に出てった感じ。あんなマジになったのは初めてだ。栗林が、空から片山が見てるって言ったから、余計にテンション上がった。9回で終わりたくなかった。もっとやりたかった。もっともっと続けていたかった」

夢中になって話す。そこから湯玉のような情熱がほとばしり出て、あたりに飛び散った。その飛沫《しぶき》を浴びながら、純粋さに胸を打たれる。まぶしいほどだった。

「一生、野球ばっかやってたいって思った。けど、もう終わりだ」

両脚を引き寄せて体育座りになり、立てた膝の上に顔を伏せる。固い塊のようになったその体に手をかけ、揺すりながら肩を引き寄せた。

「終わってない、できるって。段原は、夏の甲子園を目指してるはずだ。そのために新玉東にきたんだからな。春を制したおまえは、段原にとって必要な存在だ。絶対に手放しゃしない」

文武は初めてそれに気づいたらしく、人心地がついたように頬をゆるめた。腕を解き、両脚を投げ出す。

「そっか」

ほぐれてきたその気持ちに、追い打ちをかけた。

「栗林も力を貸してくれる事になってる。ただしおまえが、唐沢や皆に謝るって条件付きだ。そうすれば夏のエースナンバーは、たぶんおまえのものだ。やる気あるか」

文武は勢いよく何度も頷く。

「やる、ガチでやる」

過去を考えれば、その言葉がどれほど持続するかはわからなかった。だがこの場は、ここまで漕《こ》ぎつければ成功だろう。どんな人間も、一つの事に専念すれば自分を超えた何者かになれるかも知れない。

「じゃ、帰ろうぜ」

言葉に応じて素早く立ち上がった文武に続き、ドアに向かう。背中で高い声がした。

「あれ私、どうしてたんだろ。え、裸じゃん。なんで」

振り向いた瞬間、目が合った。直後、大きな悲鳴を上げられる。階下が突然、騒がしくなった。ドアから出ようとしていた文武の肩を、あわててつかむ。

「こっちは、ヤバい」

下にいる連中が駆け上がってきたら、途中で鉢合わせだった。だが部屋の出入り口は、ここしかない。舌打ちしながらあたりを見回し、先ほどカーテンを取った窓に気が付いた。

「来い」

階段を上ってくる足音を聞きながらドアに鍵を下ろす。窓を開ければ下は小屋根で、下方には地面が広がっていた。窓枠を乗り越え、小屋根の上に立つ。端まで歩いて見下ろせば、飛び降りた時にぶつかりそうなものは何もなかった。文武は、まだ部屋から出てこない。ドアは、今にも叩き壊されそうな音を立てていた。

「俺、高いとこは苦手なんだ。一人で行ってくれ」

怒鳴りたくなるのをこらえ、窓の下まで行って両手を伸ばす。

「ほら、支えてやるから出てこい、早く」

文武はおずおずと窓枠を跨《また》ぎ、後ろ向きでなんとか小屋根に降りてきた。数人が部屋の中に雪崩れ込む気配が伝わってくる。

「飛び降りるぞ。まず、しゃがめ」

目の位置はできるだけ下にした方が、恐怖心が薄らぐはずだった。

「首も脚も縮めて、目はしっかり開け。着地は両手両足だ」

物理的に言えば、それで衝撃が分散する。

「飛べ」

まず文武を行かせ、無事に着地するのを見て、自分も身を躍らせた。二人で即、小屋根の下に駆けこむ。窓からいくつもの声が降ってきた。

「いねーな。どこ行きやがった」

「捜すぞ。外に出ろ」

「ちょっとあんたたち、これ、どーゆー事。私に何してくれたのよ」

「おまえが言ったんじゃないか、新玉東の野球部員とならキメてもいいって」

「だからって、いきなりこれはないでしょうが」

モメ始めるのを聞きながら、顎で文武をうながす。

「チャリンコで来てる。タンデムで逃げよう」

壁に沿い、家の裏手に回って敷地の角を曲がる。駐車場の端を通り、置いてある自転車の所に歩み寄ろうとしたとたん、うれしそうな声が響いた。

「はい、ゲームオーバー」

心臓をつかまれたような気分で足を止める。スクーターの間から人影が立ち上がっていた。

「おーい、いたぞ、こっちだ」

駆け寄ってくる足音を聞きながら奥歯を嚙む。この先どうなっていくのか見当もつかなかった。

5

「手数かけやがって」

周りを囲まれ、捕まった逃亡犯のような気分になる。小突かれながら家の玄関に向かった。

「入んな」

背中を突き飛ばされる。

「さっさと上がれ。楽しい話をしようぜ」

舌打ちしたい思いでスニーカーの紐を解いていると、廊下の突き当たりから声がした。

「楽しい話なら、おまえらヤンキー連中だけでするんだな」

あたりの空気が突然、張りつめる。

「おい、誰かいるぜ」

「誰だよ、いつの間に」

殺気立った二、三人が踏みつぶすように靴を脱ぎ、飛び込んでいこうとした。その目の前に、奥から姿を現した声の主が立つ。

「裏口には、鍵をかけておいた方がいいと思うよ」

黒木だった。後ろに若武もいる。思いもかけない遭遇で、突然、出現した新たな座標空間に放り込まれた気分だった。

「なんだてめぇら、誰だよ」

「人んちに入り込みやがって、シャアシャアとしてんじゃねぇぞ、こらぁ」

この住所を聞いたのは黒木からだったと思い出す。あの電話の後、若武に連絡を取り、一緒に行こうと話がまとまったのだろう。

ありがたかったが、ここで味方が二人増えても依然として数には差がある。向こうはケンカ慣れしているだろうし、四人まとめて返り討ちというところに落ち着くだろう。

「ただで済むとでも思ってんのか、おらぁ」

ねめつけられ、すごまれても、黒木は動じるふうもない。

「黙って入ったのは悪かったよ。最初は、ちゃんと玄関のインターフォンからアクセスして、友人を返してもらうつもりだったんだ。何しろ固い友情を誓ったばかりの仲だからね」

皮肉な笑みを浮かべ、チラッとこちらを見る余裕まである。平然としているのはなぜだろう。

「ところがこの家の前まで来たら、妙な臭いがしてるじゃないか。これはただ事じゃない、近隣にも迷惑だろうし、原因をはっきりさせとこうと思ってさ」

スマートフォンを出し、画面をこちらに向けた。

「勝手口から入ったら、こんなものがあった」

積み重なった段ボールの箱が写っている。表に貼られた伝票の受取人は成瀬、品名は鼻炎薬とあった。

「成瀬君、段ボールで鼻炎薬を買うほど鼻が悪いのか。気の毒にな」

たじろぎが広がり、あたりを支配していた気勢や威圧感をなぎ払っていく。

「この画像、ワイドにすると、こういうものも写ってるんだ」

段ボール箱のそばには、何本かの瓶が置かれていた。ラベルに書かれている文字は赤燐《せきりん》で、同じテーブルの上に電気コンロやビーカーもある。それらを見てようやく黒木の悠々とした態度の訳を知った。

鼻炎薬の中には、塩酸プソイドエフェドリンが入っている。それを赤燐と反応させて抽出、精製すれば覚醒剤《かくせいざい》になるのだった。ネットで売るか、あるいは噂になっている反シャ連中に渡すのだろう。

「この画像、どこに送ろうか。やっぱ少年課か、それとも薬物銃器対策課か」

身構えた一人が黒木に飛びかかり、スマートフォンを奪い取ろうとする。後ろにいた若武が自分のスマートフォンを高く掲げた。

「おっと動くな。同じ画像は、こっちにも入ってるんだ。指一本でも動かしたら、即、送信するぞ」

黒木をつかんでいた手から力が抜ける。歯ぎしりの音が聞こえそうなほど顔をゆがめたのを見て、若武は悦に入った。

「じゃ、そこどけよ。これで俺たちは帰る。大木には二度と近づくなよ。この画像、サツに持ち込まれたくなかったらな」

意気揚々と玄関を出ていく。途中で振り返り、Vサインを出しながらアカンベしてみせた。後ろに続いていた黒木が頭を小突く。

「くだんない挑発すんなよ」

若武は鼻で笑い、手にしていたスマートフォンを操作した。

「画像に説明付けて、サツに送っとくぜ、いいよな」

文武が驚いた様子を見せる。

「あいつら、ちゃんと手を引いたじゃないか」

声には、抗議するような響きがあった。

「それなのに送るのか」

若武は、背後から刺されたといわんばかりの顔付きになる。

「おまえ、誰の味方なんだよ」

黒木が手を伸ばし、なだめるように文武の背中を抱いた。

「正確に思い出せよ。俺たちは、動いたら送信すると言ったが、送信するのは動いた時だけだと言った訳じゃない。これは十分条件と必要条件の関係だ。上杉先生、そうだろ」

論理自体に、間違いはない。難点は、数学を悪用して詭弁を吐いているとしか思えない事だった。だが、ここでそれを持ち出してモメていても、文武を混乱させるだけだろう。

「コメントは、差し控える」

黒木はクスッと笑い、顎で若武をうながした。

「さっさと送れ。ヤンキー連中との約束を守るほど、俺たちはいい子ちゃんじゃないんだ。大木、お礼参りがあるかも知れないから、気を付けろよ」

文武が頬を震わせる。送信を終えた若武が笑った。

「ビビんなよ。あいつらは、ただのヤンキーだ。でかい事なんかできやしない。おまえさえしっかりして誘いに乗らなきゃいいんだよ」

その言葉に納得したらしく、文武は神妙な表情になった。

「これで警察の手が入れば、連中の盛り上がりも少しは下火になるだろうし、その間に他県のグループが台頭してきて潰されるか、自然消滅って線もアリだしさ」

そうなってくれるのを願う。

「今更だけど」

気を取り直したらしい文武が耳元に口を寄せてきた。

「助けてもらった礼を言った方がよくないかな」

若武に頭を下げざるを得ない状況だった。うんざりするものの、避けては通れそうもない。どうせならサッサと片づけてしまおうという気になった。

「来てくれた事に感謝する」

一気呵成《いっきかせい》に言い、自尊心をねじ曲げるように低頭した。隣りで文武も、音がしそうな勢いで長身を折り曲げる。身を起こせば増長した若武の顔が視界に入ってくると考えると、生涯このままでいたいような気分だった。

これ以上のダメージを防ぐために、飛んでくるに違いない皮肉に対処しようと身構える。声はなかなか聞こえず、やがて喜々とした響きが耳を打った。

「甲子園見てたぜ」

目を上げれば、若武は文武の方に向き直り、掌をしきりにズボンにこすりつけている。

「すごかったよ。超カッコよかった」

関心は、とっくにそちらに移っているらしい。

「握手してくれ」

何をするにも素早い質だから、おそらく一つの感情の中にじっとしていないのだろう。若武のように生きられたらどんなにか楽だろうと考える。ささいな事に長くこだわり続ける自分が小さく感じられた。

「夏は、きっとエースナンバーを背負えるよな」

右手を差し出され、文武は遠慮がちにそこに手を触れる。若武は左手も加えて握り締め、強く揺さぶった。

「おまえは新玉の、俺たち世代の星だ。おまえがいてくれてうれしい。ぜひ夏の甲子園も制して、プロになってくれ。俺、一生おまえのファンでいるからさ」

文武は次第に頬をゆるめ、うれしそうな笑みを見せる。

「頑張るよ。一生懸命やる」

認められ、励まされ、必要とされ、期待される事は、きっといい結果を生むだろう。そう思いながら今出てきたばかりの家を振り返った。

あの不良たちの中にも、文武と同様の境界知能者がいるかも知れない。うまくいかず、理解されず、自信を持てずに不貞腐れて、いっそう転げ落ちていく。誰かが気づいてくれなければ、自分自身で何とかするよりないのだ。

スマートフォンを出し、境界知能を検索する。日本には現在、およそ千七百万人がおり、人口の七人に一人はそれに相当すると書かれていた。刑務所に入る犯罪者の中ではさらに率が高く、三十五パーセント弱という数字が上げられている。日本だけでなく世界に目を向ければ、どれほど多くの人間や家族が生きづらさを抱え、苦しんでいるだろう。

何とかならないのだろうか。無理解と偏見にさらされている彼らが平穏な日常を送れるようにするためには何が必要なのか。どんな研究が進歩すればいいのか。脳科学か、分子生物学か。

「あ」

思わず声が出た。今、風が吹いた。

6

「せっかく集まってるんだから、皆で片山の墓参りに行こうぜ」

歩き出す若武と黒木の後ろに、自転車を引いて続く。風は刻々と強さを増し、体を揺るがすほどに吹きすさんだ。あの夜から吹いてくる風だった。足元に転がった片山のボール、聞こえた球音、それが風を運んでくる。

真っ向から向き合っていると、自分がそのすべてを吸収していくような気がした。風は体中にみなぎり、力に変わって、やがて心の中から吹き始める。目の前にあらゆる可能性が次々と開かれていき、何でもできそうに思えた。

「昨日、片山とキャッチボールしてる夢を見たんだ」

自転車の向こうで文武がつぶやく。

「片山の球って、力があるから体が押し込まれるし、手がしびれてミットの紐もしょっちゅう切れてた。最初、球に目が追い付けなくて体で止めてたら、片山が言ったんだ。ミットのど真ん中で取ったら、メッチャいい音がするぜって。それを聞きたくて頑張った。でも昨日は」

顔を上げ、あたりに視線を彷徨《さまよ》わせる。

「片山の手を離れたボールが、いつまで経っても俺んとこに届かないんだ。おーい届かないぜって言いながら、目が覚めた」

声が崩れる。

「あのボールは、もう永久に俺のミットに届かないんだ」

文武が日々、耐えている空白の大きさがよくわかった。それを少しでも埋めてやりたくて手を伸ばす。隣りに並んでいるその胸に、親指を押し当てた。

「片山はこの世から消えて、ここに溶け込んだんだ。片山が生きられなかった時間を、おまえはこれから生きていく。それは片山が、おまえと一緒に生き続けていくって事だろ」

耳を澄ませば、吹いている風の中には球音が混じっていた。自分もまた片山を心に溶け込ませ、その遺志を人生に組み込んだのかも知れない。

「いいガタイして、メソメソしてんじゃねーよ」

若武は、若干あきれたようだった。

「甲子園ヒーローだろ。シャキッとしろ」

文武は、即座に背筋を伸ばす。その勢いで涙が降りこぼれた。あまりの素直さに黒木が苦笑する。

「おまえさ、甲子園のウィニングボール、持ってんだろ。それ、片山の墓に供えたら、どう」

文武は、あわてて手首で頬を拭った。

「ん、取ってくる。すぐ追いつくから、行っててくれ」

駆け去る後ろ姿を見送り、皆で墓地に向かう。黙って歩きながら、激闘の跡を刻んでいるウィニングボールを墓石の前に置く様子を思い浮かべた。片山は甲子園を目標にしていなかった。だが文武がそこに行きついた事を、きっと喜ぶだろう。

「小塚も呼ぼう」

黒木がスマートフォンを出しながらこちらを振り返った。

「あいつ、片山の事、結構気にしてたし」

続報を入れる約束をしていたと思い出す。すっかり忘れていた。会えたらまず詫びるしかない。おっとりした小塚の事だから、たぶん気にしなくてもいいと言ってくれるだろう。

「片山のヤツ、まさか自分が十七年しか生きられないとは思ってなかっただろうな」

命の長さは、誰にとっても不可知だった。今こうしている自分たちも、明日の事はわからない。

「将来、どんな道に進もうとしてたんだろ。甲子園は目指してなかったみたいだから、野球選手じゃない事は確かだけど」

葬儀場で聞いた話を口にする。

「医者らしいぜ」

若武の溜め息が空気を揺すった。

「夢は叶わなかったんだ。もっともいくら長く生きても同じかもな。色んな人間が色んな夢を思い描いて、でも大抵はそれを叶えられずに一生を終えるんだ」

黒木がちょっと笑う。

「珍しく悲観的だね、いつも元気印なのに」

若武は何でもないといったように眉を上げた。

「今のは、一般大衆に捧《ささ》げる哀悼の言葉だ。俺は違う。必ずこの手に夢をつかむ男なんだ。そもそも俺はだな」

ウダウダと続く自慢話を、聞き流しながら歩く。いつもならウゼェとさえぎるところだったが、これでこそ若武なのだと感じ、笑いがこぼれた。きっとこれからも他見他聞をはばかることなく、気の赴くままにふるまって恐ろしいほど長生きするのだろう。

「ところで上杉先生の進路は」

黒木の問いに、若武が答えた。

「決まってんじゃん、数学者だ。唯一の取り柄だろ」

反論の余地がありすぎて、笑い出したくなる。

「なんだ、その顔。言いたい事があるなら言ってみろよ」

言葉に甘え、口を切った。

「いいかよく聞け、無知な青少年。数学者というのは、なるものじゃない。なってしまうものなんだ。自分でも知らないうちに、いつの間にかなっている。本人自身も自覚できないほど数学に夢中になっている生命体、それを数学者と呼ぶんだ」

若武は、ケッと言わんばかりの顔でそっぽを向く。その頭に黒木が手を置き、あやすように撫でながらこちらを見た。

「で、その道を選ぶのか」

数学の喜びは、数学者にならなくても味わえる。日々の生活の中で数学と向き合う時間を持てばいいのだ。自分の気持ち次第で、いつでもどこでもできる。だが誰かを助け、命を救う誇らしさや満足感は、医学関係者にならなければ経験できない。

数学を手放した自分にどんな価値があるのか、何がどこまでできるのかはわからなかった。それでも、つらい思いをする人間が少しでも減るように願って、それに貢献できる道を進みたい。

「たぶん医学系に行くと思う。数学は趣味だな。黒木はどうすんの」

未来について話しながら墓地の門をくぐった。前回と同様、花や線香を持ってこなかった事に気付く。

「片山の墓はこの先だ。迷ったら、墓地内の案内図を見ろ、俺は管理事務所に寄って、花と線香買ってくから」

皆と別れ、事務所への道をたどる。途中で小塚と出会った。

「あ、遅くなってごめん。ちょうどテンジクネズミに餌やってたとこで、やめられなかったんだ。途中でやめると哀しそうにするんだもの。黒木たちはどこ」

先に行っていると伝え、追報を送らなかった事を謝ってから墓の場所を教える。

「俺も、すぐいくから」

小塚が頷くのを確認してすれ違い、事務所の建物に入った。受付の窓口で用件を言い、花と線香を求める。窓口の向こうにいた係員がパラフィン紙に包んだ花束と線香の箱を渡してくれた。

精算をすませていると、事務室脇のドアが開く。

「お借りした手桶、洗いましたが、どこに置けばいいですか」

内庭から入ってきた黒い人影が、事務室の光に照らされ、その顔が露わになった。不意打ちを食らったような気分で立ちすくむ。立花彩だった。心臓が喉までせり上がってくる。

「ありがとうございました」

下げた頭を上げると、背中まである髪が光の中できらめきながら肩をおおった。浮かべた微笑は清楚《せいそ》で、相変わらず愛くるしい。

思わず身を乗り出しかけ、あわてて窓口から離れた。体の底から喜びが突き上げ、瞬時に頭まで噴き上がってくる。自分が爆発しそうだった。

この素晴らしいタイミングは、きっと天の啓示だ。今なら自然に声をかけられる。千載一遇のチャンスだ、逃してたまるか。何でもいい、とにかく話そう。きっと距離を縮められる。

事務所を飛び出し、内庭に回って彩の姿を確認する。駆け寄ろうとした瞬間、足が止まった。目の底に片山の遺影が広がっている。わずかに照れながら満面の笑みを浮かべていた。そんな顔をして片山は、この彩を見つめていたのだった。ずっと片想いだったと聞いた。

「じゃ失礼します」

彩は再びていねいに一礼し、ドアを閉める。あわてて立木の陰に入った。目の前の敷石の上を足音が通りすぎていく。後を追いたいと思いながらできなかった。胸で片山の笑みが膨らみ、重くなりすぎて動けない。

気が付くと、スマートフォンが鳴っていた。小塚からだった。

「墓はもう清められてたよ。花も線香も供えてあるんだ。これ以上は花立てに入らないし、線香台にも置けないから、買わなくていいよ」

スマートフォンを耳に当てたまま、立木の間から踏み出す。階段を降りていく後ろ姿が見えた。道路の方に消えていく。

「でも誰だろう。家族か、野球関係者かな」

溜め息を突きながら答えた。

「たぶん天使だ」

驚いたような小塚の声で、ここが仏教のテリトリーだったと気付く。天使はきっと入れてもらえないだろう。

「天女かもな」

家に帰ったらミントに泣き付こう。同情してくれるだろうか。

《完》

藤本ひとみの単行本リスト

ミステリー・歴史ミステリー小説

『死にふさわしい罪』講談社
『数学者の夏』講談社
『密室を開ける手 KZ Upper File』講談社
『失楽園のイヴ KZ Upper File』講談社
『青い真珠は知っている KZ Deep File』講談社
『桜坂は罪をかかえる KZ Deep File』講談社
『いつの日か伝説になる KZ Deep File』講談社
『断層の森で見る夢は KZ Deep File』講談社
『モンスター・シークレット』文藝春秋
『見知らぬ遊戯――鑑定医シャルル』集英社
『歓びの娘――鑑定医シャルル』集英社
『快楽の伏流――鑑定医シャルル』集英社
『令嬢たちの世にも恐ろしい物語』集英社
『大修院長ジュスティーヌ』文藝春秋
『貴腐　みだらな迷宮』文藝春秋
『聖ヨゼフの惨劇』講談社
『聖アントニウスの殺人』講談社

日本歴史小説

『火桜が根　幕末女志士 多勢子』中央公論新社
『会津孤剣　幕末京都守護職始末』中央公論新社
『壬生烈風　幕末京都守護職始末』中央公論新社
『士道残照　幕末京都守護職始末』中央公論新社
『幕末銃姫伝　京の風 会津の花』中央公論新社
『維新銃姫伝　会津の桜 京都の紅葉』中央公論新社

西洋歴史小説

『侯爵サド』文藝春秋
『侯爵サド夫人』文藝春秋
『バスティーユの陰謀』文藝春秋
『ハプスブルクの宝剣』〔上・下〕文藝春秋
『令嬢テレジアと華麗なる愛人たち』集英社
『マリー・アントワネットの恋人』集英社
『皇后ジョゼフィーヌの恋』集英社
『ブルボンの封印』〔上・下〕集英社
『ダ・ヴィンチの愛人』集英社
『ノストラダムスと王妃』〔上・下〕集英社
『暗殺者ロレンザッチョ』新潮社
『コキュ伯爵夫人の艶事』新潮社

『エルメス伯爵夫人の恋』新潮社
『聖女ジャンヌと娼婦ジャンヌ』新潮社
『マリー・アントワネットの遺言』朝日新聞出版
『ナポレオン千一夜物語』潮出版社
『ナポレオンの宝剣　愛と戦い』潮出版社
『聖戦ヴァンデ』〔上・下〕角川書店
『皇帝ナポレオン』〔上・下〕角川書店
『王妃マリー・アントワネット　青春の光と影』角川書店
『王妃マリー・アントワネット　華やかな悲劇』角川書店
『三銃士』講談社
『新・三銃士　ダルタニャンとミラディ』講談社
『皇妃エリザベート』講談社
『アンジェリク　緋色の旗』講談社

恋愛小説

『いい女』中央公論新社
『離婚美人』中央公論新社
『華麗なるオデパン』文藝春秋
『恋愛王国オデパン』文藝春秋
『快楽革命オデパン』文藝春秋
『鎌倉の秘めごと』文藝春秋
『恋する力』文藝春秋
『シャネル　ＣＨＡＮＥＬ』講談社
『離婚まで』集英社
『綺羅星』角川書店
『マリリン・モンローという女』角川書店

ユーモア小説

『隣りの若草さん』白泉社

エッセイ

『マリー・アントワネットの生涯』中央公論新社
『マリー・アントワネットの娘』中央公論新社
『天使と呼ばれた悪女』中央公論新社
『ジャンヌ・ダルクの生涯』中央公論新社
『華麗なる古都と古城を訪ねて』中央公論新社
『パンドラの娘』講談社
『時にはロマンティク』講談社
『ナポレオンに選ばれた男たち』新潮社
『皇帝を惑わせた女たち』角川書店
『ナポレオンに学ぶ成功のための20の仕事力』日経ＢＰ社

新書

『人はなぜ裏切るのか　ナポレオン帝国の組織心理学』朝日新聞出版

藤本ひとみ　（ふじもと　ひとみ）

長野県生まれ。

西洋史への深い造詣と綿密な取材に基づく歴史小説で脚光を浴びる。

フランス政府観光局親善大使を務め、現在ＡＦ（フランス観光開発機構）名誉委員。パリに本部を置くフランス・ナポレオン史研究学会の日本人初会員。

著書に、『皇妃エリザベート』『シャネル』『アンジェリク　緋色の旗』『ハプスブルクの宝剣』『皇帝ナポレオン』『幕末銃姫伝』『失楽園のイヴ』『密室を開ける手』『数学者の夏』『死にふさわしい罪』など多数。


本書は書き下ろしです。

君《きみ》が残《のこ》した贈《おく》りもの

二〇二三年二月二〇日　第一刷発行

著　者　藤本《ふじもと》ひとみ
発行者　鈴木章一
発行所　株式会社講談社　（〒一一二—八〇〇一）
　東京都文京区音羽二—一二—二一
　電話　編集　〇三（五三九五）三五〇六
　　　　販売　〇三（五三九五）五八一七
　　　　業務　〇三（五三九五）三六一五

印刷所　株式会社ＫＰＳプロダクツ
製本所　株式会社若林製本工場
本文データ制作　講談社デジタル製作
N.D.C.913　367p　22cm　ISBN978-4-06-530642-0

この物語はフィクションです。実在の人物、団体名等とは関係ありません。